Les femmes de ma vie

Tome 2 : Esther

Marine Conan

LES FEMMES DE MA VIE

Tome 2 : Esther

Marine Conan

So ROMANCE

www.soromance.com

Chapitre 1

Septembre 2019

Louis pose le dernier carton dans le salon en laissant échapper un soupir de soulagement.

— C'est fini, ça y est ! s'exclame-t-il en se laissant choir dans le canapé. Tu as trop de bouquins, c'est un truc de fou.

Il lance un coup d'œil à la bibliothèque qui trône dans la pièce, plus que remplie.

— Et encore, je n'ai pas tout ramené, déplore Lucie en continuant de ranger ses livres. Heureusement que Cécilia a accepté de les laisser à l'appartement.

— Tu aurais dû le rendre plutôt que de le sous-louer.

Lucie termine de glisser un de ses bouquins dans le grand meuble en bois avant de rejoindre son petit-ami dans le canapé. Elle se blottit dans les bras du jeune homme, savourant ce moment de détente après la journée bien chargée qu'ils ont eue !

— J'adorais cet appartement, souffle-t-elle. C'est pour ça que je n'ai pas voulu le rendre.

— Ce n'est pas comme si tu y allais y vivre de nouveau de toute façon. Maintenant que tu es revenue ici, je ne te laisse plus partir.

Louis dépose un baiser sur ses lèvres et ébouriffe sa chevelure parsemée de mèches blondes dorées. Elle a eu envie de se faire une nouvelle tête pour la rentrée, histoire d'égayer un peu son teint trop pâle. Même le soleil d'été n'est pas parvenu à lui donner la mine halée dont elle rêvait !

— Non, mais on aurait pu s'installer à Paris plutôt que de rester ici, suggère la jeune femme en souriant.

Ils ont déjà eu cette conversation. C'est Louis qui l'a remporté ! Quelques mois après que Lucie lui ait accordé une nouvelle chance, il lui a proposé de vivre de nouveau ensemble. Après tout, ils étaient quasiment tous les soirs l'un chez l'autre. Pourquoi payer deux loyers ? Pourquoi avoir chacun leur chez-soi alors que cette fois, ils voulaient s'engager et construire leur avenir ? Bien entendu, elle a été ravie de cette proposition : c'était la preuve que son copain avait changé. Elle a bien fait de se remettre avec lui. Il est aux petits soins, câlin, et surtout il fait des efforts. Cette fois, il partage son lit, l'invite à sortir sur Paris et lui montre son amour. Tout ce que la jeune femme espérait ! Que peut-elle demander de plus ?

Le seul hic, c'est qu'il a été catégorique : vivre sur Paris même, impensable pour lui ! Alors, elle a dû choisir de renoncer à son petit appartement, aux vingt minutes de trajet jusqu'à son boulot et à l'animation de la ville lumière pour retrouver la banlieue et le RER. Mais au moins, elle est avec Louis, alors elle s'en accommodera !

— Tu sais bien que je ne supporte pas toute cette foule, les transports, les espaces minuscules ! Notre appartement est bien mieux quand même, non ?

Elle hoche la tête. C'est vrai que son petit deux-pièces fait pâle figure par rapport à ce trois-pièces spacieux dont le salon donne sur un petit jardinet privé. Ce n'est pas à Paris qu'elle aurait pu se louer un appart' comme ça, c'est certain. Mais au fond, elle l'aimait bien, son petit cocon parisien.

— Puis on s'en fout, non ? Tant qu'on est tous les deux !

Elle lui sourit et acquiesce. La main du jeune homme se glisse dans ses cheveux et caresse avec douceur ses mèches blondes.

— On est bien ensemble, lui murmure-t-il à l'oreille. Je suis content que tu aies accepté de revenir avec moi. Encore plus qu'on revive tous les deux. Ça m'avait manqué.

— À moi aussi, approuve Lucie. Nos réveils à deux, les petits-déjeuners au Starbucks et pouvoir m'endormir chaque soir dans tes bras.

— Ça va être que du bonheur ! s'exclame-t-il avec enthousiasme. Enfin, dès qu'on aura rangé tous ces cartons et que l'appart' sera propre.

Ils rient tous les deux après avoir jeté un coup d'œil au salon surchargé. C'est vrai que c'est le bazar ! Plusieurs cartons entrouverts trônent un peu partout. Des vestes sont posées négligemment sur une des chaises en attendant d'être rangées. Lucie s'en occupera demain. Ce soir, c'est repos. Ils l'ont bien mérité !

— On se fait livrer ce soir ? Je n'ai pas le courage de cuisiner, avoue la jeune femme en haussant les épaules.

— De toute façon, il n'y a rien. Juste quelques paquets de pâtes, lui répond Louis. Libanais ? Indien ?

— Libanais ! Ça fait trop longtemps.

Louis attrape son téléphone sur la table basse et pianote rapidement dessus.

— Comme d'habitude pour toi ? Un mezze ?

La jeune femme sourit et confirme d'un signe de tête. Il la connaît si bien. C'est ce qu'elle aime dans leur relation. Ce confort rassurant. Ils se connaissent par cœur. C'est facile d'être ensemble. Du moins, ça l'est redevenu. Depuis qu'ils se sont remis en couple, Lucie a l'impression que tous les problèmes qu'ils avaient pu rencontrer avant leur rupture se sont évaporés. Ils sont heureux et insouciants. Amoureux. Voilà comme elle aime leur couple.

— Ça y est, c'est commandé ! Livraison dans trente minutes.

— Tant mieux, je meurs de faim !

Pour confirmer ses dires, son ventre grogne et Louis rit en posant la main dessus.

— Gourmande va ! Je vais pouvoir te cuisiner de nouveau plein de petits plats.

Elle lui adresse un sourire ravi. C'est vrai que pour ça, il est parfait. Il n'a jamais rechigné à cuisiner pour elle. Elle adore ça. Surtout qu'il se débrouille plutôt bien !

— J'ai déjà hâte ! Surtout que je me suis noté plein de petites recettes dans mon carnet ! lui dit-elle avec un petit rire. Ça nous fera de quoi innover cet hiver. Tu te doutes qu'il y a du fromage un peu partout.

Il lève les yeux au ciel mais éclate de rire devant son visage contrit. Lucie adore tout ce qui est à base de fromage. Que ce soit en hiver pour les raclettes, les gratins et les fondues, ou en été, pour les salades composées à base de mozzarella ou de feta, elle est bien incapable de se passer de fromage. Et Louis le sait.

— Depuis notre rupture, je n'ai pas fait une seule raclette ! Ça me fera l'occasion de m'y remettre.

Lucie esquisse une moue amusée. Il n'en pouvait plus des raclettes chaque week-end, parfois même en pleine semaine.

— Ça te permettra de reprendre du poil de la bête ! Tu as maigri, constate-t-elle en pinçant la peau de son ventre.

Pas de gras, rien. Il est encore plus mince qu'à l'époque où ils étaient ensemble !

— Que veux-tu ? Sans toi, je n'avais plus de plaisir à manger.

Il dépose un baiser sur ses lèvres et caresse sa joue avec douceur.

— Je te l'ai dit, Lucie. Je me sentais incomplet suite à notre rupture. Maintenant que tu es de nouveau là, j'ai l'impression que le monde entier est à mes pieds.

— Que de belles paroles ! murmure-t-elle. J'adore tous ces mots que tu me dis. Ça me fait tellement de bien.

Elle a besoin de ça. Ça la rassure sur leur couple et sur l'amour qu'il lui porte. Ils ont vécu tant de choses qu'être rassurée est indispensable pour elle.

— Je t'aime, Louis, lui chuchote-t-elle.

Elle pose ses lèvres sur les siennes, et le jeune homme répond à son baiser avec passion. Lorsqu'il s'écarte d'elle, un sourire est dessiné sur son visage.

— Je t'aime encore plus.

Il allume la télé et se tourne vers elle.

— On continue *Vikings* ? lui propose-t-il.

— Oui ! Soirée parfaite : libanais et série au top ! Que demander de plus ?

— Rien. Le bonheur est complet !

Il lui sourit et lance la série.

— Au fait, ma famille nous invite à dîner demain soir ! ajoute-t-il. C'est bon pour toi ?

— Avec plaisir !

À cet instant, Lucie se sent heureuse. La famille de Louis était ravie de savoir qu'ils étaient de nouveau ensemble. Elle s'est toujours bien entendu avec eux, surtout avec l'une de ses sœurs. D'ailleurs, elles n'ont jamais perdu contact malgré leur rupture. Lucie continuait de temps en temps de lui rendre visite pour boire un café autour de pâtisseries. Alors, quand elle a appris que son frère avait enfin pris un peu de maturité et réussi à récupérer la jeune femme, elle était plus que contente. Elle est déjà en train de lui demander quand est-ce qu'ils comptent agrandir la famille. Louis aussi lui a posé la question. Il estime qu'un bébé serait parfait pour consolider leur couple en reconstruction. Mais elle, elle a besoin de temps. Après tout, même si ces quelques semaines auprès de lui lui ont donné raison sur sa décision de lui accorder une nouvelle chance, elle reste toujours sur ses gardes. Ils ont besoin de s'accorder du temps à deux avant d'être trois. Du moins, c'est ce qu'elle ressent. Leur couple a été tellement abîmé durant les derniers mois de leur relation et suite à leur rupture qu'il est important qu'ils prennent du temps pour eux. Elle a envie de retrouver Louis et de vivre avec lui des moments insouciants. Partir en vacances, faire du shopping, se faire plaisir, passer des nuits blanches devant des séries, visiter des expositions et toutes ces choses qu'un couple fait au quotidien. Ça lui a manqué lorsqu'ils étaient ensemble. Elle compte bien en profiter désormais. Pour construire une famille, ils verront plus tard. Ils ont la vie devant eux.

— Cool, je leur envoie un message, lui dit Louis. Ils vont être contents. Qu'est-ce qu'ils ont pu me prendre la tête lorsqu'on s'est séparés !

Il rit et hausse les épaules.

— Pour eux, j'ai fait la pire connerie de ma vie que de te laisser partir ! lui avoue-t-il. Et ils avaient raison ! Même si je ne l'ai pas compris de suite.

— Mieux vaut tard que jamais, mon amour, lui souffle Lucie.

Elle se blottit de plus belle et se serre contre lui.

— Le principal, c'est que j'ai fini par admettre que sans toi, j'étais malheureux. Puis, surtout, que j'étais prêt à construire ma vie à tes côtés.

— On a de belles années devant nous !

La jeune femme y croit. Ils ont mis du temps à se trouver la première fois. Ils se sont quittés. Mais désormais, rien ne s'oppose à leur amour. Les deux ont conscience de l'importance de cette relation à leurs yeux et ils feront tout pour la préserver, elle en est certaine.

Chapitre 2

Lucie éteint son ordinateur et s'étire de tout son long en laissant échapper un bâillement. Un coup d'œil lancé à son smartphone lui apprend qu'il est déjà dix-neuf heures. Encore une longue journée bien chargée. L'open-space est presque vide : il ne reste qu'elle et Damien. Même leur boss a quitté tôt aujourd'hui pour honorer son anniversaire de mariage et offrir à sa femme un dîner digne de ce nom.

— Bon, je vais y aller, moi, déclare la jeune femme en se levant. Pas toi ?

Damien secoue la tête. Installé à côté d'elle, il est encore en train de bosser sur une présentation PowerPoint.

— Pas possible, je dois boucler ça, marmonne-t-il. J'ai une réunion avec la comptabilité demain pour leur proposer leur nouvel ERP. Ils sont chiants en plus. Je déteste bosser avec eux.

Lucie esquisse un petit sourire amusé. Ils ont tous leur tête ici... Chacun est officieusement affecté à un service. Damien, depuis peu, bosse de plus en plus pour la finance. Tout ça parce que Julien a évolué : Christian lui a proposé un poste de CTO et il n'est plus sur les projets ou les interventions désormais. Il le mérite, ses collègues sont contents pour lui. Mais Damien a hérité de ses anciens clients internes et il s'en serait bien passé !

— Mais tu vas les éblouir ! le rassure-t-elle. J'ai vu ce que tu proposes et ça a l'air vraiment top. Adapté à leurs besoins et assez facile d'utilisation. C'est ce qu'il leur faut.

Toutes les deux semaines, le service se réunit pour évoquer les dossiers en cours : interventions, problèmes récurrents, nouveaux prestataires, projets en cours ou à venir, ... Ainsi, elle a pu constater en direct via une démonstration du jeune homme la facilité du nouvel outil qu'il souhaite implanter. Il n'y a rien à redire. Comparé à plusieurs concurrents qu'il a pu étudier, c'est le mieux, niveau qualité/prix.

— Ouais, parce qu'ils sont nuls dès qu'il s'agit d'informatique, se moque son collègue. Bon, tu vas où ce soir ? Tu découches ?

Il désigne d'un signe de tête le petit sac de sport posé aux pieds de la jeune femme à côté de son sac à main.

— Parce que te connaissant, tu ne vas pas à la gym après le boulot.

Il rit et Lucie fronce les sourcils, faussement vexée.

— Et pourquoi pas ? Je suis une nouvelle femme, tu sais ? Un esprit sain dans un corps sain.

Le jeune homme hoche la tête, amusé.

— C'est pour ça que tu as avalé un énorme burger ce midi, plaisante-t-il.

— On a le droit de craquer de temps en temps.

Elle hausse les épaules et rit. Damien n'a pas tort : ce n'est pas une grande sportive. Fréquenter les salles de sport ? Très peu pour elle. Mis à part de la marche, un peu de jogging quelques fois par mois et des séances occasionnelles de yoga devant sa télé, elle ne fait rien. Pourtant, ce n'est pas faute de le vouloir ! Mais la motivation n'est pas toujours au rendez-vous. Puis, maintenant qu'elle n'est plus habitante de la capitale même, ce n'est pas la peine d'y penser. Les transports l'épuisent.

En quittant à cette heure-là, elle n'est pas chez elle avant vingt heures trente minimum.

— Alors, tu vas où ? insiste le jeune homme, curieux. Tu fais déjà des infidélités à ton Loulou ?

— Bien sûr que non ! Je dîne avec Samantha, lui répond-elle. Tu sais, celle qui se marie l'an prochain. Vu que je suis demoiselle d'honneur, on a plein de choses à voir ensemble !

— Peut-être que la prochaine à se marier, ce sera toi !

Il lui fait un clin d'œil et la jeune femme secoue la tête, horrifiée. Le mariage, ça ne lui dit absolument pas. Déjà, ça coûte trop cher. Quand elle discute avec Samantha de son budget, elle explose déjà les vingt mille euros ! Bon, on parle de Sam aussi. Son amie a de l'argent, beaucoup d'amis et elle veut un mariage très tape-à-l'œil. Après tout, il y aura du beau monde au niveau des invités et il est hors de question qu'elle se plante avec un mariage simpliste. Puis, elle ne ressent pas le besoin de se faire passer la bague au doigt pour être heureuse. Être avec Louis lui suffit. Elle préfère de loin un beau voyage qu'un mariage !

— Ou toi ! Après tout, tu nages dans le bonheur avec ton chéri depuis bientôt trois ans ! réplique-t-elle en lui adressant un sourire complice.

— Attends... Tu sais ce que dit Beigbeder, hein ? « L'amour dure trois ans. » On verra quand on aura dépassé cette barre. Ensuite, peut-être, je ferai en sorte qu'il me fasse sa demande.

Lucie acquiesce. Damien a beau jouer au mec je-m'en-foutiste, il est bien plus romantique qu'il ne le montre. Et elle sait que, lui rêve d'un beau mariage. Son mec, un peu moins. Mais le connaissant, il saura le convaincre !

— Tu ramènes le petit-déjeuner demain ? lui demande-t-il. Je vais rester ici jusqu'à pas d'heure. Si je sais que demain des croissants et un bon café m'attendent, cela me motivera.

La jeune femme éclate de rire. Damien ne perd jamais le nord.

— Ok… Si j'y pense, hein ? Je risque de pas mal picoler avec Sam ! Possible que je sois trop dans le brouillard demain pour aller à la boulangerie avant. Mais j'essaierai, promis.

Elle attrape son sac à main qu'elle met à l'épaule et la petite besace qui contient ses affaires pour la nuit et pour le lendemain avant d'ajouter :

— Mais si ça peut t'aider à produire un travail encore plus excellent que prévu, je vais tout faire pour te ramener de quoi démarrer la journée du bon pied ! Je ne voudrais pas être responsable de ton échec, se moque-t-elle. Quelle heure ta réunion demain ?

— Neuf heures, grogne-t-il. Pourquoi ils sont aussi matinaux ? Ils m'ont proposé huit-heures trente au début. De grands malades, ces comptables.

Lucie rit. C'est vrai que tous les services ne vivent pas sur le même créneau. Les gens de la télé, par exemple, ne viennent pas avant dix-heures ! La compta, c'est autre chose : à partir de huit heures, le service est au complet. À l'informatique, c'est assez variable. De toute façon, la plage horaire doit être couverte de façon à ce qu'il y ait toujours quelqu'un à partir de sept heures et jusqu'à vingt heures. Des permanences sont ainsi faites entre les différents techniciens pour s'assurer que leur open-space ne soit jamais vide !

— Courage, tu vas t'en sortir ! Essaie quand même de dormir, hein ? Histoire que tu ne ressembles pas à un zombie demain.

— Ouais, je devrais avoir le droit à quelques heures, ne t'en fais pas.

— À demain !

— Bonne soirée, Lulu.

Elle lui adresse un dernier signe de main avant de quitter le bureau. Samantha l'attend chez elle pour vingt heures. Cela lui laisse le temps d'arriver tranquillement sans courir derrière les métros. Après avoir salué les vigiles, elle sort du building et frissonne lorsque la brise automnale fouette son visage. Elle s'empresse d'enrouler son écharpe autour d'elle et ferme son manteau. L'automne s'installe bien trop vite cette année ! Elle qui rêvait d'un été indien, c'est loupé. Son téléphone sonne. Un message de Louis.

« Tu as fini mon cœur ? »

Elle sourit et compose le numéro de son petit-ami.

— Je viens juste de sortir, lui dit-elle lorsqu'il décroche. J'ai eu plein de merdes aujourd'hui, ça n'arrêtait pas.

— Tu bosses trop ! lui dit le jeune homme. Tu veux que je vienne te chercher ou ça va aller dans le RER ?

— Je ne rentre pas ce soir. Tu te rappelles, je dîne chez Sam ? Je reste dormir là-bas du coup.

Un petit silence au bout du fil. Louis avait oublié apparemment !

— T'es sûre que c'est bien chez Sam, hein ? Tu ne vas pas voir un mec ?

Lucie lève les yeux au ciel. Son petit-ami est redevenu jaloux. Comme avant. C'est vrai qu'à la fin de leur histoire, elle sortait beaucoup avec ses amis pour échapper à leur quotidien. Mais elle ne l'a jamais trompé.

— Mais oui ! Je te rappelle que je suis demoiselle d'honneur. On va devoir passer beaucoup de temps ensemble. La préparation du mariage, le déroulé, la robe, le maquillage, ... Il y a mille choses à voir. Et surtout, je compte sur toi pour être mon +1 le jour J, hein ?

— Ouais, pas trop le choix de toute façon, marmonne le jeune homme. Je déteste ça, mais bon. En plus, je ne la connais même pas, cette nana.

— Ce sera l'occasion, réplique Lucie, un brin agacée. J'espère que tu viendras, hein ? Tu ne me plantes pas !

C'est vrai que Louis n'est pas très sociable. Il ne connaît d'ailleurs quasiment personne de son entourage. Si ce n'est ses amis de longue date parce qu'ils habitent le même coin ou qu'ils le connaissaient aussi. Mais ses amis parisiens, il n'a jamais trouvé utile de les rencontrer. Parfois, Lucie lui proposait de venir dîner avec eux – elle avait envie de l'intégrer à son cercle, de mettre un peu de convivialité dans leur relation –, mais il n'a jamais voulu.

— Bien sûr que non ! Je ne vais pas prendre le risque de te laisser aller à ce mariage toute seule, vêtue d'une robe canon, plaisante-t-il. Puis, vu ce que tu m'as dit sur elle, il y a des chances pour qu'on bouffe bien.

— Oh oui, aucun doute là-dessus !

— Bah voilà, ça me suffit.

Lucie sourit, soulagée. Elle aurait été déçue qu'il trouve une excuse pour la planter. Bon, le mariage n'a lieu que dans plus d'un an. Il a encore le temps. Mais il sait que c'est important pour elle et elle espère qu'il ne la décevra pas.

— Je te laisse, lui dit-elle en arrivant près de la bouche de métro. Je vais finir par être à la bourre !

— OK. Tu m'écris quand tu arrives là-bas ?

— Promis ! Bonne soirée, mon amour.

— Toi aussi ! J'ai hâte de te retrouver demain soir.

La jeune femme raccroche, le cœur adouci. Louis est toujours aussi mignon. Depuis qu'ils se sont remis ensemble, elle a droit à plein de mots doux. Elle adore ça ! Avant de ranger son smartphone dans son sac, elle pianote rapidement sur l'écran.

« Je monte dans le métro. Chez toi dans trente minutes, si tout va bien ! Bisous »

Elle est pressée de retrouver son amie. Samantha a sans doute encore plein de choses à lui raconter. Puis, surtout, elle est contente de l'aider dans cette aventure qu'est le mariage. Elle va tout faire pour que ça reste un moment inoubliable pour la jeune femme.

Chapitre 3

Arrivée devant l'immeuble de Samantha, Lucie envoie un SMS à Louis pour lui dire qu'elle est bien arrivée et sonne chez son amie qui lui ouvre rapidement. Elle traverse le hall d'entrée en admirant une fois de plus le luxe du bâtiment. Cela n'a rien à voir avec celui où elle a vécu après sa rupture. Samantha est aisée et a choisi d'en profiter en habitant un quartier bourgeois. Elle grimpe les trois étages à pied, boudant l'ascenseur pour le bien-être de sa ligne. La porte est déjà ouverte. Elle se glisse dans l'appartement et referme derrière elle. Après avoir suspendu son manteau sur la patère et ôté ses baskets, elle pénètre dans le salon. Samantha est en train de s'affairer à déposer des petits bols sur la table.

— Salut, ma belle, s'exclame Lucie.

— Hey ! Comment tu vas ?

Sam se précipite vers elle et l'étreint chaleureusement avant de lui claquer deux bises sonores sur les joues.

— Je suis contente de te voir ! ajoute-t-elle, sans même attendre sa réponse. J'ai l'impression que ça fait une éternité ! Je ne vois plus le jour !

Elle soupire, dramatique, avant de tirer la jeune femme vers la cuisine.

— Plusieurs mois, oui, confirme Lucie. Le temps passe à une vitesse folle.

Elle admire la cuisine, entièrement équipée et refaite à neuf. Du bois foncé, du marbre et un joli carrelage un peu vieillot, mais qui donne à la pièce un charme fou.

Samantha a beaucoup de goût, son designer aussi. Elle a choisi l'assistance d'un décorateur d'intérieur pour rénover entièrement cet appartement lorsqu'elle l'a acheté il y a quelques années. Hugo n'a pas eu son mot à dire, juste son chéquier à sortir. Il faut dire que, contrairement à elle, il n'est pas très doué pour savoir ce qui va avec un plan de travail en bois naturel.

— Je ne suis presque jamais à Paris, se plaint son amie. Entre les défilés à droite, à gauche, la nouvelle collection et les réunions en vue de la fusion, ça n'arrête pas !

— J'ai vu ça, oui. Ton Instagram est truffé de photos prises en Italie, au Japon, à New York, ... Tu as une chance folle de voyager autant, l'envie Lucie.

Son amie secoue la tête et pousse un nouveau soupir.

— Détrompe-toi. Je suis crevée sans arrêt, toujours en jet-lag et je vois à peine Hugo, marmonne-t-elle. Il va falloir que je ralentisse un peu le rythme si je veux me marier. Il commence à en avoir un peu marre de vivre avec un fantôme !

Lucie plisse les yeux et fronce les sourcils. Elle se doute que ce n'est pas évident. Elle-même n'apprécierait pas de voir Louis sans cesse en déplacement. Avoir des moments à deux est important dans un couple.

— Dis-toi que je n'ai même pas commencé à préparer le mariage, continue Samantha. Alors que j'attends cet événement depuis des années ! Des années !

— C'est pour ça que je suis là ! s'exclame Lucie. Nadia, aussi. Tu n'es pas seule, hein ? Si tu as besoin qu'on avance sur certains trucs en attendant que tu aies plus de temps, on peut ! Tu n'as qu'à nous envoyer tes instructions et on s'exécutera.

— C'est gentil, merci !

— Mais non, c'est normal. Tu nous as choisies comme demoiselles d'honneur. Nous sommes là pour toi, ma belle !

Samantha lui sourit et acquiesce.

— Du vin rouge pour commencer cette soirée ? lui propose-t-elle.

Lucie hoche la tête et son amie attrape une bouteille déjà ouverte.

— J'étais certaine que tu n'allais pas refuser une bonne bouteille de Saint-Émilion, ajoute-t-elle. Elle m'a été offerte par un designer qui a des vignobles dans ce coin.

Elle verse le liquide rouge grenat dans deux verres et en tend un à Lucie.

— On passe au salon ? Je nous ai préparé des petites douceurs, lui dit-elle. Enfin, j'ai tout acheté au Monop' du coin.

— Je me disais aussi : Sam qui cuisine ? Le monde ne tourne plus rond, se moque Lucie.

Son amie n'est pas douée pour la cuisine. Ou plutôt, elle ne prend pas le temps. Hugo et elle se font souvent livrer ou mangent des trucs sur le pouce. Les deux ont un boulot très prenant, et la cuisine est bien leur dernière préoccupation.

— On ne peut pas être parfaite à tous les niveaux, que veux-tu ?

Les deux amies éclatent de rire. Après s'être posées dans le canapé en cuir beige, elles trinquent avant de goûter le vin.

— Délicieux, approuve Lucie.

Elle attrape un petit toast tartiné de houmous. Samantha a mis les petits plats dans les grands : du fromage, de la charcuterie, du guacamole, plusieurs sortes de houmous et même quelques petits fours pour la fin du repas.

— J'ai préféré un petit apéro dînatoire qu'un vrai dîner, lui précise-t-elle. C'est plus simple.

— Tu as bien fait ! J'adore ! approuve-t-elle en croquant dans le bout de pain.

Elle avale une deuxième bouchée et se tourne vers la métisse.

— Bon alors ? Ce mariage ? la questionne-t-elle. Où tu en es ?

Samantha hausse les épaules. Elle se lève, se dirige vers l'imposante bibliothèque et en revient avec plusieurs magazines spécialisés.

— Pour être honnête, nulle part, souffle-t-elle, dépitée. C'est dingue, non ? J'attends ça depuis presque toujours. J'imaginais que ce serait une formalité car j'avais déjà presque tout en tête.

Elle marque une courte pause et laisse tomber la pile de papiers sur le canapé, entre elles.

— Mais je remets tout en question : le lieu, le style de la robe, le buffet... Tout !

— C'est normal, tente de la rassurer Lucie. Maintenant que les choses sont concrètes et que tu as une date en tête, tu as envie que ce soit parfait. Peut-être que la robe que tu aimais il y a quatre ans te semble totalement has-been aujourd'hui.

— C'est un peu ça, ouais... J'ai l'impression que je ne serai jamais prête.

— Ne dis pas ça ! On va procéder par ordre, OK ?

Lucie sort de son sac un cahier qu'elle a piqué à son travail pour l'occasion. Stylo en main, elle dévisage son amie, déterminée.

— Déjà, le lieu. Première étape pour pouvoir confirmer la date, réserver et commencer à envisager l'envoi des invitations, indique-t-elle. Vous avez des idées avec Hugo ? Plutôt en région parisienne ou dans le Sud ?

Le jeune homme est originaire de la Côte d'Azur et toute sa famille vit là-bas. Elle sait que Samantha adore aussi le coin. Ça peut être une bonne idée d'organiser l'événement là-bas. Son amie plisse les yeux et boit une gorgée de vin, pensive.

— Vu que la plupart de mes amis et les gens du métier sont ici, j'imaginais plutôt faire ça dans le coin. À Paris même. Tu sais à quel point les designers peuvent être pompeux... Si je les invite dans un bled à l'autre bout de l'île de France, je perds la moitié de mes invités.

— OK. Ça limite le champ d'action alors. Je suis sûre qu'on peut tenter de louer un bel hôtel particulier ou sinon une salle au Meurice ?

Lucie sait à quel point son amie adore ce palace parisien, chic et élégant.

— Oui, c'est une bonne idée, approuve-t-elle d'ailleurs avec un sourire.

— Je vais regarder ça de plus près et te fournir une liste des établissements qui pourraient accueillir un tel événement ! Comme ça, tu pourras choisir sans te prendre la tête. On peut aller les visiter pour toi si tu préfères.

— Je verrai en fonction de mon agenda. Je crois que les déplacements devraient se calmer le mois prochain. Si je peux y aller moi-même, cela me permettra de me faire une idée.

La jeune femme acquiesce. C'est vrai que c'est mieux pour Sam de s'y rendre directement. C'est important qu'elle puisse s'imprégner de l'ambiance des lieux.

Pendant presque trois heures, les deux amies discutent des préparatifs et des détails à peaufiner : visite de boutiques de robes de mariées à organiser, liste de traiteurs à chercher pour ensuite déguster, ... Il y a de quoi faire ! Mais cela ne fait pas peur à Lucie ! Elle veut s'investir à fond pour que Samantha ait le mariage de ses rêves.

— Et toi, alors ? Tu ne m'as rien dit depuis ton arrivée ! s'écrie soudain Sam. On n'a parlé que de moi et de mon mariage.

— C'est normal, rit Lucie. C'est l'événement du siècle !

— Arrête, ne me rajoute pas de pression, s'amuse Sam. Je suis déjà assez stressée comme ça !

— Mais non, il ne faut pas. Tout va se mettre en place et tu seras la plus merveilleuse des mariées.

Lucie tapote son épaule et Samantha hoche la tête.

— Bon, toi et Louis ? Comment ça se passe ? lui demande cette dernière. La dernière fois qu'on a parlé, tu étais sur ton petit nuage.

— Franchement ? Tout est parfait ! Ou presque, souffle Lucie. Mais je pense que cette fois, c'est la bonne. Il a fait beaucoup d'effort depuis qu'on s'est remis ensemble. On vient de se réinstaller tous les deux !

— Sérieux ? Déjà ?

Lucie hoche la tête. C'est vrai qu'ils n'ont pas attendu longtemps avant de vivre de nouveau ensemble, mais ça lui semblait être la suite normale. Après tout, ils ont vécu des années à deux. Pourquoi retarder l'inévitable ? Puis, s'ils veulent avancer cette fois, ce n'est pas en faisant domicile à part qu'ils vont construire leur vie.

— Oui, on en avait marre des allers-retours, des affaires à ramener et tout ça. Puis Louis voulait vraiment qu'on partage de nouveau notre quotidien, lui explique la jeune femme. C'est comme ça qu'on verra si ça marche entre nous.

— C'est clair ! confirme Samantha. Mais tu es confiante, alors ? Tu es heureuse ?

Son amie la sonde d'un regard curieux. Elle a toujours voulu le bien de Lucie. Depuis sa rupture, elle a tenté de lui proposer plusieurs rencards avec des hommes célibataires. Quand elle lui a dit qu'elle se remettait avec son ex, son amie n'était pas certaine que ce soit une bonne décision. Voilà pourquoi elle semble s'inquiéter autant pour elle.

Lucie réfléchit quelques secondes. Est-elle heureuse ? Il lui semble que oui. Que jamais elle n'a été aussi bien dans sa vie, dans son couple. Mais il y a toujours une petite voix qui lui chuchote d'être prudente. De se méfier de ce qui peut arriver. Louis lui a déjà fait le coup de l'homme parfait pour merder à la fin. Cependant, il a grandi. Il est plus mature. Elle le sent. Alors, elle veut vraiment se dire que cette fois, leur relation marchera et qu'ils finiront leur vie ensemble.

— Oui, je suis heureuse ! lui assure la jeune femme avec un sourire. Notre histoire était très importante pour moi. Elle avait un goût d'inachevé, sans doute parce que je l'aimais encore et que je n'étais pas prête à l'oublier.

— Je suis contente alors, chuchote Samantha. J'espère que vous me ferez de jolis bébés un jour prochain !

Lucie rit et hausse les épaules.

— Et si on allait se coucher maintenant ? Il est plus de minuit. On bosse demain… Enfin surtout toi, plaisante Sam. Tu te lèves à l'aube !

— T'as raison ma belle. Allons-y !

— Prem's dans la salle de bain.

Lucie sourit en voyant Samantha se lever et disparaître dans le grand couloir qui mène aux pièces du fond. Cette soirée lui a fait du bien. Elle est contente de pouvoir passer un peu de temps avec son amie.

Chapitre 4

« On descend dans cinq minutes. On se rejoint devant l'immeuble ? »

Lucie verrouille son ordinateur avant de pianoter sur l'écran de son téléphone.

« OK, j'arrive ! »

Elle se tourne vers Mohammed et Julien qui discutent du système de sauvegarde de la boîte.

— Je vais déjeuner, les mecs ! leur dit Lucie. Prenez le café sans moi, hein ? Ça va durer un petit moment.

— Encore un déjeuner avec le juridique ? plaisante Momo.

Lucie hoche la tête avec un petit sourire.

— Eh oui, désolée, je vous fais beaucoup d'infidélités en ce moment !

— C'est pour les beaux yeux d'Olivier, c'est ça ? se moque Julien.

— Pas du tout, proteste la jeune femme. Je vous rappelle que je ne suis plus célibataire ! Arrêtez avec Olivier. Je le côtoie davantage pour Charlie que pour sa compagnie !

— C'est ce qu'on dit, renchérit Momo en lui faisant un clin d'œil.

Lucie hausse les épaules et attrape son sac.

— Je ne répondrai pas à vos idioties. Allez, à tout à l'heure !

Elle quitte le bureau sans tenir compte de leurs œillades moqueuses. Elle a l'habitude avec eux. Une fois dehors, elle lance un coup d'œil autour d'elle. Les deux juristes ne sont pas encore arrivés. Les connaissant, ils ont dû répondre à un dernier coup de fil ou mail.

— Lucie ! On est là !

La voix enthousiaste de Charlie se fait entendre. Ils sortent du bâtiment et s'empressent de la rejoindre.

— Comment tu vas, ma belle ? lui demande son amie après lui avoir fait la bise.

— Super, et vous ?

Elle se tourne vers Olivier et le salue à son tour.

— Ouais ! Surtout maintenant que c'est l'heure de manger, lui répond le jeune homme. Je meurs de faim.

— Moi aussi !

— Par contre, je vous préviens les cocos, intervient Charlie. Ce midi, c'est japonais. Je rêve de sushis depuis des semaines.

— Ça me va, approuve Lucie.

Le petit groupe se met en route vers le restaurant, situé à seulement une centaine de mètres de l'entreprise.

Une fois installés à table et leur menu devant eux, ils se mettent à discuter.

— Comment ça se passe dans votre service ? la questionne Olivier.

— Beaucoup de boulot ! On a pas mal de projets importants à lancer ou déjà en cours, et il nous manque quelques bras pour qu'on soit totalement confortables, précise la jeune femme. Mais les sujets sont intéressants, donc ça aide à rester motivé !

Elle marque une courte pause pour terminer sa salade de choux et pose son regard sur le juriste.

— J'imagine que c'est pareil pour vous de toute façon, devine-t-elle. Charlie m'a dit que Christina était intraitable sur une potentielle nouvelle embauche.

— Ouais, grommelle Olivier. Ça fait chier. On est que deux juristes, vu que Jules est en congé parental pour six mois de plus. Sauf qu'il y a du travail pour au moins quatre ou cinq personnes.

Lucie grimace tandis que Charlie approuve les dires de son collègue.

— Et ce n'est pas près de s'arranger, ajoute-t-elle. La fin d'année est toujours ultra compliquée ici... Je sens qu'on va prendre cher. À mon avis, on peut faire une croix sur nos vacances de Noël.

— Ils rêvent ! s'exclame le jeune homme. Ma famille est dans le sud ! Hors de question que je passe les fêtes de fin d'année tout seul ici.

Lucie lui adresse un petit sourire compatissant. Elle se doute que ça ne doit pas être facile pour lui. Il est venu terminer ses études à Paris, a trouvé un superbe stage de fin d'année et du coup, il est resté dans la capitale. Mais, à plusieurs reprises, il a laissé sous-entendre que la vie en province lui manquait un peu malgré l'éventail d'activités à faire ici !

— Bon, assez parlé boulot, intervient Charlie. Ils ne vont pas nous pourrir nos pauses déjeuner non plus, hein ? Qu'est-ce que vous avez prévu de beau ce week-end ?

Elle se tourne vers Olivier qui retrouve son sourire. Son visage s'illumine et Lucie ne peut s'empêcher de se faire la remarque qu'il est vraiment craquant quand il sourit. Ses yeux clairs se plissent et des petites fossettes se creusent à l'intérieur de ses joues.

— Demain soir, j'ai un concert avec des potes. Un petit groupe de métal qui se produit à la Boule Noire. Samedi, je vais au cinéma avec une copine et on va dîner dans un nouveau restaurant vers Réaumur, leur indique-t-il. Et dimanche, soit je me motive à aller à un brunch chez un couple d'amis, sinon ça va être journée glande à l'appartement. J'ai plein de retard dans mes séries.

Il rit, imité par les deux femmes. C'est un problème récurrent chez eux. Ils discutent souvent séries, partagent leurs dernières trouvailles, celles à voir ou à ne pas voir, ... Mais du coup, leur liste est interminable ! Ils pourraient passer l'année devant la télé pour parvenir au bout !

— Et toi, Lucie ? Vous avez prévu un truc avec Louis ? lui demande Charlie.

— Pas grand-chose pour l'instant. Demain soir, on dîne chez son frère. Dimanche, je vais sans doute aller voir ma grand-mère avec ma mère. Ça va être un week-end très tranquille !

Elle se retient d'esquisser une moue. Le programme d'Olivier lui fait clairement envie. Voir un concert, un film sympa... Le week-end idéal ! Elle avait proposé à Louis d'aller au cinéma, mais il a refusé. Le film ne l'intéressait pas et il ne voulait pas s'enfermer deux heures dans une salle sombre. Du coup, elle sent que, mis à part, un petit tour dans le centre commercial situé à une dizaine de kilomètres de chez eux, ils ne feront pas grand-chose.

— Et toi ?

Charlie hausse les épaules et secoue la tête.

— Comme Lucie. Week-end tranquille. On a quelques travaux à faire dans l'appartement, du coup Thomas préfère qu'on se concentre là-dessus plutôt que de dépenser notre thune dans les sorties.

Elle soupire et ajoute :

— Pourtant, j'aurais adoré un petit week-end à Cabourg !

Lucie éclate de rire devant la moue boudeuse de son amie.

— Je te rejoins là-dessus ! J'ai proposé à Louis qu'on se fasse quelques jours prochainement avant que l'hiver ne nous tombe dessus, mais il n'a pas l'air motivé !

— On devrait se faire un truc entre filles !

Olivier leur jette un regard amusé.

— Dit comme ça, ça a l'air intéressant, plaisante-t-il. On pourrait se méprendre sur ce que vous sous-entendez par « entre filles » !

— Pervers ! s'écrie Charlie. Ce n'est pas de notre faute si tu as l'esprit mal placé.

Il secoue la tête et lève les bras en signe d'innocence.

— Pas du tout !

Il attrape un sushi avec ses baguettes et croque dedans avec appétit avant de se tourner vers Lucie.

— Du coup, tu as abandonné les sites de rencontre et les rencards pourris ? lui demande-t-il, l'air de rien. J'ai cru comprendre que tu fréquentais quelqu'un.

La jeune femme hoche la tête. C'est vrai qu'Olivier n'est pas au courant des rebondissements de sa vie amoureuse. Il était en congé une bonne partie du mois d'août, Lucie juste avant, ce qui fait que les déjeuners avec lui ont été plutôt rares ces derniers temps.

— Je me suis remis avec mon ex, oui, lui répond-elle. Louis. On a rompu il y a plus d'un an et on s'est remis ensemble cet été. On vient juste de réaménager tous les deux dans notre appartement. Du coup, je ne suis plus parisienne maintenant. Me voilà redevenue une simple banlieusarde !

Elle rit tandis qu'Olivier la regarde, surpris. Mais il se contente de hocher la tête.

— C'est cool, tu dois être contente, lui dit-il. Vous avez réussi à dépasser les problèmes qui vous ont fait vous séparer, j'imagine.

— Oui ! Enfin, plus ou moins, souffle-t-elle. Il a fait beaucoup d'efforts pour me prouver qu'il avait changé. Espérons que ça continue sur le long terme.

— Je te le souhaite en tout cas. Tu mérites d'être heureuse.

Charlie laisse échapper un petit rire et se tourne vers Lucie.

— Bon, ça y est, l'instant confidences est terminé ? se moque-t-elle. On le sait que notre Lulu, elle a le droit au bonheur ! Et je suis certaine que Louis va tout faire pour mériter cette seconde chance.

Elle termine son riz et repose ses baguettes en laissant échapper un soupir.

— Sushis, brochettes et riz… J'ai peut-être été un peu trop gourmande ce midi, se plaint-elle en posant la main sur son ventre. Je rêve d'une sieste maintenant.

— Moi aussi, approuve Lucie. Les brochettes étaient de trop. On aurait dû se contenter des sushis !

Olivier se lève et sort deux billets de vingt euros qu'il dépose sur la table.

— Je dois y aller, un coup de fil à passer, s'excuse-t-il.

— Quoi ? Déjà ? s'étonne Charlie. Mais il nous reste au moins une vingtaine de minutes pour souffler !

— Ne t'en fais pas ! Je vais faire un tour dans le quartier pendant mon appel. Hors de question que Christina me tombe dessus. Elle serait capable de me foutre une réunion dans la foulée.

Il enfile sa veste et se tourne vers les deux jeunes femmes.

— C'était un plaisir de déjeuner avec vous, Mesdames. Charlie, à tout à l'heure. Lucie, à bientôt. On se croisera sans doute dans les couloirs ou à la cafétéria.

— Ou lors d'un énième problème que tu rencontreras avec ton PC, plaisante la juriste. Tu es vraiment une bille en informatique ! Heureusement que tu t'es mis la meilleure informaticienne de la boîte dans la poche.

Il hausse les épaules et esquisse un mince sourire.

— Je me débrouille de mieux en mieux, rétorque-t-il. Bientôt, je serais un grand garçon autonome et je n'aurais plus besoin d'appeler Lucie au secours tous les jours. Allez, à plus !

Il quitte le restaurant sans demander son reste et s'allume une cigarette avant de s'éloigner dans la rue.

— Il avait l'air bizarre, non ? chuchote la juriste comme s'il pouvait les entendre.

Lucie esquisse une petite moue et secoue la tête.

— Non, je ne pense pas. Il a le droit d'avoir des coups de fil persos à passer.

— Je ne sais pas… On aurait dit une excuse pour nous fausser compagnie !

— Tu es parano, ma belle ! s'exclame Lucie en riant. Parle-moi plutôt de ces travaux ! Tu ne m'avais pas dit que tu allais refaire ton appartement.

Les deux jeunes femmes ont encore un peu de temps avant de reprendre le travail. Autant en profiter pour discuter et échanger les dernières nouvelles !

Chapitre 5

— Alors ce déjeuner ? l'interroge Damien lorsqu'elle passe le seuil de l'open-space. C'était cool ?

— Oui, super ! On a été au japonais ! lui dit-elle en s'installant à son poste, à côté de lui. On a bien mangé, mais j'ai un peu abusé sur les brochettes.

— Comme d'habitude, s'amuse son collègue. Un esprit sain dans un corps sain, hein ?

Il lui adresse un clin d'œil complice et elle lui tire la langue avant de déverrouiller son PC.

— Bordel, trente mails ! s'écrie la jeune femme avec affolement. Mais je suis partie combien de temps ?

— Une petite heure, pas plus. Mais, que veux-tu, le monde ne peut pas survivre sans toi !

— N'importe quoi !

Elle parcourt sa messagerie d'un coup d'œil rapide avant d'ajouter :

— Ce sont des invitations pour des réunions ! Pour le projet Volta. Rien de grave, ouf !

Mohammed et Julien rentrent alors à leur tour dans le bureau et s'approchent de leurs collègues.

— Qu'as-tu fait, vilaine fille ? la questionne Momo avec une œillade moqueuse.

— Quoi ? De quoi tu parles ?

— On a croisé Olivier sur le chemin du retour, l'informe Julien. Il tirait une de ces tronches, laisse tomber.

— Tu lui as brisé le cœur, c'est ça ?

— Mais non, proteste Lucie. Il devait passer un coup de fil alors il nous a plantées avant la fin du repas. Peut-être qu'il a appris une mauvaise nouvelle ! Qu'est-ce que j'en sais moi ?

— Ou peut-être qu'il a compris qu'il n'avait pas ses chances avec toi, maintenant que tu es redevenue une femme amoureuse et en couple.

Elle lève les yeux au ciel. Même si elle adore ses trois collègues, parfois elle rêve de les tuer ! Qu'est-ce qu'ils peuvent être agaçants !

— Au lieu de dire des bêtises, si on allait prendre un café ? On n'a pas eu le temps avec Charlie, elle avait une réunion qui n'allait pas tarder à commencer.

Mohammed hoche la tête, imité par les deux autres hommes. Damien se lève et le petit groupe quitte l'open-space pour se mettre en route vers la cafétéria.

— Tu lui as dit que tu t'étais remis avec ton ex ? lui demande Damien.

La jeune femme acquiesce.

— Oui, on évoquait le programme du week-end, et forcément, j'ai parlé de Louis. Du coup, il m'a interrogé à ce sujet et je lui ai dit qu'on venait de se réinstaller ensemble.

— Voilà pourquoi il fait la gueule alors ! plaisante Momo en attrapant le bras de la jeune femme. Il est jaloux.

— Mais pas du tout. Il avait l'air plutôt content, d'ailleurs, si vous voulez tout savoir. Je pense que son coup de fil n'a pas dû se passer comme il le voulait, c'est tout. Peut-être qu'il veut se barrer d'ici.

Lucie plisse les yeux. C'est vrai que le juriste est arrivé il y a peu, mais il n'a pas l'air d'être si épanoui que ça dans ce poste. Entre la surcharge de travail, le caractère parfois difficile de sa boss et la possibilité de ne pas avoir de congés pendant un bon moment, il a peut-être craqué et décidé d'aller voir ailleurs. Après tout, selon Charlie, il a un CV incroyable. Il pourrait bosser n'importe où.

— C'était peut-être un appel pour un boulot qui n'a rien donné.

Les trois hommes lui lancent un regard amusé.

— Tu devrais aller le consoler, lui conseille Damien, moqueur.

Elle tourne vers lui un visage agacé et secoue la tête.

— Pourquoi vous ne me lâchez pas avec lui ?

— Parce qu'il est beau comme un cœur, que toi aussi, et que vous auriez formé un joli petit couple, lance Julien. Mais on arrête. Ne soyez pas lourds, les mecs, OK ?

— On sait, tu as retrouvé ton Loulou, tu es heureuse et tu n'as plus besoin de regarder les autres hommes, souffle Momo.

— Exactement !

Ils arrivent à la cafétéria. Heureusement, ils ont enfin lâché le sujet « Olivier » pour évoquer la dernière bourde de leur stagiaire. Il a planté un PC au lieu de le réparer. Un vrai boulet. À chaque jour, sa nouvelle gaffe. Ils ont beau tenté d'être patients, de lui expliquer les choses, rien à faire. L'informatique ne semble pas faite pour lui. Heureusement, son stage se termine la semaine prochaine. Ils en seront débarrassés. Mine de rien, ils perdent plus de temps qu'autre chose avec lui. Espérons que la prochaine stagiaire qui doit arriver le mois prochain soit plus douée ! En tout cas, selon Lucie qui a pu la rencontrer, elle a l'air.

— Trois cafés courts, sans sucre ? leur demande Lucie en s'approchant de la machine. Je paie ma tournée !

— Madame est d'humeur généreuse, réplique Momo avant de lui confirmer son choix.

Elle lance les cafés et chacun repart avec un gobelet bien chaud. Ils s'installent à une table, près de l'entrée de la pièce et reprennent leur discussion. Cette fois, le prochain séminaire de leur boîte est au cœur des bavardages. L'activité se déroulera au mois de décembre prochain. Personne ne sait de quoi il s'agit pour l'instant. Tout le monde a beau tenter de glaner des infos, que ce soit auprès de l'assistante du président ou du service communication, rien à faire. Aucune piste. Les derniers séminaires étaient assez classiques : un après-midi dans un château-relais avec un dîner gastronomique qui se prolongeait jusqu'au milieu de la nuit, c'est tout. Sauf que cette année, selon certaines sources, la Direction a mis les petits plats dans les grands. Tout le monde a hâte d'en savoir plus.

— Moi, je pense pour une journée en Normandie avec soirée casino et nuit dans un palace.

Lucie se tourne vers Momo en riant.

— Tu crois vraiment qu'ils vont exploser le budget à ce point ? Le juridique n'a même pas de quoi se payer un juriste, rétorque la jeune femme. À mon avis, ce sont surtout des rumeurs et il n'y aura rien de plus que les années précédentes.

— On verra, souffle Julien. De toute façon, ce truc à la con m'agace déjà. Ils nous font chier à nous imposer ça.

— Tu as qu'à dire qu'un de tes gosses est malade. Comme ça, tu as une excuse pour ne pas venir ! lui dit Damien.

— Ouais, peut-être bien.

Soudain, Olivier pénètre dans la cafétéria. Son regard tombe sur Lucie et la jeune femme lui adresse un petit signe de la main. Effectivement, il a l'air de mauvaise humeur, contrairement au début du repas où il était tout sourire.

Son visage est fermé, ses sourcils froncés et il semble ailleurs, à mille lieues de la cafétéria !

Sans un mot, il se dirige vers la machine à café et se sert avant de repartir aussi vite qu'il est arrivé. Il ne lui a même pas adressé un sourire avant de quitter la pièce.

— Vous aviez raison, il tire la gueule, constate Lucie en haussant les épaules. J'espère qu'il n'y a rien de grave. Ce n'est pas le genre. Il est plutôt souriant d'habitude.

— Envoie lui un message, lui conseille Julien. Il sera content.

— Surtout s'il a appris une mauvaise nouvelle, approuve Damien. Peut-être que ça lui fera du bien d'en parler.

— Je verrai.

Ils finissent leur café et se dépêchent de regagner l'open-space. Chacun a un programme bien chargé. C'était sans doute la dernière pause de la journée. Une fois devant son PC, Lucie ouvre le chat de l'entreprise. Olivier est connecté.

« Ça va ? »

Sa réponse ne tarde pas à arriver.

« Ouais, ouais… Pourquoi ? »

« Non, pour rien. »

La jeune femme soupire et hésite un instant avant de taper de nouveau sur son clavier.

« C'est juste que tu avais l'air bizarre à la cafétéria. Et comme tu es parti un peu vite du restaurant tout à l'heure, je voulais juste m'assurer que tout allait bien. Tu as perdu ton habituel sourire… »

« C'est gentil de t'inquiéter ! Juste un peu stressé par le boulot et deux, trois bricoles. Rien de grave, ne t'en fais pas. Mon sourire reviendra demain, promis ! Je lui laisse juste un après-midi de repos. »

« Ok, super ! Ça me rassure. Bon après-midi alors ! Je te laisse travailler, je sais que tu as un après-midi chargé qui t'attend. »

« Tout comme toi ! Bon courage ! »

Elle referme la fenêtre de chat et sourit avant de se remettre à travailler. Mais quelques minutes plus tard, un petit bip se fait entendre et la fenêtre se rouvre. Olivier lui a écrit de nouveau.

« Au fait, j'étais content qu'on mange ensemble ce midi. On se refait ça très vite ? »

« Carrément ! Avec plaisir »

« Génial... »

Elle ferme de nouveau la fenêtre. Son esprit dérive malgré elle vers le juriste. Elle se demande ce qui peut le tracasser, mis à part le boulot. C'est vrai qu'il est assez secret. Elle ne connaît rien de sa vie, si ce n'est qu'il est originaire du sud, qu'il aime sortir et écouter du métal. A-t-il quelqu'un dans sa vie ? Des soucis d'argent ? De santé ?

Concentre-toi, Lucie, se murmure-t-elle pour se concentrer sur son écran.

Après tout, qu'est-ce que ça peut lui faire ? Bien sûr, elle l'apprécie, mais ça reste seulement un collègue de travail avec qui elle aime déjeuner de temps en temps. Rien de plus.

Chapitre 6

Lucie tourne la clé dans la serrure et pénètre doucement dans l'appartement. Il n'y a pas un seul bruit et le salon est encore plongé dans la pénombre. Louis dort encore, allongé sur le canapé et recouvert d'une couverture qu'elle a déposée sur son corps avant de s'en aller. Il est samedi midi et elle a déjà eu le temps de faire les courses, d'aller chez l'esthéticienne ainsi que de passer chez le fleuriste acheter un petit bouquet coloré histoire d'égayer leur domicile. Un soupir déçu lui échappe, cependant, en voyant son petit-ami encore endormi. Elle qui espérait pouvoir sortir déjeuner dans un petit restaurant à quelques kilomètres de chez eux, c'est loupé !

— Louis ?

Elle s'approche de lui après avoir mis les fleurs dans de l'eau et tente de le secouer.

— Tu dors ?

Aucune réaction. Nouveau soupir de la jeune femme.

— Tu ne veux pas te réveiller ? J'ai trouvé un super restaurant, on pourrait aller déjeuner, non ?

Elle parle dans le vide, elle le sait bien. Mais, après tout, qui ne tente rien n'a rien ! Louis a encore dû s'endormir à pas d'heure hier soir puisqu'elle l'a retrouvé dans le canapé ce matin. Il devait sortir prendre un verre chez un pote : la soirée a dû s'éterniser.

— Bon bah…

Elle se dirige dans la cuisine et ouvre le frigo. Il n'y a plus qu'à se faire à manger. Pendant qu'elle cuisine rapidement un steak haché avec des pâtes, à mille lieues du repas qu'elle s'était imaginé sur le chemin du retour, son regard se perd par la fenêtre. Le temps est gris : il pleut depuis ce matin et pas un coin de ciel bleu ne vient illuminer le paysage. Encore une journée morose en perspective. Elle déteste cette période de l'année et encore plus l'automne lorsqu'il est pluvieux. S'il avait fait beau, elle aurait au moins pu se balader et profiter des derniers rayons de soleil. Mais l'été indien n'est pas décidé à se pointer cette année ! Elle termine sa pomme et fait la vaisselle. Louis est toujours entre les bras de Morphée.

— Tu te réveilles ?

Elle le secoue un peu plus fort. Enfin, il grogne, ouvre un œil puis le deuxième.

— Il est quelle heure ?

— Presque treize heures, murmure-t-elle, dépitée. Je voulais qu'on aille déjeuner au restaurant ce midi. T'es chiant de te lever aussi tard.

— Désolé, mon cœur, souffle-t-il en se redressant. Je suis rentré tard hier. J'avais besoin de me reposer.

Elle retient un soupir. De toute façon, il a toujours été un gros dormeur.

— Si tu veux, on va faire un peu de shopping cet après-midi et on peut se prendre un bon goûter au Starbucks ? lui propose-t-il devant sa mine déçue.

Elle esquisse un petit sourire. Bon, ce ne sera pas un déjeuner, mais c'est mieux que rien. Avant, Louis aurait mis deux heures avant d'émerger et il n'aurait pas voulu sortir.

— Trop bien ! s'exclame-t-elle. Ils ont sorti leurs boissons d'automne en plus. J'ai hâte de goûter leur nouveau latte au potiron !

Louis lui attrape la main et l'attire sur le canapé. Elle se retrouve allongée, prisonnière d'entre ses bras.

— En attendant, viens me faire un câlin. Tu m'as manqué cette nuit, lui murmure-t-il à l'oreille. Il était trop tard pour que je te rejoigne. J'avais peur de te réveiller.

— Tu aurais dû. Je me serais rendormie dans tes bras, ne t'en fais pas.

Elle dépose un baiser sur ses lèvres. Sa chaleur lui fait du bien. Elle caresse distraitement ses cheveux tandis que le jeune homme glisse ses mains dans le creux de ses reins, lui arrachant un frémissement involontaire.

— J'ai envie de toi...

Le souffle chaud dans son oreille, ses doigts qui se baladent sur son corps, il n'en faut pas plus à Lucie pour sentir le désir irradier son bas-ventre. Il l'embrasse avec avidité et s'empresse de lui retirer son jean et le sweat léger qu'elle porte.

— T'es tellement belle. Je suis l'homme le plus chanceux du monde de t'avoir à mes côtés.

— Je ne suis pas à plaindre non plus, réplique Lucie avec un sourire.

Elle glisse ses mains sous son tee-shirt et caresse la douceur de sa peau. À son tour, elle lui retire son pantalon. Elle a envie de le sentir contre elle, en elle.

Lorsqu'ils émergent du canapé une heure plus tard, encore moites de leurs ébats, la jeune femme est de bien meilleure humeur.

— Je vais prendre une douche et on se prépare pour y aller ? lui dit-elle.

Il hoche la tête. Elle s'extirpe du canapé et de sa chaleur confortable pour se diriger dans la salle de bains. Après une vingtaine de minutes, elle en ressort propre, habillée, coiffée et légèrement maquillée.

— À ton tour, lui dit-elle.

Il grimace.

— J'ai reçu un appel de mon pote. Il a besoin de moi pour une mission vite fait. Ça ne va pas prendre longtemps, ne t'en fais pas. On y va après, OK ?

— Mais il est déjà tard, soupire la jeune femme. Tu ne peux pas y aller une autre fois ? lui demande-t-elle, déçue.

— Non, c'est urgent apparemment. Mais je suis là dans moins de deux heures, t'inquiète.

Il se lève et enfile son boxer.

— Je prends ma douche et je file, OK ? Plus vite je pars, plus vite je reviens.

Elle acquiesce et le regarde disparaître dans le couloir. Elle voit l'après-midi qu'ils ont planifié s'envoler en fumée. Un soupir lui échappe tandis qu'elle se pose dans le canapé et allume la télé. Autant regarder une série. De toute façon, elle n'a pas grand-chose d'autre à faire. Elle n'a plus d'amis depuis longtemps dans cette ville de banlieue dans laquelle elle a pourtant grandi. Il n'y a que ses parents, mais ils sont partis en week-end chez une tante à une centaine de kilomètres pour changer un peu d'air. Sa mère lui avait bien proposé de venir, mais elle pensait qu'ils allaient faire des trucs sympas avec Louis, alors elle a refusé. Si elle avait su, elle les aurait accompagnés !

Lorsque Louis revient, il est prêt à partir, sa veste déjà sur le dos.

— J'y vais, mon cœur, lui dit-il du seuil du salon. Je t'appelle quand je suis sur le chemin du retour comme ça tu te prépares et on y va ? On pourra dîner là-bas si tu veux.

Elle hoche la tête, mais le cœur n'y est plus. Pourtant, elle lui adresse un petit sourire et un signe de la main.

— À tout à l'heure !

La porte claque et elle se retrouve seule dans leur appartement. Soudain, son petit nid parisien lui manque. Elle serait descendue se balader dans les rues voisines et aurait pu profiter de quelques macarons au salon de thé à deux pas de chez elle. Mais non. Ici, il n'y a rien, si ce n'est un grec juste à côté. Son téléphone sonne. Emma. Elle tombe à pic !

— Allô ?

— Coucou, ma belle, comment tu vas ?

La voix enthousiaste de sa cousine suffit à faire naître un sourire sur son visage. Comme toujours.

— Bien et toi ?

— Super ! Gaspard est parti à sa séance de sport, du coup j'en profitais pour prendre des nouvelles. Quoi de neuf ?

— Pas grand-chose, souffle Lucie. La routine.

— Mais non ! Ne me dis pas que tu passes le week-end emmitouflée sous un plaid devant Netflix ?

La jeune femme retient un soupir. C'est tout à fait ça. En soit, ce n'est pas un programme qu'elle déteste, mais elle avait envie d'autre chose pour ce samedi. Déjà que demain, elle passe l'après-midi chez Esther, sa grand-mère... Elle imaginait que cette journée serait plus drôle !

— Et si... Je viens juste d'allumer la télé justement, répond-elle, un peu lasse. Courses et ménage le matin, et me voilà prête à faire un marathon séries.

— Louis travaille ?

— Non... Il a dormi tard et là, il a dû partir pour aider un pote à faire je ne sais quoi.

— Oh...

Le silence qui suit est révélateur. Emma ne semble pas plus surprise que ça. À croire qu'elle s'y attendait. Le retour des mauvaises habitudes de Louis : passer son temps à dormir au lieu de profiter de moments à deux et lorsqu'il est dispo, filer chez ses potes.

— Ce n'est rien, ajoute Lucie. C'est la première fois que ça arrive depuis qu'on s'est remis ensemble. Il a bien le droit d'aider un ami.

Pourquoi a-t-elle le besoin de le défendre ? Après tout, elle-même était furieuse contre lui il y a encore dix minutes ! Peut-être qu'elle a juste besoin de justifier sa décision de s'être remise avec. De dire au monde entier que Louis a changé et que leur couple va mieux. Et c'est le cas ! Ils sont heureux. Ils n'ont pas besoin d'être collés l'un à l'autre sans arrêt pour le prouver, non ? Un couple a aussi besoin de ses moments individuels pour s'épanouir.

— Oui, oui, bien sûr, renchérit rapidement sa cousine. Ce n'est pas ce que je voulais dire. Tu te n'ennuies pas trop, ça va ?

— Non, pas du tout. Il y a une nouvelle série qui a l'air top en plus, ça tombe bien, ment-elle. On se rattrapera le week-end prochain.

— Vous venez nous voir bientôt ? Ce serait cool de revoir Louis, ça fait longtemps !

Emma ne l'a vu qu'une fois à vrai dire. La deuxième année de leur relation. Sa cousine était dans la région et ils avaient dîné tous les quatre. C'était sympa comme tout, mais depuis Louis a boudé les escapades à Nantes.

— Oui, c'est clair ! On regarde si on peut venir en octobre ? Avant qu'il ne fasse trop froid.

Emma rit, imitée par Lucie. Les deux sont pareilles. Elles détestent l'hiver. Elles préfèrent de loin le printemps et l'été, son soleil brûlant et les petites tenues légères aux pulls et à la neige !

— Ça serait super ! On peut même essayer de prendre un jour ou deux. Comme ça, vous vous faites un long week-end !

— Carrément ! Je lui en parle ce soir et on essaie de s'organiser ça ?

— Avec plaisir !

Pendant plus de vingt minutes, les deux jeunes femmes discutent ensuite de leur boulot et du programme du week-end. Sans oublier le fameux sujet qui devient central à cette période de l'année : Noël. L'an passé, Emma n'avait pas pu venir, mais cette année elle compte bien se rattraper et profiter de sa famille. Tant mieux ! Ce Noël promet d'être fabuleux. Elle ne sera pas seule comme le précédent, Louis sera à ses côtés. Et si, en plus, sa cousine est là, ces fêtes de fin d'année ne pourront être que parfaites !

Chapitre 7

Retour à Paris, Lucie quitte les couloirs du RER pour se diriger vers la ligne 4 du métro. Esther l'attend, bien au chaud dans son appartement du dix-huitième arrondissement. Il est presque quatorze heures. Elle a son sac avec elle car elle a décidé de rester dormir sur place. Au moins, elle s'évite un trajet de plus d'une heure demain matin. C'est toujours bon à prendre. Puis, avant d'avoir son petit nid parisien, elle avait pris l'habitude de dormir au moins deux nuits par semaine chez sa grand-mère maternelle. Louis n'y voyait pas d'inconvénient. Normal, elle avait compris plus tard qu'il en profitait pour aller voir l'autre fille qu'il a fréquentée quelques mois avant leur rupture !

Il est rentré tard hier soir, elle dormait déjà. Et ce matin, c'était lui qui était plongé dans un sommeil profond. Du coup, il ne l'a pas vue partir. Elle aurait bien voulu qu'il vienne avec elle voir Esther, mais il n'a pas daigné se réveiller ! Tant pis, ce sera pour une autre fois.

Après une dizaine de minutes, elle est à la porte de sa grand-mère. Sa clé tourne dans sa serrure et elle pénètre dans le petit appartement qu'elle connaît si bien. Chaleureux, baigné de lumière, l'odeur familière du parfum de sa grand-mère mélangé à sa lessive flotte dans l'air. Lucie a toujours adoré cet endroit. Il faut dire que Esther est comme une deuxième mère : elle passait ses mercredis, week-ends et vacances scolaires chez elle. Elles en ont fait des choses ensemble toutes les deux : les parcs de la capitale, les musées, les expositions, ... Sans oublier les escapades en Normandie, en Italie, ... Lucie a de très bons souvenirs de ses vacances grâce à sa mamie.

— Tu es là ? hèle-t-elle en traversant le couloir.

— Oui, oui. Dans la chambre, je fais mon lit. J'arrive, lui répond Esther.

Lucie ôte son manteau et pose son sac sur le fauteuil. Il y a encore l'assiette du déjeuner qui trône juste à côté. Elle en profite pour débarrasser et revient dans le salon.

— Ah, tu es là ! s'exclame sa grand-mère. Il ne fallait pas t'occuper du reste de mon repas. Je l'aurais fait !

— Ne t'en fais pas, mamie. Ça te fait déjà ça de moins à faire ! Alors, comment tu vas ?

— Un peu fatiguée, grogne Esther en touchant le bas de son dos. J'ai des rhumatismes de partout avec ce temps ! Toute cette pluie, c'est insupportable !

— Je suis d'accord ! Vivement l'été prochain.

Les deux femmes rient et Lucie lance un coup d'œil à sa mamie qui s'installe autour de la table.

— Je nous fais un café ? lui propose-t-elle.

— S'il te plaît, oui.

Lucie file dans la petite cuisine et s'occupe de lancer la machine et de faire couler le breuvage dans deux tasses. Lorsqu'elle revient, Esther regarde la télévision. Depuis qu'elle n'est plus aussi libre de ses mouvements qu'avant, elle s'est mise à regarder beaucoup la télé ! Lucie se souvient que, lorsqu'elle était petite, elle devait négocier pour avoir le droit aux dessins animés. Sa mamie ne regardait que le JT du midi et les *Feux de l'Amour*, rien d'autre. Désormais, c'est télé midi, après-midi et soir. Le matin, c'est la radio : informations en boucle. Comment peut-elle supporter d'entendre toutes ces mauvaises nouvelles sans arrêt ?

— Tu as vu ce chanteur ? Il a sorti son nouvel album ! s'exclame-t-elle. Je l'adore. J'écoute sa dernière chanson tout le temps !

Lucie esquisse un petit sourire. Le pire dans tout ça, c'est qu'Esther est devenue bien plus calée qu'elle en musique ! Elle connaît tous les derniers tubes et artistes à la mode. Souvent, elle lui parle de tel ou tel chanteur, et Lucie est incapable de dire qui il est.

— Il paraît qu'il a beaucoup de succès, commente la jeune femme en jetant un œil à l'écran. On le voit dans tous les magazines !

Elle ne le connaît que de nom. Bien incapable de dire le titre d'une de ses chansons, mais au moins, cette fois, elle connaît son visage. Et surtout, ça lui donne une idée cadeau pour l'anniversaire de sa grand-mère.

— Tu n'as pas réussi à ramener ton amoureux ? lui demande Esther en buvant une gorgée de son café.

Lucie attrape la boîte de gâteaux dans le placard du salon et la dépose sur la table avant de s'asseoir pour déguster le breuvage amer qui l'attend. Elle en a bien besoin : un début de migraine pointe le bout de son nez.

— Non, il devait passer voir sa famille, invente la jeune femme.

Elle n'a pas envie de dire que Louis dormait encore et que, de toute façon, il aurait sans doute eu la flemme de l'accompagner. Elle connaît assez Esther pour savoir qu'elle n'aurait pas apprécié ! Normal. Louis ne daignait que rarement lui rendre visite ou même aller à ses repas d'anniversaire. Et, pour sa grand-mère, ce sont des choses qui ne se font pas.

— Ça va toi ? Tu as une petite mine, remarque la vieille femme en posant sur elle son regard noisette.

Le même que le sien. Lucie lui ressemble beaucoup de toute façon : les yeux légèrement en amande, une paupière un peu plus tombante que l'autre, une peau lisse et pâle, presque translucide, et le sourire qui fait naître des fossettes.

— Un peu fatiguée, souffle la jeune femme. Le travail…

Et un peu Louis, il faut l'avouer. Mais ça, elle n'a pas envie d'en parler. Quand elle a annoncé à sa famille qu'elle se remettait avec lui, mis à part Augustine et Emma qui l'ont soutenue, les autres n'ont pas été ravis. Surtout sa mère et Esther ! Et encore, elles ne savent pas qu'en plus de leurs divergences d'opinions sur le futur et les petits business de Louis, il voyait une fille à côté ! Si elles étaient au courant, elles lui auraient sans doute dit de fuir en courant. Alors, elle ne veut pas se plaindre auprès de sa mamie au risque d'entendre le fameux « On te l'avait dit ! » Hors de question.

— Tu es sûre ? Rien d'autre ? la questionne Esther en fronçant les sourcils. Tu n'es pas du genre à te faire du souci pour ton boulot.

— Mais non, Mamie ! Qu'est-ce que tu vas imaginer ? tente de rire Lucie. J'ai juste eu une semaine crevante. Beaucoup d'heures supplémentaires et de stress. Un gros projet qui m'a été confié !

Pendant quelques secondes, Esther ne dit rien, se contentant de la fixer, dubitative. Mais elle finit par retrouver son sourire et hoche la tête.

— De toute façon, tu me le dirais si ça n'allait pas, hein ?

— Bien sûr que oui ! Je te dis tout, tu sais bien !

Elle lui presse la main et Esther acquiesce.

— Non, parce que, tu sais, si tu n'es pas heureuse avec Louis, tu as le droit de partir. Regarde-moi, j'ai bien divorcé ! lui rappelle-t-elle. Pourtant, à mon époque, ça ne se faisait pas !

Lucie hausse les épaules, amusée. C'est vrai que sa mamie est une des rares divorcées de son âge qu'elle connaît.

— Je viens juste de me remettre avec lui, mamie, souffle-t-elle. Nous sommes très heureux, et je suis certaine que ça va continuer ainsi. Il n'y a pas de raison. Il a changé, tu sais ? Il fait beaucoup d'efforts pour que ça marche.

Bon, un peu moins ces derniers temps. En tout cas, ce week-end. Mais il n'a pas besoin d'être parfait sans arrêt. Après tout, on parle de Louis. Elle sait qui il est. Elle est tombée amoureuse de lui en tout état de cause. Tant que leur couple continue d'être sa priorité comme il est la sienne, ça lui va. Elle, ce qu'elle veut, c'est fonder une famille avec lui. Qu'ils s'engagent enfin ensemble. Pour de bon.

— Oh… J'ai du mal à le croire, pour être honnête, réplique sa grand-mère. Je l'aime beaucoup, hein, ce n'est pas le sujet. C'est un garçon intelligent. Mais, crois-en mon expérience, les hommes ne changent pas.

Une ombre voile son regard que des lunettes dorées protègent. Elle tourne le visage vers la fenêtre et reste silencieuse quelques instants.

— Tu sais pourquoi j'ai fini par quitter ton papy, n'est-ce pas ? l'interroge-t-elle.

Lucie hausse les épaules.

— Plus ou moins, oui. Mais Louis n'est pas du tout comme ça.

Esther laisse échapper un petit rire.

— Bien sûr, ma puce. Il n'a pas les mêmes travers que ton grand-père, dit-elle. Lui, c'était l'alcool et le jeu. Tout son argent y passait, le mien aussi d'ailleurs. Et quand il rentrait après avoir descendu des bouteilles de rosé, il s'en prenait à moi.

Un soupir lui échappe et elle secoue la tête.

— J'aurais dû le quitter bien plus tôt… Mais c'était difficile en ce temps-là de partir. Les enfants étaient jeunes, je ne m'imaginais pas devoir recommencer tout à zéro. Alors j'ai attendu que ton oncle ait dix-huit ans pour enfin lancer la procédure.

Désabusée, elle termine son café et le repose sèchement sur la table.

— Personne n'a voulu témoigner en ma faveur, personne ! Aucune des voisines ici n'a voulu signer une attestation pour confirmer mes dires. Pourtant, elles les entendaient, les cris ; elles le croisaient dans l'ascenseur, ivre, titubant ; elles les ont vu, les marques sur mon visage, mes bras, mais non… J'étais seule contre tous. Contre lui surtout.

Lucie sait que la procédure de divorce a été houleuse. Son ex-mari ne lui a jamais rien versé. Elle a dû se débrouiller toute seule. Pourtant, Esther ne l'a jamais laissé tomber. Jusqu'à sa mort, elle s'est occupée de lui, de loin au début, puis plus franchement lorsqu'il est tombé malade. Cancer des poumons. Elle lui a trouvé un appartement pour le sortir de la chambre d'hôtel sordide qu'il louait depuis quinze ans. Le type d'hôtel qui accueille des familles de migrants en leur faisant miroiter des logements confortables alors que l'eau chaude n'est pas toujours au programme… Elle l'a forcé à se soigner et, surtout, elle l'a accompagné durant les dernières années de sa vie en cuisinant pour lui, en allant lui chercher ses médicaments. Esther est exemplaire. Une femme dotée d'un cœur immense et d'une bonté d'âme qu'on ne trouve plus de nos jours. Qui fait ça désormais ? Personne !

— Alors, oui, Louis ne boit pas et n'est pas violent, conclut-elle. Mais il a ses travers, et ça, ça ne disparaît pas comme ça, même avec toute la meilleure volonté du monde !

Lucie déglutit. Elle baisse le regard, fixant le fond de café qui reste comme si les réponses à ses questions pouvaient s'y trouver. Se peut-il que sa grand-mère ait raison ? Qu'il ne change pas malgré ses promesses ? Qu'il continue ses petits trafics ou, pire encore, qu'il se mette à revoir d'autres filles ?

Son cœur se serre dans sa poitrine. Soudain, elle n'est plus sûre de rien. Esther la fait douter.

La main de sa grand-mère se pose sur la sienne et elle lui fait face de nouveau. Un petit sourire éclaire son visage à peine ridé.

— Mais peut-être que je me trompe, ajoute-t-elle. Après tout, je ne le connais pas si bien. Et je n'ai eu que ton papy dans ma vie... C'est mal connaître les hommes ! Le temps te le dira, ma chérie. Ne t'en fais pas, d'accord ?

Lucie acquiesce avant de retrouver un sourire amusé.

— Au fait, tu ne m'as jamais dit comment tu avais rencontré papy ! s'écrie-t-elle.

Esther éclate de rire et secoue la tête.

— Personne ne le sait d'ailleurs, commente-t-elle. Ni ta mère ni ton oncle ! Ils n'ont jamais été très curieux à ce sujet. Ça remonte à bien longtemps...

Chapitre 8

Juillet 1950

Esther pousse un soupir et lisse sa robe bleu pâle. Plus courte que celles qu'elle porte habituellement, elle est idéale pour les vacances d'été.

Le soleil tape fort en cette belle journée, presque caniculaire. Pourtant, les journées précédentes ont été fraîches dans cette petite ville de Corrèze dont ses parents sont originaires et dans laquelle elle passe toutes ses vacances.

— Au lieu de rêvasser, dépêche-toi un peu fillette !

Son oncle, à une dizaine de mètres d'elle, gesticule dans tous les sens.

— Elles vont pas se rentrer toutes seules mes vaches, pardi !

— J'y vais !

Elle quitte la ferme de son grand-père d'un pas vif. À deux kilomètres de là se trouve un grand champ dans lequel cinq, six vaches qui appartiennent à sa famille maternelle. Une petite ferme qui ne paie pas de mine, mais qui permet d'offrir du bon lait frais, du beurre, du fromage et des œufs. À chaque fois qu'elle est en vacances ici, elle est désignée pour amener et ramener le troupeau à la ferme. Ses petites sœurs, elles, ramassent les œufs ou aident à la traite. Si seulement, elle pouvait faire ça elle aussi ! Ce serait bien plus amusant – et facile – que de gérer les énormes laitières. À l'âge de quinze ans, elle a d'autres envies que de s'occuper des bêtes. Elle préférerait aller en ville avec ses cousines et danser dans les bals champêtres organisés presque chaque soir. Mais non. Sa famille s'obstine à la faire travailler à la ferme.

Alors qu'elle est presque arrivée au champ, un garçon surgit devant elle, en vélo, manquant de l'écraser.

— Hey, l'interpelle-t-elle. Tu ne peux pas faire attention !

Elle chasse une boucle brune derrière son oreille tandis que le jeune homme s'arrête brusquement et descend de son vélo.

— Tout va bien ? lui demande-t-il en s'approchant d'elle.

Il doit avoir son âge, ou peut-être quelques années de plus. Vêtu d'un béret qui recouvre ses cheveux châtains un peu trop longs, son visage rond offre un sourire sympathique. Ses traits un peu lourds lui donnent l'air d'être plus âgé qu'il ne doit l'être. Son pantalon usé et sa chemise retroussée montrent qu'il ne doit pas être bien riche. Sans doute un paysan du coin, se dit Esther.

— Ça va, mais tu aurais pu me faire mal, marmonne-t-elle en tentant de dissimuler ses jambes à la vue du garçon.

Elle a bien vu ses yeux sombres s'attarder sur ses genoux que le tissu ne recouvre pas.

— Désolé, je vais toujours trop vite sur cette route. Puis j'étais pressé. Ma mère m'attend, explique-t-il. On doit se rendre chez de la famille.

— Moi aussi, je suis pressée, réplique Esther, presque dédaigneuse. Ce n'est pas pour autant que je cours comme une forcenée !

— Pourquoi donc es-tu si hâtive ? la questionne-t-il.

— Je dois ramener les vaches à la ferme.

Il la dévisage avec surprise pendant quelques instants.

— Toi ? Ramener les vaches ? J'aurais juré que tu étais une fille de la ville ! s'écrie-t-il. Tu as l'air... plus distinguée que celles du coin.

Esther ne peut s'empêcher de pouffer. Distinguée ? Elle ? Alors qu'elle porte cette robe qu'elle n'oserait jamais mettre à Paris ? Et que ses cheveux ne sont pas coiffés ? N'importe quoi !

— Je suis parisienne, déclare-t-elle. Mais je passe mes vacances dans la ferme de mon grand-père comme chaque été.

— Je viens d'emménager ici il y a quelques mois, lui précise-t-il. C'est sans doute pour ça qu'on ne s'est jamais croisé.

Elle hoche la tête tandis qu'il lui tend sa main, calleuse et un peu sale :

— Je suis Jacques.

— Moi, c'est Esther !

Elle prend sa main qu'il garde quelques secondes dans la sienne.

— Enchanté, Esther. Je dois filer, mais j'espère qu'on aura l'occasion de se croiser. Demain à la même heure ?

— Oui, je m'occupe de les emmener et de les ramener tous les jours. Six et quinze heures, souffle-t-elle.

Un sourire éclaire le visage du garçon.

— Super ! Compte sur moi !

Il grimpe de nouveau sur son vélo et disparaît dans la direction opposée tandis que la jeune fille reprend sa route. Si elle ne se dépêche pas, son grand-père ne manquera pas de l'engueuler. Il ne supporte pas qu'elle traîne sur la route.

Alors, elle hâte le pas tout en espérant secrètement que le garçon tout juste rencontré viendra demain. Après tout, si elle peut se faire un ami dans le coin, ça ne serait pas de refus ! Peut-être pourra-t-il rester un peu avec elle tandis qu'elle s'occupe des vaches !

* * *

La fin de l'été est déjà là ! Dans moins de deux jours, Esther et sa famille se remettront en route vers Paris. Elle n'a pas vu passer ces deux mois, et pour cause, Jacques est venu tous les jours s'occuper des vaches avec elle. Lorsqu'elle restait la matinée avec le troupeau, il était là. Et le soir aussi pour venir les ramener. Petit à petit, ils ont appris à se connaître : lui, fils d'un cantonnier de la région, et elle, Parisienne un peu bourgeoise. Ils n'ont rien en commun, rien. Pourtant, elle s'est surprise à rire à ses blagues, et lui à l'écouter d'une oreille attentive lorsqu'elle lui racontait sa vie en ville.

— C'est la dernière fois qu'on se voit avant l'été prochain ? lui demande-t-il lorsqu'elle le rejoint au champ.

Il est arrivé en avance. Il est déjà posé contre un rouleau de paille, cigarette au bec. Il fume depuis plusieurs années déjà, ce gosse d'à peine dix-sept ans. Elle hoche la tête, un peu triste. Elle a du mal à croire qu'ils ne vont pas se voir pendant un an. Cela lui semble tellement long !

— Oui… Sauf si j'arrive à convaincre mes parents de venir au printemps, lui dit-elle. Parfois, ils ont envie de partir, mais on ne l'a encore jamais fait.

— Ce serait bien ! Tu auras seize ans en plus, commente-t-il. Promis, dès que tu reviens, je t'emmène danser au bal.

Esther se sent rougir face au regard pénétrant de Jacques. Il ne s'est rien passé entre eux, mais à plusieurs reprises, elle a vu qu'il la dévisageait avec insistance et qu'il frôlait ses bras nus à la moindre occasion. Elle n'ose l'avouer, mais le garçon lui plaît. Jamais elle n'a encore ressenti une telle attirance pour quelqu'un. À vrai dire, avant lui, elle ne s'intéressait pas aux jeunes hommes. Mis à part sa famille, les études et le tricot, la jeune fille est plutôt une solitaire. Elle a quelques copines, c'est tout.

— Tu accepteras, hein ? insiste Jacques.

— Oui, bien sûr ! Ce sera avec plaisir, lui répond-elle avec un sourire timide.

— Génial ! J'ai déjà hâte !

— Moi aussi…

Il dépose un baiser sur sa joue et lui adresse un signe de la main.

— Je vais y aller ! Je ne peux pas rester aujourd'hui, lui dit-il. Mon père veut que je commence à bosser avec lui cette année !

Jacques n'est pas un amoureux de l'école. Contrairement à Esther qui a envie de finir l'école et de commencer une formation de dactylographe, il préfère la nature et l'école de la vie !

— D'accord. On se voit l'an prochain alors !

Le garçon acquiesce et il enfourche son vélo avant de se mettre en route rapidement. Esther le regarde partir, songeuse. Maintenant, il va lui tarder de revenir en Corrèze. Elle se demande s'il pensera encore à elle dans un an ; en tout cas, elle l'espère.

Elle ouvre la barrière et se glisse dans le champ. Pendant plusieurs heures désormais, elle doit surveiller les vaches avant de les ramener à la ferme. L'après-midi lui semble long. Habituée à la présence de Jacques, elle prenait plaisir à discuter avec lui. Là, elle n'a que les nuages à contempler, tandis qu'elle est allongée dans l'herbe en attendant qu'il soit l'heure de rentrer.

Lorsqu'enfin, elle quitte le champ, accompagnée du troupeau, et qu'elle regagne la ferme, son oncle l'accueille avec un grand sourire. Vêtu de sa sempiternelle chemisette jaune et de son pantalon en toile trop grand pour lui, il est le portrait classique des hommes du coin.

— Alors, fillette, ton travail s'achève ici ! s'écrie-t-il. Tu auras encore bien bossé, hein ? C'est pas à Paris que tu vas pouvoir faire ça.

Elle laisse échapper un petit rire. Ses mains abîmées par le râteau qui l'aide à nettoyer l'étable et la corde à laquelle elle accroche les vaches, ses genoux cagneux à cause de l'herbe dans laquelle elle s'assoit et ses cheveux que le soleil a éclaircis et asséchés. Sans compter son teint hâlé puisqu'elle passe ses journées dehors. Elle n'a plus rien à voir avec la petite Parisienne qu'elle est habituellement. Et, au fond, ça lui fait du bien. Même si elle a quand même hâte de retrouver son petit confort : l'appartement confortable de ses parents, l'école et ses copines puis les cours de tricot du mercredi après-midi !

— Mais j'ai l'impression que ça t'a plu davantage cette année de t'occuper des vaches et de la ferme, non ? l'interroge-t-il.

Esther acquiesce. C'est vrai que cela lui a semblé moins contraignant que les années précédentes.

Je t'embauche pour l'été prochain alors ?

— Bien sûr ! Tu peux compter sur moi, affirme-t-elle.

— Allez, va commencer tes valises, lui conseille-t-il. Tes sœurs ont déjà tout préparé. Ce soir, il y a le feu d'artifice en ville. Tes parents veulent vous y emmener !

La jeune fille hoche la tête et s'empresse de laisser les vaches à l'étable pour regagner la demeure familiale. Avant de sortir en ville, elle a bien besoin de prendre une douche dans la salle de bain récemment aménagée par son grand-père. Vétuste, elle ne paie pas de mine, mais au moins il y a un bidet et une baignoire émaillée blanche. L'eau n'est pas toujours chaude, c'est vrai. Esther s'en fout, elle veut juste se débarrasser de l'odeur des vaches et de l'herbe séchée. Puis nettoyer sa peau des traces de terre et des brins de paille qui se sont glissés jusque dans ses cheveux. Ensuite, elle commencera à préparer sa valise avant de sortir avec ses parents. La soirée s'annonce amusante : elle adore les feux d'artifice ! Surtout celui-ci. Il est tiré en face du lac, c'est sublime ! Peut-être même que Jacques y sera, qui sait ?

Chapitre 9

Présent

Lucie esquisse un petit sourire lorsque sa grand-mère se tait. Elle boit une gorgée de son café et grimace : il est déjà froid.

— Tu l'as connu vachement jeune papy ! commente-t-elle, étonnée. Je n'aurais pas cru que tu étais encore adolescente.

Esther rit devant la mine étonnée de sa petite-fille.

— Eh oui ! approuve-t-elle. J'étais encore une gamine. Mais, tu sais, les choses étaient différentes à l'époque : on se mariait jeunes ! Ce n'est pas comme vous. Soit les jeunes ne veulent plus s'engager, soit ils divorcent au bout de quelques années.

Sa grand-mère secoue la tête, une moue désapprobatrice dessinée sur son visage.

— Et surtout, parfois sans raison. Juste parce qu'ils s'ennuient dans leur couple ou qu'ils rencontrent quelqu'un d'autre, ajoute-t-elle. Moi, si j'ai choisi de mettre fin à mon mariage, c'est parce que j'avais un vrai motif. Ton papy était violent et alcoolique. Ce n'était pas une vie de vivre à ses côtés… J'ai beaucoup souffert, tu sais ?

Lucie acquiesce. Même si elle ne sait pas tout, elle se doute que ça a dû être difficile pour Esther. Elle n'ose imaginer ce qu'elle a vécu durant toutes ces années. D'ailleurs, elle a fait une grosse dépression, et c'est son fils qui s'est occupé d'elle pendant plusieurs mois.

— En tout cas, lorsque je l'ai rencontré, je ne me doutais pas qu'il était comme ça...

— Tu l'as revu l'été d'après alors ? la questionne Lucie.

Esther hoche la tête.

— Bien sûr ! J'ai réussi à convaincre mes parents de descendre en Corrèze au mois de mai ! C'était le mois le plus animé : il y avait plein de fêtes dans les villages du coin, des foires aussi. J'ai pu le revoir et nous avons passé beaucoup de temps ensemble.

— Il t'a emmenée au bal ?

Sa grand-mère esquisse un petit sourire, amusée par l'intérêt de sa petite-fille pour son histoire. Elle est contente de pouvoir partager son histoire avec elle. Après tout, ses enfants ne s'y sont jamais intéressés.

— Non, pas cette fois-là. Mes parents s'y sont opposés, marmonne Esther. Pourtant, j'avais seize ans et toutes les filles du village sortaient déjà depuis belle lurette de leur côté. Je ne pouvais que me balader dans les foires l'après-midi.

— C'étaient les mêmes foires que celles auxquelles on allait lorsque j'étais petite ? demande la jeune femme.

— Tout à fait ! Meymac, Montaignac, Egletons, ... Chaque village avait la sienne ! Des petits artisans, du cidre maison, des tourtous chauds, ... Bien entendu, elles n'étaient pas aussi grandes que celles d'aujourd'hui, mais on s'y amusait beaucoup !

Esther attrape un sablé et croque dedans avec appétit avant de terminer son café.

— Tu peux m'en refaire un, s'il te plaît ?

— J'y vais !

Lucie se lève et prend leurs deux tasses pour les resservir de nouveau. Un petit de plus ne sera pas de trop pour elle non plus ! Cela lui donnera un coup de peps ! Elle revient dans le salon et dépose les mugs sur la table avant de s'installer.

— Voilà, mamie ! De quoi tenir l'après-midi !

— Merci, ma petite chérie, souffle Esther.

Elle souffle sur le breuvage bien chaud avant de boire une gorgée.

— Donc, j'ai pu voir Jacques durant ces foires. Nous avions pris l'habitude de nous y balader l'après-midi tous les deux. J'étais comme une gamine la veille de Noël chaque matin, avoue la vieille dame. Il me plaisait beaucoup…

Un soupir lui échappe tandis qu'elle continue :

— Mais les langues allaient bon train dans notre village, tu sais ?

Lucie éclate de rire et acquiesce.

— Ça n'a pas vraiment changé, mamie…

Elle se rappelle bien lorsqu'elle a commencé à sortir avec Flo il y a des années de cela. Le soir même de leur rencontre, elle était au cœur de toutes les discussions en ville. Tout le monde évoquait la petite Parisienne débarquée, sa mère tout juste divorcée et surtout le coup de foudre du Corrézien pour elle.

— Je me doute bien ! Les gens n'ont rien d'autre à faire ici, grogne Esther. À croire que leur propre vie ne leur suffit pas !

— Que veux-tu ? Il ne se passe pas grand-chose dans le coin, souffle Lucie en haussant les épaules.

Elle marque une courte pause pour attraper un sablé et croque dedans.

— Et alors ? Que disaient les mauvaises langues ? lui demande la jeune femme avec curiosité.

Esther soupire et hausse les épaules.

— Eh bien, plusieurs jeunes filles du village voisin m'ont avertie que Jacques était un coureur de jupons, lui révèle Esther. Elles voulaient me mettre en garde sur lui, me dire qu'il ne passait du temps qu'avec moi que dans un seul but : coucher avec moi.

Lucie ouvre de grands yeux en entendant les mots de sa mamie. C'est un peu ce qu'elle a vécu à l'époque avec Flo. Le garçon populaire, qui avait l'habitude de sortir avec plusieurs nanas, séduisant et bien dans sa peau. Oui, il s'intéressait à elle, et ils avaient eu une relation de plusieurs mois malgré la distance. C'était elle qui avait rompu d'ailleurs, pas lui. Mais elle avait vite compris que les filles étaient jalouses d'elle et de l'intérêt du jeune homme envers sa petite personne.

— C'est sans doute parce que l'une d'entre elles était amoureuse de Jacques, non, devine Lucie. C'est toujours comme ça que ça se passe !

— Tu as raison, ma puce ! Nicole, qui est devenue l'une de mes copines, est sortie avec lui plusieurs fois. Mais il ne s'intéressait pas à elle, lui raconte Esther. Il lui a dit par la suite qu'il voulait être avec moi ! Bien entendu, je n'en savais rien.

Elle secoue la tête et boit son café. Un sourire s'affiche sur son visage. Se rappeler de tous ces souvenirs semble l'amuser.

— Je n'ai appris la vérité que bien plus tard ! continue-t-elle. Du coup, lorsque le dernier jour il m'a raccompagnée à quelques pas de la ferme et qu'il a tenté de m'embrasser, je l'ai repoussé ! Parce que j'avais peur... Je ne voulais pas m'attacher à un garçon comme lui. Encore moins être celle qu'il embrasse le vendredi avant de revenir à Nicole, Paulette ou Jeanne !

Lucie pouffe, amusée. Esther avait déjà un sacré caractère apparemment ! Ça ne l'étonne pas plus que ça.

— J'étais une romantique, chuchote-t-elle. Je rêvais d'une belle histoire d'amour. Un truc magnifique et mémorable. Même si j'avais imaginé à plusieurs reprises que Jacques pouvait être cet homme-là, ce que ces filles m'avaient dit me refroidissait. Alors, j'ai refusé de l'embrasser et je suis rentrée à Paris, le cœur brisé.

— Il n'a pas tenté de te retenir ? lui demande Lucie. De savoir pourquoi tu ne voulais pas de lui.

— Si, bien sûr, s'esclaffe Esther. On venait de passer la semaine ensemble, à se balader main dans la main et puis je lui dis non. Il a cru que j'étais une petite allumeuse, une de ces bourgeoises parisiennes qui viennent s'amuser en vacances. J'ai préféré qu'il y croie.

Lucie acquiesce. Elle comprend cela. Plutôt que de lui révéler ce qu'elle ressentait pour lui, elle l'a laissé imaginer qu'elle se fichait de lui. Au moins, sa fierté était intacte !

— Mais comment vous avez réussi à vous réconcilier ? Et surtout comment vous avez fini ensemble ? Ça semblait mal parti, s'amuse Lucie.

Esther hoche la tête. Elle se lève et se dirige dans sa chambre. La jeune femme l'entend ouvrir son armoire et fouiller dedans. Quelques minutes plus tard, la vieille dame revient de sa démarche hésitante, un album photo entre les mains.

— Je vais te montrer des photos de cette époque, lui dit-elle en se réinstallant et en déposant l'album devant elles. Tu n'en as jamais vu, n'est-ce pas ?

— Non. La seule photo que j'ai vue de vous deux, c'est celle de votre mariage ! s'exclame Lucie. Et vous étiez tellement beaux.

Son grand-père avait des airs de James Dean avec ses cheveux bruns coiffés en brosse et son sourire en coin, un poil charmeur. Elle n'est pas surprise que sa grand-mère ait craqué pour lui. Il avait un petit côté bad boy plutôt plaisant ! Esther, quant à elle, était sage : cheveux souvent attachés, visage lisse et angélique, regard sérieux, presque grave ! Deux opposés.

— Tiens, on va regarder ça.

Esther tourne les premières pages en commentant chaque photo. Ses parents, un couple parisien bourgeois, dont la réussite s'affichait sur leur visage. Ses deux jeunes sœurs, indisciplinées et mignonnes, dont elle était si proche avant qu'elles grandissent et ne suivent chacune leur voie. Enfin, des photos de Corrèze, de la ferme familiale, son grand-père, son oncle et sa tante, ses cousins. Esther qui pose devant les vaches, un sourire fier, ses cheveux ondulés et sa robe à fleurs. Encore elle, à la foire avec d'autres filles de son âge.

— Là, c'est Nicole, lui apprend-elle. Elle était mignonne, hein ? En tout cas, je pensais vraiment que c'était mon amie. Mais j'ai appris l'été suivant en revenant en Corrèze que ce n'était pas le cas. Geneviève, celle-ci, me l'a dit lorsqu'elle m'a revue.

Lucie sourit en observant avec intérêt les photos et les visages de tous ces gens qui font partie du passé de sa mamie.

— J'ai compris que ce n'était que de la jalousie. Jacques n'avait jamais joué avec moi, poursuit-elle. Il tenait à moi.

Un sourire s'affiche sur son visage, ses yeux se plissent.

— Regarde-le ici. Il était beau, hein ?

La jeune femme confirme d'un signe de tête.

— Très beau, mamie ! Il devait en faire tourner des têtes, commente-t-elle.

Son grand-père pose devant un rouleau de paille, clope au bec, tee-shirt blanc et pantalon retroussé, pieds nus. Il a son sourire canaille et ses yeux rieurs.

— Oh oui, mais c'est moi qu'il a choisie ! s'exclame-t-elle avec fierté. Une fois que Geneviève m'a dit la vérité, je suis partie le voir pour qu'on puisse discuter. Il était tellement content de me revoir. Nous avons recommencé à passer nos journées ensemble ! Jusqu'à la fin des vacances où il m'a enfin invitée au bal du village !

— Ne me dis pas que tes parents t'ont empêchée d'y aller cette fois ?

— Oh non ! Je leur ai dit que je sortais avec Nicole et sa bande !

— Mamie ! Tu as menti pour sortir ? Incroyable ! J'ai du mal à t'imaginer en adolescente rebelle.

Lucie éclate de rire. Au fond, toutes les jeunes femmes sont pareilles. Peu importe l'époque, le contexte familial, la ville, ... Quand l'amour s'invite, elles sont prêtes à tout pour pouvoir vivre une belle histoire !

— Eh oui... Je ne le regrette pas, lui avoue Esther. Peu importe comment les choses ont tourné ensuite avec ton papy, cette soirée a été merveilleuse !

Chapitre 10

Août 1951

Esther tournoie sur elle-même pour faire admirer sa robe à ses deux sœurs. Sa marraine, Madeleine, lui a cousu cette tenue cet été afin qu'elle puisse se rendre au bal sans avoir à dépenser de l'argent pour une nouvelle robe. Et elle a bien fait de lui faire confiance : le tissu jaune met en valeur sa peau hâlée, sa chevelure brune qui retombe gracieusement sur ses épaules et surtout, épouse sa silhouette mince. Un peu plus courte que les robes qu'elle porte habituellement, ses jambes sont dévoilées et elle se félicite de les avoir laissées brunir au soleil lorsqu'elle gardait les vaches.

— Si tu mettais un peu de rouge à lèvres ? lui propose Madeleine en pénétrant dans la pièce. Tu serais encore plus jolie. Après tout, c'est ton premier rendez-vous !

Esther esquisse un petit sourire. Sa marraine n'a pas tort. Elle qui ne se maquille jamais peut bien s'autoriser un petit plus pour égayer sa mine. Elle acquiesce et Madeleine sort de derrière son dos un tube doré.

— Et voilà, lui dit-elle en le lui tendant. Mon petit secret à moi pour séduire un homme !

La jeune fille attrape le bâtonnet et va s'installer devant la coiffeuse. Presque timidement, elle applique un peu de rouge sur sa bouche. La teinte lui va bien, c'est comme si soudain, elle se sentait femme. La petite Esther laisse place à une demoiselle en fleurs, la chrysalide se transforme en papillon. Ce bal va être mémorable, elle le sent. Ça ne peut être que le cas !

— Qu'est-ce que tu es belle, souffle la plus jeune de ses sœurs, Colette, en la dévisageant avec admiration.

Elle s'approche d'elle et touche l'ourlet de sa robe avec un sourire ébahi.

— On dirait une princesse !

— Mais non, rit Esther. Je suis juste mieux habillée que d'habitude. Ça me change des robes grises que je porte à Paris !

Les fillettes acquiescent.

— Merci, Tata Madeleine.

Elle se tourne vers elle pour lui rendre le tube doré.

— Tu crois que Jacques va aimer ?

Madeleine a toujours été sa confidente. Elle ne se confie pas à sa mère, un peu trop stricte, par contre elle a toujours réussi à parler de tout avec sa marraine. Cette dernière est à l'écoute, plus souple, plus drôle et surtout bien plus moderne. C'est une femme qui vit avec son temps ! Puis il faut l'avouer, sa mère n'aime pas Jacques. Elle n'approuve pas tellement que sa fille, petite bourgeoise parisienne à l'avenir radieux, fricote avec un campagnard, fils de cantonnier, qui n'a rien d'autre à offrir que son sourire et ses belles paroles. Elle a imaginé pour Esther un avenir bien plus ambitieux que celui-ci : un mari bureaucrate qui pourra graver les échelons petit à petit et devenir un homme influent, un bel appartement parisien et de jolis enfants qui iront à l'école privée du coin. Mais Esther se fiche bien de tout ça. La compagnie de Jacques lui suffit. Ils se complètent tous les deux.

— Bien sûr ! s'exclame Madeleine. Tu vas être la plus jolie fille du village, aucun doute là-dessus ! Jacques ne pourra pas détacher ses yeux de toi.

Esther sourit : c'est ce qu'elle espère.

— Allez, maintenant file ! ajoute sa marraine. Il faut savoir se faire désirer, mais pas trop tout de même !

La jeune fille s'empresse de s'exécuter. Jacques emprunte la vieille 2CV de son père pour l'escorter au bal à une dizaine de kilomètres de leur village. Il est déjà garé depuis une dizaine de minutes, elle a entendu le klaxon un peu usé du véhicule. Après avoir enfilé une paire de chaussures à talons, empruntée à Madeleine qui fait la même pointure, elle pose un châle sur ses épaules et sort de la ferme. Ses parents sont déjà en train de lire dans leur chambre au fond du couloir. Ils lui ont donné la permission de minuit, mais peut-être pourra-t-elle dépasser un peu ? Après tout, ils ont un sommeil de plomb ! Puis ce n'est ni sa marraine ni son oncle qui vont la dénoncer. Ils sont contents de la voir profiter de son séjour, elle, la jeune fille si studieuse et qui a travaillé dur à la ferme encore cet été !

Dans la nuit noire, elle se dirige cependant avec habileté jusqu'à la grille où les phares du véhicule l'éclairent. Sans attendre et pour échapper à la fraîcheur de la soirée qui s'installe, elle grimpe dans la voiture. Jacques l'accueille avec un sourire ravi.

— Esther ! Comment vas-tu ?

Son regard s'attarde sur son léger décolleté que la robe confectionnée par Madeleine met en valeur sans trop en dévoiler. Elle aurait détesté être vulgaire.

— Tu es superbe ! s'écrie-t-il. J'ai l'air de quoi à côté de toi ?

Il éclate de son rire franc et communicatif que la jeune femme a appris à aimer.

— Mais non, proteste-t-elle. Tu es charmant !

Il porte un costume un peu usé, trop grand pour lui, mais qui le met en valeur. Pour une fois, il n'a pas cette allure d'adolescent rebelle, mais d'un homme, un vrai. Et il lui plaît beaucoup.

— Merci ! Mettons-nous en route. J'ai hâte de te faire guincher, lui avoue-t-il. Tu verras, l'accordéoniste est très doué.

— Je n'en doute pas !

Esther est impatiente elle aussi de découvrir l'ambiance du bal et de pouvoir enfin tournoyer entre les bras de Jacques.

Après une vingtaine de minutes de route, ils parviennent enfin en ville et le jeune homme se gare à une centaine de mètres de la place centrale où se déroule l'événement principal de la saison d'été. Le bal vient clôturer les nombreuses foires et marquer la fin de la période estivale. Il y a déjà foule lorsqu'ils arrivent enfin. La musique s'entendait déjà de loin. Un groupe de musiciens en costumes élégants se tient à quelques mètres de là et joue des airs rythmés. Jacques avait raison : l'accordéoniste se distingue du reste des artistes. Il est excellent. Son père, qui a joué de cet instrument durant toute sa jeunesse, pourrait le confirmer. Esther est habituée à ce son puisque régulièrement dans l'appartement parisien, des mélodies harmonieuses se font entendre. C'est son petit plaisir personnel, l'attachement à ses racines corréziennes qui prend le dessus même s'il a depuis bien longtemps adopté son confort parisien bourgeois.

— On va danser ? lui propose Jacques en lui tendant sa main.

Esther l'observe quelques instants, le cœur tambourinant au rythme de l'orchestre. Elle le trouve incroyablement beau dans cette lumière particulière ; cette semi-obscurité que des bougies et des lanternes viennent tamiser. Son sourire n'a jamais été aussi charmeur qu'à cet instant, elle en mettrait sa main à couper. Elle finit par acquiescer doucement et ses doigts s'entrelacent à ceux du jeune homme. Pour la première fois de sa vie, elle éprouve des émotions alors inconnues : les fameux papillons dans le ventre dont lui a parlé parfois sa marraine et puis un espèce d'étourdissement lorsqu'enfin, elle se retrouve blottie contre son torse, les mains du jeune homme dans le creux de sa taille et les siennes autour de sa nuque. C'est étrange, mais elle se sent à sa place. Jamais, elle n'a autant apprécié un moment comme celui-ci.

Jacques est un bon danseur : on voit qu'il a l'habitude de ces bals musettes. Il la guide tout du long, ses pas s'accordant aux siens. Petit à petit, Esther prend de l'assurance. Elle se sent comme une vraie dame, une de celles qui tournoient sur la piste à ses côtés. Il y a des gens de tout âge : des couples de soixante-dix ans qui revivent leur jeunesse, un sourire ébahi sur les lèvres, d'autres plus jeunes, l'âge de ses parents peut-être, le visage plus sérieux, mais qui semblent prendre tout autant de plaisir qu'eux. Puis, il y a les adolescents, tout comme Esther et Jacques. Ceux-là vivent peut-être leur premier bal, leur première amourette. Ils ont dans le regard une lueur rêveuse, l'espoir que l'amour dure toute une vie et que dans cinquante ans, ils continueront de valser l'un contre l'autre. C'est ce que la jeune femme éprouve maintenant : elle a envie que Jacques et elle suivent le même chemin.

Durant plusieurs heures, abandonnée dans ses bras, elle savoure cette soirée estivale, la dernière avant de reprendre la route vers Paris et retrouver sa routine. Mais plus rien ne sera pareil, elle le sait. Car une partie de son âme restera ici, en Corrèze, près de ce garçon qui a fait chambouler son cœur.

— Promets-moi que tu m'accompagneras encore l'année prochaine ? lui chuchote d'ailleurs Jacques. Je veux danser avec toi encore et encore. Dès que tu seras de retour, promets-moi d'être ma cavalière.

Esther sourit et acquiesce. Elle lève son visage vers celui du jeune homme. Ses yeux accrochent les siens. Seuls quelques centimètres les séparent alors. C'est lui qui vient briser cette distance en déposant avec tendresse ses lèvres sur sa bouche rosée. Madeleine avait raison alors : le rouge à lèvres est le secret pour séduire les hommes ! Doucement, il l'embrasse, sa langue finit par venir à la rencontre de la sienne et Esther se retrouve à lui rendre son baiser avec timidité. C'est la première fois qu'elle embrasse un garçon. Et c'est encore mieux que ce qu'elle imaginait. Souvent, elle a refusé les avances de camarades parisiens. Après tout, qui d'autre que Jacques a su conquérir son cœur ? Personne. Il n'y a que lui.

— Je te le promets, souffle-t-elle avant de goûter de nouveau aux lèvres du jeune homme.

Cette fois, leur baiser est plus passionné, empreint de promesses silencieuses qu'elle espère qu'ils tiendront. Sa plus grande crainte est qu'il l'oublie durant tous ces mois où elle sera si loin de lui, à Paris, à des centaines de kilomètres de là. Elle, elle le sait, son cœur lui sera fidèle.

Depuis qu'il est entré dans sa vie l'année précédente, elle n'a jamais pu l'oublier. Jacques est l'homme qu'elle veut à ses côtés !

Chapitre 11

Présent

Esther se tait, un petit sourire mélancolique qui éclaire son visage.

— Comme tu peux le voir, c'était vraiment une belle soirée, murmure-t-elle. Ce premier bal, j'en garde un souvenir mémorable.

— Papy avait l'air hyper romantique ! s'exclame Lucie avec surprise.

L'image qu'elle a de son grand-père est loin de celle dépeinte par sa mamie. Il faut dire qu'elle ne l'a pas beaucoup connu. Comme il vivait dans une chambre d'hôtel, il ne l'accueillait jamais chez lui. Esther l'emmenait le voir le mercredi après-midi et ils s'installaient tous les trois au square où la petite gamine qu'elle était jouait dans le sable et avec les autres enfants. Ce n'est qu'à l'âge de dix-sept ans, lorsqu'il a enfin eu son appartement – grâce à Esther – suite à une hospitalisation, qu'elle a pu davantage le connaître. Tous les samedis, sa grand-mère, sa mère et elle allaient déjeuner avec lui. Il était drôle ce grand-père, plus bavard qu'elle ne l'imaginait, plus râleur aussi. Il avait toujours une histoire à raconter, en faisait trois tonnes à chaque fois ! Elle se souvenait par exemple qu'il prenait plaisir à dire à tout le monde qu'il était présent lors de l'assassinat de Mesrine : les balles sifflaient autour de lui ! Bien entendu, c'était faux. Il était juste à quelques rues de là, dans son hôtel, la tête passée par la fenêtre. Il n'avait rien vu, peut-être entendu les balles, mais c'était tout. Puis, deux ans après, il était mort.

Lucie adorait lui faire des blagues téléphoniques : il marchait à tous les coups ! Une de ses collègues s'était fait passer pour une infirmière et lui avait annoncé la grossesse de sa petite-fille, par exemple ! Qu'est-ce qu'elle pouvait rire à chaque fois. Il avait même fini par raccrocher au nez d'une secrétaire à la Mairie de Paris lors de la canicule, persuadé que c'était encore Lucie qui inventait une nouvelle farce !

— À cette époque, oui, admet Esther. Il me semblait parfait... Ou peut-être que c'est simplement ce que je voulais croire. Bien sûr, j'avais déjà remarqué pendant cette soirée qu'il buvait beaucoup. D'ailleurs, il lui arrivait aussi de venir garder les vaches avec moi en ayant descendu un verre ou deux. L'apéro en famille, me disait-il ! Il était jeune après tout ! Je ne me suis pas formalisée...

— Sauf qu'il avait un vrai problème, conclut Lucie en soupirant.

Sa grand-mère hoche la tête. Une ombre voile désormais son regard. Loin d'elle les souvenirs du bal, ce sont d'autres moments qui lui reviennent maintenant. Les instants les plus sombres de sa relation avec Jacques.

— Oui... Pourtant, je ne m'en suis pas rendu compte tout de suite, confie Esther en levant les yeux au ciel. Comment ai-je pu l'ignorer d'ailleurs ? C'était flagrant ! Toutes ces fois où il était en colère sans que je comprenne pourquoi, ces provocations, ces disputes avec des gens du village, ... Il y avait des signes, mais j'ai préféré ne rien voir.

— Et après le bal, que s'est-il passé ? lui demande sa petite-fille. Vous avez commencé à sortir ensemble ?

La vieille dame hoche la tête avec un mince sourire.

— Oui. Il m'a raccompagnée à la maison juste avant minuit et m'a embrassée encore une fois. Je ne l'ai pas revu avant l'été d'après, mais nous nous sommes écrit à de nombreuses reprises. Il me disait qu'il m'aimait, qu'il ne pensait qu'à une chose : me revoir et pouvoir me serrer dans ses bras.

Esther pouffe et attrape un gâteau dans lequel elle croque avant de poursuivre :

— Pour être honnête, je voulais la même chose ! Jacques me manquait beaucoup. Ma mère a eu beau tenter de me faire changer d'avis, j'étais plus têtue qu'une mule. Il n'y avait que lui qui comptait ! Figure-toi qu'elle était prête à m'envoyer en Angleterre tout l'été pour parfaire mon anglais pour ne pas que je retourne en Corrèze !

Elle secoue la tête et Lucie esquisse un sourire amusé. Décidément, toutes les mères des femmes de sa famille ont eu l'habitude de se mêler de tout : celle d'Augustine, celle d'Esther, la sienne bien entendu ! Et même Esther pour Gabrielle ! Sera-t-elle ainsi avec sa fille si elle en a une un jour ?

— Bien entendu, j'ai dit non. Il était hors de question que je n'aille pas en Corrèze ! L'été 1952 a été merveilleux. Je vivais d'amour et d'eau fraîche. Les journées se ressemblaient toutes : garder les vaches en compagnie de Jacques, quelques sorties en ville pour aller dans les foires et évidemment, quelques bals où je dansais des heures durant entre ses bras. Nous formions un très beau couple ! Tout le monde nous le disait là-bas. Je rêvais qu'il vienne vivre à Paris pour pouvoir le voir plus souvent, mais il n'était pas prêt… Alors, nous nous contentions de ces quelques mois de soleil pour vivre notre histoire.

Lucie sourit devant le regard rêveur de sa grand-mère. Même si son histoire avec Jacques n'a pas été toute rose, elle est contente de voir qu'elle en garde quand même un souvenir ému ; du moins pour les bons moments.

— Puis, en 1954, il a été appelé en Algérie…, souffle la vieille dame. Il y est resté plusieurs années… Je recevais ses lettres dans lesquelles il me disait s'amuser avec ses compagnons d'infortune. L'alcool devait couler à flot là-bas. Souvent, il me parlait de ses lendemains un peu flous après une bonne cuite. Encore une fois, j'aurais dû m'alarmer de le voir consommer autant de bibine, mais… je lui trouvais des excuses… « C'est la guerre, la vie là-bas doit être difficile » ; « Il a besoin d'oublier, de s'amuser un peu ». J'étais naïve.

— Amoureuse plutôt, la corrige Lucie.

— Sans doute, oui. Que veux-tu, j'étais jeune… Lorsqu'il est revenu en 1956, je me suis précipitée en Corrèze pour le retrouver. Nous étions si heureux de pouvoir nous toucher, nous embrasser et ne plus simplement se contenter de ces mots couchés sur papier !

— Je me doute, oui ! C'est dommage qu'il ne m'ait jamais raconté cette période de sa vie, regrette la jeune femme. J'aurais aimé savoir comment il avait vécu cette guerre et surtout comment ça se passait. Après tout, ce qu'il y a dans les livres d'histoires n'est pas toujours synonyme de vérité !

Elle repense à ce qu'Augustine lui a dit sur les soldats allemands. Ils n'étaient pas tous de la mauvaise graine. Certains détestaient Hitler et ses idées. Ils étaient là car ils n'avaient pas d'autres choix. Comme Georg, par exemple. Il ne rêvait que de paix et d'amour, mais il s'était retrouvé à faire la guerre à des centaines de kilomètres de sa maison !

Alors, la version de Jacques sur la Guerre d'Algérie l'aurait intéressée, elle n'en doute pas. Rien de mieux que le témoignage des soldats, des civils et de tous ces gens qui ont vécu cette période pour en apprendre plus sur le monde !

— Oui, surtout qu'il adorait en parler ! se souvient Esther. Qu'est-ce qu'il a pu me casser les pieds avec ça !

Elle éclate de rire en secouant la tête. Soudain, un miaulement les interrompt. C'est Bijou, le persan grisonnant qu'elle a adopté il y a plusieurs années. Il saute sur la table et vient se frotter contre le bras de la vieille dame qui lui accorde une caresse. Comme d'habitude, il ne s'approche pas de Lucie. Ce chat est un sauvage : mis à part Esther, il n'aime personne !

— L'année d'après, il m'a demandée en mariage, continue-t-elle d'une voix mélancolique. Crois-moi ma petite, si j'avais su, je me serais cassé une patte ce jour-là ! Cela m'aurait évité de dire oui. Ça a sans doute été la plus grosse erreur de ma vie.

— Tu étais jeune, non ?

— Vingt et un ans, oui. C'est sûr qu'à mon époque, on n'attendait pas aussi longtemps pour se faire passer la bague au doigt !

— Pourquoi tu as accepté ? la questionne Lucie. Tu étais si amoureuse que ça ? Tu n'as pas songé à attendre un peu ?

Esther hausse les épaules. Sa main se perd dans le pelage soyeux de son chat qui se met à ronronner de plus belle sous la caresse de sa maîtresse.

— Pour être honnête, je ne sais pas si j'étais vraiment amoureuse de Jacques, lui confesse-t-elle à voix basse. Bien sûr, il me plaisait beaucoup ! Je l'appréciais. Mais de là à être amoureuse ? Je ne sais pas. Finalement, je ne le connaissais pas tant que ça, hein ? Nous ne nous voyions que quelques mois par an. Est-ce suffisant pour construire une vraie histoire ? Connaître réellement une personne ?

Lucie hoche la tête. L'amour ne s'explique pas toujours. Augustine est bien tombée amoureuse de ce soldat allemand, ennemi de son peuple. Pourtant, ils venaient juste de se rencontrer. C'était un coup de foudre, mais l'amour entre eux était pur, réel. On ne peut pas quantifier l'amour en années, ce serait trop facile. On peut rester auprès d'une personne toute une vie et ne jamais l'aimer, comme son autre grand-mère avec son papy. Ça a toujours été Georg.

— Pourquoi tu t'es mariée alors ?

— J'avais peur, murmure Esther. Peur d'être seule, peur de ne jamais rencontrer quelqu'un d'autre. Jacques ne voyait que par moi. Il était fou amoureux de la jolie Parisienne branchée que j'étais. Et je craignais de ne pas trouver un autre homme qui me regarde de cette façon-là.

La jeune femme reste silencieuse un instant, songeuse. C'est étrange de se dire que ses grand-mères se sont toutes les deux mariées pour de mauvaises raisons. Qu'elles ont peut-être laissé passer la chance d'être heureuses par crainte. C'est triste.

— Mais tu étais si jeune…, proteste Lucie. Et tu étais tellement jolie, mamie. Je suis sûre que tu aurais pu rencontrer quelqu'un.

Esther esquisse un petit rictus et fronce les sourcils.

— Sans doute, oui ! Surtout que j'avais du succès au bureau les années suivantes, avoue-t-elle avant de rire. Mais j'ai préféré me marier malgré tout. Jacques me plaisait, hein ? Ce n'est pas comme si je ne ressentais rien pour lui. Disons juste que j'aurais peut-être dû apprendre à le connaître un peu mieux… Si j'avais connu son penchant pour la bouteille, je n'aurais pas dit oui. Parce que les premières années de mariage ont vite laissé place à la désillusion.

Elle grogne avant de repousser son chat pour se lever.

— Mais assez parlé de Jacques veux-tu ? Le reste, ce ne sont que des mauvais souvenirs… Ce que je voulais te dire avec tout ça, c'est de ne pas te marier si tu n'es pas sûre de toi !

— Ne t'en fais pas, mamie… Le mariage n'est pas à l'ordre du jour.

Ni Louis ni elle n'ont jamais été branchés alliances et robe blanche ! Peu de chance que ça arrive un jour !

— Je sais bien, mais on ne sait jamais. En tout cas, sache qu'il vaut mieux être seule que mal accompagnée. C'est cliché cette phrase mais véridique. Je l'ai appris à mes dépens.

Lucie acquiesce et termine son café. Un regard jeté à l'horloge du salon lui apprend qu'elles ont discuté un bon moment.

— Tu veux qu'on aille faire une petite balade avant que je m'en aille ? Histoire que tu te dégourdisses les jambes ? lui propose-t-elle.

Elle sait qu'Esther a de plus en plus de mal à se mouvoir toute seule. Traverser les grandes avenues de son quartier lui fait peur désormais. Alors si Lucie peut se rendre utile et lui faire faire le tour du pâté de maisons, autant en profiter !

— Avec plaisir, ma petite chérie ! Laisse-moi juste enfiler mon manteau et allons-y !

Chapitre 12

Lucie rentre enfin chez elle. Le trajet retour de chez Esther a été long : encore un problème RER. Immobilisée durant plus d'une heure entre deux gares, la jeune femme a bien cru que son train ne repartirait jamais. C'est bien ce qu'elle déteste en habitant en banlieue : on sait quand on part, mais on ne sait jamais quand on arrive ! Dans ces moments-là, son cocon parisien lui manque terriblement. Pouvoir rentrer en métro, en bus, à pied ou en Uber… Il y a toujours une solution, et surtout, c'est bien plus rapide que ces interminables trajets qu'elle a repris l'habitude de faire.

Elle pénètre dans le salon. Louis est installé sur le canapé, le regard vissé sur son téléphone. Il est en train de regarder un documentaire sur la Seconde Guerre mondiale d'après les commentaires que la jeune femme entend.

— Je suis rentrée ! s'exclame-t-elle en ôtant ses baskets et son manteau.

Après avoir posé son sac sur une des chaises, elle se dirige vers le frigo en soupirant.

— T'en as mis du temps ! commente le jeune homme en relevant la tête.

— Problème de train… encore.

Elle attrape la bouteille de citronnade et s'en sert un verre avant de se tourner vers Louis.

— T'en veux ?

— Non, t'inquiète. J'ai tout ce qu'il faut sur la table.

Lucie hoche la tête et le rejoint sur le canapé, son gobelet à la main.

— Esther va bien ? lui demande-t-il. Elle n'a pas trop froid avec ce temps pourri ?

— Si, tu la connais, sourit Lucie. Elle a toujours froid. Son chauffage est déjà allumé ! Mais sinon, oui, elle va bien. Elle était juste déçue que tu ne sois pas là...

Elle lui lance une œillade entendue. Ce n'est pas la première fois que sa grand-mère fait ce commentaire : Louis trouve toujours une excuse pour ne pas y aller. D'ailleurs, il ne va pas souvent déjeuner chez ses parents non plus alors qu'ils habitent à côté. Petit à petit, il l'a laissée faire ses activités toute seule sans prendre la peine de l'y accompagner. Et même s'ils se sont remis ensemble, il ne fait pas davantage d'effort alors que la jeune femme aurait aimé qu'il passe plus de temps avec sa famille. Pour elle, c'est primordial. Elle adore les déjeuners dominicaux et les moments passés chez Esther. Sauf que Louis préfère somnoler la journée ou traîner avec ses potes. Elle qui avait espéré que les choses changent, c'est loupé.

— La flemme d'aller à Paris, grogne-t-il. Je suis crevé avec le boulot ! J'ai préféré me reposer.

Elle se retient de lever les yeux au ciel. S'il pouvait, il passerait son temps à dormir. C'est toujours comme ça. Comment peut-on prendre autant de plaisir à traîner chez soi à ne rien faire ?

— Tu lui diras bonjour de ma part lorsque tu l'auras en ligne.

Lucie se contente de hocher la tête et elle attrape son ordinateur professionnel. Une quarantaine de mails non lus l'attendent.

— Tu vas bosser ? l'interroge Louis.

— Juste une petite heure. J'ai une grosse semaine qui m'attend, précise-t-elle. Si je peux m'avancer un peu, ce n'est pas du luxe.

Son petit-ami acquiesce et se lève. Il glisse son téléphone dans sa poche, enfile sa veste avant de se tourner vers elle.

— Je vais en profiter pour aller voir Karim, lui dit-il. On a un petit truc à faire.

— Ok. Essaie de ne pas rentrer trop tard, hein ? On pourrait se faire un petit restaurant ou commander un truc sympa et manger devant un film. On ne s'est pas beaucoup vu ce week-end.

— Ouais, t'inquiète. Je ne tarde pas !

Il dépose un baiser rapide sur ses lèvres et quitte l'appartement. La jeune femme soupire et se replonge dans la lecture de ses mails. Il y a de quoi l'occuper pendant un bon moment. Surtout qu'elle a aussi prévu de bosser sur la maintenance d'un de leurs outils. Au moins, cela sera fait pour lundi. Une chose qu'elle pourra supprimer de sa *to do list.*

« Et si on se faisait un ciné demain soir ? Je sais, c'est lundi et sortir dès le début de semaine, c'est mal... Mais je passe un week-end de merde et aller voir un film me fera le plus grand bien ! »

Lucie esquisse un petit sourire en lisant le message de Charlie. Elle a créé un groupe spécial, avec Olivier en troisième membre, afin de simplifier les invitations cinéma ou les pauses déjeuner.

« Carrément partante ! J'assumerai le reste de la semaine en mode zombie »

Lucie sait bien que quand elle sort le lundi soir, elle a du mal à s'en remettre ! Mais après tout, à elle aussi, ça lui fera du bien. Il y a plein de films qui ont l'air intéressants en ce moment. Depuis qu'elle s'est remise avec Louis, elle a un peu boudé les salles noires. Et cela la désole. Même si Louis a accepté deux-trois fois de l'y accompagner, il n'est toujours pas un fervent amateur de cinéma. Elle s'est donc privée pour pouvoir rester avec lui. Passer du temps ensemble est important pour leur couple, elle en est persuadée. Mais elle a aussi besoin de sortir un peu et de faire ce qu'elle aime. Cela fait deux week-ends de suite qu'ils ne font rien et se croisent à peine, si ce n'est pour traîner devant une série le soir.

« Moi aussi, ça me dit bien. Je vous envoie la liste des films et on choisit ? La majorité l'emporte ! »

Lucie est presque certaine qu'Olivier va choisir le même film qu'elle. À plusieurs reprises, elle a remarqué qu'ils ont les mêmes goûts en matière de cinéma. Charlie se retrouve toujours un peu perdante dans l'histoire, mais elle est bon public, alors ça va. Puis, la jeune femme se doute que si elle propose cette sortie, c'est davantage pour échapper à l'ambiance morose qui règne chez elle en ce moment que pour réellement voir un film en particulier.

* * *

Lorsque Louis rentre, il est vingt heures passées. Elle est en train de manger une salade composée qu'elle s'est préparée rapidement il y a une dizaine de minutes. Son petit-ami ne répondait pas à ses SMS, elle a donc abandonné l'idée d'une sortie restaurant ou même d'un dîner devant la télé.

— T'es déjà en train de manger ? s'étonne-t-il. Je croyais que tu voulais qu'on se commande un truc.

La jeune femme grimace et hausse les épaules.

— T'as vu l'heure, marmonne-t-elle. Je bosse demain... Le temps qu'on commande et qu'on se mate un film, ça aurait fait trop tard. Puis, je commençais à avoir faim... T'avais qu'à répondre à mes SMS.

Il jette un coup d'œil à son téléphone et lui adresse un sourire contrit.

— Désolé, je l'avais mis en silencieux. J'ai même pas vu tes messages !

Il s'installe à côté d'elle et passe son bras autour de ses épaules.

— On peut quand même se regarder un petit truc, non ? lui propose-t-il. Il y a une nouvelle série qui est sortie et qui a l'air top !

— Pourquoi pas ?

Il allume la télé et, rapidement, lance l'application pour démarrer le programme dont il vient de parler. Effectivement, Lucie en a entendu parler et ça a l'air drôle.

— Karim va bien ? lui demande-t-elle.

Louis hoche la tête.

— Nickel, ouais.

« Voilà la liste ! »

Olivier a renvoyé un message avec plusieurs captures écran des films qui passent dans le cinéma à côté de leur boulot, ainsi que les horaires.

« Perso, j'ai une préférence pour celui-ci ! »

Un sourire s'affiche sur le visage de Lucie. Elle aurait pu en mettre sa main à couper : Olivier a choisi le film qu'elle a envie de voir depuis qu'il est sorti il y a plus d'une semaine.

« Moi aussi... »

« Vous êtes nuls ! Vous pouviez pas choisir cette petite comédie romantique nunuche à souhait, non ? Il faut toujours que vous optiez pour les films d'auteur tordus dont personne n'a entendu parler ! »

Lucie pouffe et s'empresse de pianoter sur son smartphone.

« Désolée ma belle, mais Olivier l'a dit : la majorité l'emporte... Allez, on est sympas, le prochain sera pour toi, promis ! »

— C'est qui ?

Louis est penché vers elle, curieux. Elle secoue la tête, le sourire encore affiché sur son visage.

— Charlie et Olivier. Mes collègues du juridique, lui précise-t-elle. On va au cinéma demain soir, au fait ! On a décidé ça tout à l'heure. Charlie a besoin de se changer les idées.

— Bah dis donc… Tu en parles beaucoup de cet Olivier là…, se contente de lui faire remarquer son petit-ami.

Elle laisse échapper un rire amusé et secoue la tête.

— Mais non. C'est juste qu'il mange souvent avec nous et Charlie l'a convié à nos soirées ciné.

— Du coup, tu ne seras pas à la maison demain soir ?

— Non. Et je risque de dormir chez Esther, lui dit-elle. Le film finit tard. Je n'ai pas envie de prendre le RER à cette heure-là.

Louis hoche la tête. Il a l'air un peu déçu. Ou peut-être n'est-ce qu'une impression. C'est vrai qu'avec le mariage de Sam à préparer, les soirées ciné ou un verre avec ses amis, elle recommence à passer beaucoup de temps à Paris. Et du coup, elle découche.

— OK. On se rattrapera mardi, d'accord ? On se fera livrer une pizza si tu veux et on se fait une soirée en amoureux.

La main du jeune homme attrape la sienne et il lui sourit avant de déposer un baiser sur ses lèvres. Lucie acquiesce.

— Avec plaisir ! C'est important qu'on passe du temps tous les deux.

— Je suis d'accord, mon cœur. Et promis, le week-end prochain, on fait ce que tu veux ! Paris, shopping, cinéma, restaurant. Tout ce que tu veux.

Elle le regarde avec tendresse, le cœur plus léger. Au moins, Louis est conscient qu'elle a besoin que ses efforts continuent. Que ce n'était pas juste un feu de paille pour la reconquérir !

Chapitre 13

Lucie sort du cinéma, Charlie à ses côtés et Olivier en retrait qui s'allume une cigarette. Seules les lumières de la ville et des restaurants illuminent encore la nuit. Il est plus de vingt-deux heures et le film vient de se terminer.

— Vous avez le temps pour un verre avant de rentrer ? leur propose le jeune homme. Ou vos hommes vont tirer la gueule ?

Charlie secoue la tête.

— Moi, il doit déjà dormir comme un bébé ! Un martini sera le bienvenu en plus après cette séance !

— Je dors chez ma grand-mère dans le dix-huitième ce soir, précise Lucie. Donc allons-y pour un verre. Comme ça, on pourra débriefer du film !

Olivier acquiesce et ils se mettent en route. Ils savent où ils vont : à quelques rues du cinéma, un petit bar qui ne paie pas de mine les accueille régulièrement. Il a l'avantage de fermer à deux heures du matin. Comme ça, si l'envie de jouer les prolongations se fait sentir, ils n'ont pas besoin de chercher un autre endroit où se réfugier. Surtout qu'il pleuviote et que la nuit noire ne donne pas envie de s'attarder dehors !

Une fois installés et leurs verres devant eux, ils trinquent joyeusement.

— Bon, alors, vous en avez pensé quoi ? leur demande Charlie. Vous qui étiez si emballés de voir ce film !

— Un chef-d'œuvre ! répondent Lucie et Olivier, en chœur.

Ils se regardent et éclatent de rire. Une fois de plus, ils sont sur la même longueur d'onde.

— Carrément ? s'étonne la juriste. Je n'irais pas jusque-là, mais il faut reconnaître que c'était une bonne surprise. Je ne pensais pas apprécier à ce point-là.

— On te l'avait dit ! s'exclame Olivier. Le réalisateur est un génie. Et le thème était génial. Les acteurs bien choisis.

— Sans parler de la musique, continue Lucie. Puis cette fin... À couper le souffle.

Charlie secoue la tête avant de rire.

— Vous devriez vous reconvertir tous les deux, plaisante-t-elle, amusée. Je suis sûre que vous feriez d'incroyables critiques cinéma.

Lucie esquisse un petit sourire. C'est vrai qu'elle aime écrire. Puis, si elle pouvait passer son temps dans les salles sombres, elle ne dirait pas non. Elle est très ouverte en plus : thriller, comédies romantiques, drame, films historiques, ... Hors de question pour elle de se priver d'un bon film simplement par son étiquette. Par exemple, elle n'est pas fan des films d'action. Pourtant, cela ne l'empêche pas d'en voir de temps en temps et d'en apprécier certains.

— Ouais, ça me plairait bien, affirme Olivier. En fait, j'ai même songé à ouvrir un blog ou un truc comme ça pour pouvoir poster mes critiques cinéma, musique ou bouquins.

— Tu devrais le faire ! lui conseille Lucie avec un sourire. Tu passes ton temps au ciné, dans les concerts ou les festivals ! Cela te permettrait d'avoir un à-côté sympa. Bien plus divertissant que le monde du droit, non ?

Le jeune homme acquiesce en riant.

— C'est clair que ça n'a rien à voir. Des fois, je me demande pourquoi je fais ce métier.

— Parce que tu es spécialisé en propriété intellectuelle et que ça te permet d'avoir des dossiers plus marrants qu'un fiscaliste ! lui rappelle Charlie avec un clin d'œil complice.

— Pas faux ! Heureusement d'ailleurs... Je n'aurais pas tenu un an comme avocat corporate ou fiscaliste. Quelle horreur !

Lucie boit une gorgée de son cocktail en observant les deux juristes, amusée. Elle ne comprend pas grand-chose lorsqu'ils se mettent à parler de droit, mais cela la fait toujours rire. Ces deux-là s'entendent vraiment bien. Charlie lui a confié à plusieurs reprises qu'elle était ravie de l'avoir comme collègue. En plus de bien bosser, le jeune homme est drôle, sympa, et surtout, il l'aide à affronter les urgences ou les humeurs de Christina. Ce que ne fait pas forcément Jules, l'autre juriste en congé maternité.

— Bon... Quel sera le prochain film alors ? les questionne Olivier en sirotant son whisky.

— On a dit que c'était Charlie qui choisissait ! rappelle Lucie. Les trois derniers, c'était nous...

— Bah oui, vous êtes tout le temps d'accord sur le film, le restaurant..., grogne la juriste, faussement agacée. C'est chiant. Il me faudrait un nouvel allié qui ait les mêmes goûts que moi pour rétablir l'équilibre.

Olivier pose son regard sur Lucie et lui adresse un clin d'œil complice. C'est vrai que, bien souvent, ils ont des goûts similaires : la bouffe italienne pourrait être leur cantine quotidienne, le cinéma d'auteur, leurs soirées favorites et même au niveau de la musique, ils aiment les mêmes groupes. Pourtant, ce n'est pas commun : métal, hard rock et rock. Lucie n'avait pas encore rencontré quelqu'un qui adore ce type de musique autant qu'elle. Même s'il lui arrive d'écouter d'autres genres, c'est celui-là qu'elle préfère et bien souvent, on la regarde étrangement pour ça. Avec Olivier, elle se retrouve à parler des albums cultes de Rammstein et des petits groupes qui émergent, comme HARPS, dont le jeune homme connaît le chanteur et guitariste. Le groupe va bientôt se produire à la Boule Noire, et Olivier lui a proposé de l'y accompagner.

— C'est pour cela qu'on te laisse libre de décider du prochain restaurant et aussi du film qu'on ira voir ! la rassure Lucie en tapotant sa main.

— Alors, je vous préviens... Ce sera une comédie romantique ou un film de Noël ! J'ai envie de trucs niais. Un peu de guimauve dans ma vie.

La juriste esquisse un sourire, mais Lucie devine qu'il est forcé. Elle a le sentiment que ces derniers temps, son amie n'est pas au top de sa forme. Elle hésite à aborder le sujet, mais la présence d'Olivier la freine un peu. Charlie n'aura peut-être pas envie de se confier sur sa vie amoureuse devant lui. Même s'il fait partie de leur petit groupe et qu'elle l'adore, la juriste n'en est pas encore à lui raconter ses petits tracas. La preuve, parfois elle demande à Lucie de prendre un café juste à deux. Histoire de se retrouver et de parler mecs !

Elle se promet de la convoquer en tête à tête lors d'un déjeuner ou d'un dîner afin de pouvoir discuter avec elle et voir ce qui ne va pas en ce moment.

— J'adore les films de Noël, avoue Olivier avec un sourire un peu gêné. Ne vous moquez pas, hein ? Mais dès qu'ils sortent, je passe mes soirées sur Netflix en mode plaid sur les genoux et thé à la cannelle. Une vraie nana.

Les deux femmes éclatent de rire en l'imaginant avec un pyjama en velours et un gros plaid. Venant de lui, c'est un peu étrange. Lucie ne peut s'empêcher de l'apprécier de plus en plus. Il a tant de facettes : le juriste sérieux et rigoureux, l'amateur de métal et dévoreur de la vie, puis maintenant l'amoureux des films de Noël.

— Donc, Noël est ta fête préférée ? lui demande Charlie.

— Ouais, j'adore ! Ma mère a toujours fait en sorte que ce soit magique à la maison, même lorsque je ne croyais plus au père Noël. C'est pour ça qu'il est hors de question que je passe les fêtes de fin d'année seul à Paris.

— Moi, je déteste cette période, confie Lucie. Chaque année, c'est la même chose. J'appréhende le repas de Noël et j'attends simplement que ça se termine. En fait, l'idéal, ça serait de m'enfuir au soleil pendant les fêtes de fin d'année et oublier que ça existe.

— À ce point-là ? s'étonne le juriste.

Lucie acquiesce.

— Mais peut-être que cette année, ce sera différent, lui dit-il avec un sourire rassurant. Tu as retrouvé ton homme. Tu vas passer un bon moment.

La jeune femme esquisse une moue, dubitative. Même lorsqu'ils étaient ensemble, elle n'a jamais apprécié cette période. C'est comme ça. Pour elle, Noël est tout sauf magique.

— Vous savez quoi ? les interrompt Charlie. On devrait se faire un Noël entre nous. Avant ou après, en fonction de tes congés, Olivier. Un petit repas sympa, des cadeaux, rien de fou, hein ? Juste histoire de marquer le coup !

Lucie approuve, enthousiaste. Elle adore l'idée !

— On peut se faire une raclette ou une fondue savoyarde ! leur propose-t-elle. C'est le seul truc cool en hiver. Pouvoir se goinfrer de fromage fondu.

Olivier rit en la regardant. Ses prunelles claires accrochent les siennes, et pendant un instant, elle reste presque hypnotisée. Il a un tel regard qu'on pourrait se perdre dedans.

— Une fois de plus, je ne peux qu'être d'accord avec toi ! Même si mon corps de rêve va te maudire après ! plaisante-t-il.

— Idée adoptée alors ! s'écrie Charlie en tapant dans ses mains. Ça va être cool ! On a encore deux mois devant nous pour tout mettre en place.

Lucie hoche la tête. Elle devrait proposer cette idée à ses collègues aussi. Cela pourrait être cool de faire un déjeuner d'équipe et de tirer au sort la personne à qui on fera un cadeau. Son directeur qui cherche à ressouder le service ne pourra qu'approuver cette proposition. Elle lui en parlera demain lors de son *one to one*.

— On se reprend un verre ?

Le jeune homme désigne leurs gobelets déjà vides. Lucie jette un coup d'œil à son téléphone. Plus de vingt-trois heures. Il est déjà tard, surtout pour un lundi soir, mais elle a bien envie de se laisser tenter par un deuxième verre. Les soirées parisiennes lui avaient manqué ces derniers temps, alors autant en profiter.

— Je paie ma tournée ! s'exclame-t-elle avant de se lever pour aller passer commande au bar. La même chose ?

Ses deux collègues confirment d'un signe de tête et elle se dirige vers le comptoir en souriant. Cette soirée lui fait un bien fou. Elle avait besoin de sortir un peu de chez elle et de s'aérer l'esprit. Pour ça, rien de tel qu'un film qui nous débranche de la réalité pendant quelques heures et de trinquer entre amis !

Chapitre 14

Attablés devant un plateau de hors-d'œuvre libanais que Louis leur a fait livrer, le couple regarde la nouvelle série qu'ils viennent de débuter. Lucie n'est pas à fond, mais pour une fois, elle lui a laissé le choix du programme. Elle goûte un falafel avant de poser son regard sur son petit-ami.

— Au fait, j'ai quelques jours à poser avant la fin de l'année, lui dit-elle. On pourrait partir quelque part, non ?

Le jeune homme relève la tête de son assiette et grogne.

— Bof. C'est pas trop le moment. J'ai pas de thunes, prétexte-t-il. En plus, avec les mecs, on s'était dit qu'on partirait peut-être à Amsterdam le mois prochain.

Lucie se retient de lever les yeux au ciel. Évidemment… Pour ses potes, il a de l'argent et est OK pour partir.

— Ça nous ferait du bien, insiste-t-elle. Cela fait une éternité qu'on n'a pas eu de moment à nous.

— On est collé l'un à l'autre, réplique-t-il. On revit ensemble et on fait plein de trucs, non ? C'est déjà bien.

— Ce n'est pas pareil…

La jeune femme rêve de détente dans un spa, de balades au bord de la mer, main dans la main, et de restaurants loin de tout. Loin de leur quotidien. Après tout, ils se sont remis ensemble récemment. Un petit week-end prolongé ne peut leur faire que du bien. Elle le lui avait dit : cela faisait partie des choses qu'elle attendait de lui. Qu'il consacre plus de temps à leur couple. Il l'a fait au début. Les premières semaines. Et puis voilà qu'elle a l'impression qu'il retourne à ses travers. Qu'il la fait passer après le reste.

— J'ai vraiment envie qu'on bouge un peu tous les deux, insiste-t-elle. La dernière fois qu'on a pris des vacances ensemble, c'était il y a au moins trois ans. Je pense que ça nous ferait du bien.

— Je ne peux pas aller à Amsterdam et partir avec toi, souffle-t-il. Je suis trop juste en ce moment.

— Peut-être que tu peux laisser tomber Amsterdam alors, lui propose-t-elle. Après tout, tu y as déjà été plusieurs fois l'an dernier.

— Ouais, je sais, mais ils comptent sur moi. Je conduis, donc bon…

La jeune femme soupire. Elle aura beau trouver tous les arguments possibles et inimaginables, il restera campé sur ses positions. Elle le connaît. Quelle tête de mule. Dire qu'elle avait imaginé qu'il serait ravi à l'idée de partir un peu avec elle. Mais une fois de plus, il préfère passer du temps avec ses potes. Et leur couple passe en second lieu.

— Mais ne t'en fais pas, on partira l'an prochain, lui assure-t-il. On se fera un beau voyage si tu veux. Une île loin de tout.

La jeune femme acquiesce, mais le cœur n'y est pas. Elle connaît ses promesses vides de sens. Il lui a déjà vendu plein de fois ce genre de vacances, mais il n'a jamais trouvé le temps de lui accorder ne serait-ce que quelques jours pour partir à la mer en France… Alors partir à l'autre bout du monde plusieurs semaines ? Impossible à imaginer… Elle est presque certaine que ça n'arrivera pas.

Son téléphone émet une petite sonnerie, la sortant de ses pensées. Emma.

« On s'appelle, bichette ? »

Ce message tombe à pic ! Elle a juste envie de s'enfuir du salon et d'échapper à Louis pour ne rien lui montrer de sa déception.

« Je t'appelle dans trois minutes ! »

Elle repose son téléphone et termine rapidement son assiette avant de se lever.

— Je vais dans la chambre, annonce-t-elle. Emma veut que je l'appelle.

— Déjà ? Tu veux pas qu'on se mate un film plutôt ?

Elle secoue la tête et quitte le salon pour aller s'installer confortablement dans son lit. Elle compose rapidement le numéro de sa cousine et la voix enthousiaste de cette dernière ne tarde pas à se faire entendre.

— Comment tu vas, ma belle ? lui demande-t-elle.

— Ça peut aller, souffle Lucie.

Elle n'arrive pas à cacher son état actuel. Puis, de toute façon, à quoi bon ? Emma la connaît par cœur.

— Oulala, cette petite voix n'annonce rien de bon ! Raconte-moi ?

Lucie réussit malgré tout à laisser échapper un petit rire et elle hausse les épaules. Parfois, elle aimerait que sa cousine soit dans le coin. Elle serait sans doute sortie de chez elle pour se réfugier dans sa maison et boire une tisane réconfortante en discutant jusqu'à pas d'heures. Mais Emma est loin d'ici alors elle se contentera du téléphone.

— Je ne peux pas parler trop fort. Louis est dans le salon, précise-t-elle. Mais c'est pas la joie…

— Qu'est-ce qu'il se passe ?

— C'est peut-être moi qui mets la barre trop haute, je ne sais pas, marmonne Lucie. Je voulais juste qu'on parte en vacances tous les deux. Un petit week-end quelques jours loin de tout. Mais il a refusé.

— Ah bon ? Pourquoi ça ? s'étonne Emma.

— Parce qu'il préfère partir avec ses potes à Amsterdam.

Un silence au bout du fil. Sa cousine ne dit rien pendant quelques secondes jusqu'à que Lucie laisse échapper un soupir.

— Du Louis tout craché, quoi…

Emma n'a pas tort. C'est le Louis qu'elle a quitté, celui dont elle ne voulait plus. L'homme qui préférait passer son temps avec ses amis plutôt qu'être avec elle, à construire leur vie. Pourtant, il lui a promis qu'il avait changé. Qu'il était différent. N'était-ce que des mots ?

— Ouais… Surtout qu'il est déjà parti plusieurs fois avec eux. Nous, on a besoin de se retrouver un peu, mais il n'a pas l'air de le comprendre. Pour lui, on passe déjà notre temps ensemble à la maison. Pas besoin de plus.

— Gaspard est pareil des fois. Il ne se rend pas compte qu'on a envie d'autre chose qu'un dîner et une soirée Netflix. Que les escapades permettent au couple de se retrouver parfois…

— Exactement ! approuve Lucie. Mais apparemment, pour lui, pas besoin de ça…

— Tu n'as qu'à te faire un week-end toute seule pour la peine ! Tu sais que tu es la bienvenue à la maison, lui assure Emma. Sinon demande à ta copine Sam ? Celle qui va se marier ! Une dernière virée en célibataire lui fera le plus grand bien aussi.

Lucie pouffe. Elle n'a pas tort. Sam serait sans doute ravie de partir avec elle. Elle le lui a déjà proposé à maintes reprises, mais elles n'ont pas refait ça depuis plusieurs années ! En plus de ça, son amie est toujours par monts et par vaux avec son boulot. Elle pourrait la rejoindre à Milan ou à Barcelone pour quelques jours.

— Tu as raison ! s'exclame la jeune femme. Je ne vais pas m'empêcher de partir si lui ne veut pas venir avec moi. C'est dommage parce que je voulais qu'on en profite ensemble avec Louis, mais tant pis pour lui.

— Exactement ! S'il n'est pas capable de répondre à tes besoins, fais-le toute seule.

Lucie esquisse un petit sourire.

— Merci Em' ! Je vais appliquer tes conseils à la lettre ! Et toi alors, comment tu vas ?

— Super bien ! Je me suis remise à peindre, l'informe-t-elle d'une voix guillerette. Ça me manquait trop.

— Tu as bien fait ! Tu es douée, tu l'as toujours été d'ailleurs.

Emma est une artiste. Contrairement à Lucie qui est assez terre à terre, sa cousine est un esprit libre, créatif. Elle a toujours ce petit côté rêveur et original qui la distingue des autres. Pour autant, elle est aussi brillante dans son métier de tous les jours.

— Merci, ma belle ! J'espère que quand tu viendras à la maison à l'occasion, tu auras quelques toiles à admirer ! Je pourrais même t'en peindre une.

— J'adorerais ! s'écrie Lucie.

Elle a déjà un petit tableau de sa cousine dans son appartement parisien et elle l'adore.

— Bon, je ne vais pas tarder à te laisser. Gaspard veut qu'on sorte dîner dehors avec un potentiel client.

— Profitez bien !

— Bonne soirée, ma belle ! À bientôt !

Emma raccroche et Lucie laisse échapper un petit soupir en posant son téléphone à côté d'elle. Au moins, le mari de sa cousine la sort un peu. Ils sont si beaux tous les deux. Emma a la chance d'avoir trouvé un homme qui la rend heureuse. Elle était persuadée que Louis réussirait à le faire cette fois, mais est-ce que ça sera le cas ? Elle commence à douter. Elle qui était si certaine de sa décision de se remettre avec lui, la voilà qui n'est plus sûre de rien désormais. Tout lui semble flou.

— T'as fini ?

La voix de son petit-ami lui parvient du salon.

— Oui, oui. J'arrive !

Elle se lève du lit et remet un peu d'ordre dans sa chevelure châtain un peu terne. Elle ne doit pas abandonner aussi vite. Après tout, ce n'est pas parce qu'il ne veut pas partir que leur couple est mort. Ils pourront remettre ça à plus tard ! Du moins, elle l'espère.

Elle le rejoint et s'assoit à côté de lui dans le canapé.

— Emma va bien ? lui demande-t-il.

— Oui, nickel. Ça a été rapide, son mari l'emmenait dîner.

Elle marque une courte pause avant de reprendre :

— Je vais peut-être me faire un petit week-end chez elle. Sinon, je demanderai à Sam de partir avec moi quelques jours.

Il la regarde, étonné.

— Ah bon ? Mais pourquoi ?

— Parce que j'ai envie de partir, Louis, lui dit-elle doucement. Tous les deux, ça aurait été super, mais si tu préfères bouger avec tes potes, je ne vais pas rester ici et attendre que tu sois disponible pour venir avec moi. Donc, je vais m'organiser quelque chose et en profiter !

Le regard clair du jeune homme se pose sur elle. Elle y devine facilement la surprise. Jamais avant elle ne lui aurait dit ça. Elle se serait contentée de renoncer à partir. Mais, après tout, la vie ne s'arrête pas à leur couple. Ils ne sont pas obligés de tout faire ensemble. Elle peut partir de son côté et s'amuser tout autant.

— Je... Je ne savais pas que ça comptait autant pour toi, lui dit-il au bout de quelques instants. Je vais essayer de m'organiser pour qu'on se fasse un petit week-end toi et moi alors. OK ?

C'est à son tour d'être surprise. Lucie ne lui disait pas ça pour le forcer à bouger. Juste pour lui faire comprendre que désormais, elle ne se priverait pas de faire quelque chose s'il n'est pas là, avec elle.

— Oui, je... Ça serait super !

Il passe son bras autour de ses épaules et dépose un baiser sur ses lèvres.

— Je veux te faire plaisir, ma chérie ! Et si quelques jours en amoureux te tentent à ce point, on va se faire ça.

— Génial ! J'ai déjà hâte !

La jeune femme sait déjà qu'elle va passer le reste de la soirée à regarder les hôtels et les destinations pour commencer à planifier ça. Enfin un moment en amoureux loin de tout ! Cela leur fera le plus grand bien !

Chapitre 15

Lucie s'installe à la terrasse chauffée du petit bar dans lequel Samantha lui a donné rendez-vous avec Nadia. Elle est la première arrivée, ce qui ne l'étonne pas. Ses deux amies ne sont pas des exemples en matière de ponctualité, contrairement à elle ! Alors, pour patienter, elle grignote les quelques olives mises à sa disposition par le serveur. Un brun plutôt mignon qui n'a pas l'air insensible à son charme... Ses yeux verts ne la quittent pas, même lorsqu'il s'éloigne vers le comptoir. À plusieurs reprises, elle a senti son regard sur elle. Mais elle ne s'attarde pas. Après tout, elle a déjà un homme à la maison qui l'attend.

— Lucie !

Nadia se précipite vers elle, tout sourire, suivie de près par Sam. La jolie brune a son foulard qui recouvre sa chevelure brune soyeuse bouclée et porte un pantalon noir un peu large avec un long pull rouge. Comme à son habitude, elle est très élégante. Samantha, elle, a une robe de sa création – Lucie les reconnaît entre mille – qui lui sied au teint. D'énormes boucles d'oreilles jaunes pendent le long de son visage, lui donnant un côté seventi qui lui va à merveille.

— Salut, les filles ! s'exclame Lucie en se levant pour les étreindre. Comment allez-vous ?

Elle les laisse s'installer et se rassoit à son tour. Elle croise une fois de plus les iris du serveur qui semble satisfait de voir que son rencard n'est pas un séduisant jeune homme, mais deux copines.

— Super bien ! répond Nadia. Même si je suis un peu éclatée en ce moment. Je vous avoue que j'ai dû me faire violence en sortant du cabinet pour vous rejoindre. Mon lit n'attendait que moi.

— On a qu'une vie ma belle, lui rappelle Sam en riant. Ton cercueil profitera bien assez de toi lorsque tu seras morte. Et n'oublie pas qu'on a un mariage à préparer. J'ai besoin de toi plus que ton lit !

— Je sais, je sais. Comment oublier qu'une de mes meilleures copines va se marier ?

Lucie opine en souriant. Elle a déjà hâte d'être au jour J. Peut-être même autant que la future mariée. Elle adore les mariages : les robes blanches, les vœux échangés, les larmes dans les yeux des invités et la bouffe, délicieuse. Ce sont toujours de bons moments. Et, connaissant Sam, elle sait que ce moment sera juste incroyable. Elle a les moyens et compte bien les mettre pour que tout soit parfait.

— D'ailleurs, merci pour votre aide, les filles ! ajoute la métisse en soupirant. J'ai bien reçu vos petits mails et toutes les listes que vous avez faites. On pourrait croire que c'est vous les fiancées tant vous êtes impliquées. J'ai encore du mal à trouver le temps avec les nouvelles collections qui se préparent.

— C'est pour ça qu'on est là.

Lucie pose sa main sur la sienne et la serre brièvement avant d'attraper la carte des cocktails. Le serveur s'approche d'elles et elle n'a pas encore choisi.

— Un coca pour moi, demande Nadia.

— Un perrier-citron.

— Pour moi, ce sera un martini blanc. Je suis un peu moins sage que ces demoiselles, plaisante Lucie.

— Je commence à faire attention à ma ligne ! s'écrie Samantha. L'alcool et les robes de mariées ne font pas bon ménage.

Les trois amies éclatent de rire. La future mariée a une silhouette qui ferait pâlir n'importe quel mannequin. Elle est parfaite. Des courbes dessinées, une peau ferme et lisse. Toutes les robes seront superbes sur elle. Elle n'aura que l'embarras du choix. Lucie, elle, avec sa silhouette un peu plus ronde, ne serait pas si chanceuse, par exemple.

— Je vous amène ça de suite !

Sitôt le serveur reparti vers le comptoir, Samantha se tourne vers Lucie en arquant les sourcils, une moue entendue peinte sur son visage fin.

— Mamma mia... Il ne t'a pas quitté des yeux. Tu as un ticket gagnant, ma jolie !

— Dois-je te rappeler que je suis avec Louis ?

Lucie fronce les sourcils, mais rit malgré elle devant les regards malicieux de ses amies. Comme d'habitude, elles veulent la caser.

— Pourquoi on ne s'occupe pas de la jolie fille là-bas qui a l'air d'avoir flashé sur Nadia ?

— Parce que je suis très bien toute seule ! rétorque la concernée. J'ai déjà assez de boulot avec tous mes gosses au cabinet. Pas besoin de me rajouter une gonzesse. Je n'aurais pas le temps de m'inquiéter de ses petits soucis.

Nadia est une bosseuse aussi. Psychologue pour enfants, elle consacre son temps entre le cabinet et une association pour les femmes battues qu'elle dirige d'un bras de fer avec sa mère et sa sœur. Parce que sa mère a subi la violence de son père et qu'elle a mis des années avant d'oser trouver le courage de se battre et de partir avec ses deux filles. Du coup, elle a tendance à laisser sa vie personnelle de côté. Sa dernière relation sérieuse était avec Sonia, une fille qu'elle avait rencontrée à l'université et avec qui elle est restée presque trois ans. Depuis, elle a dû fréquenter deux trois nanas histoire de, mais rien de concret. Et cela semble lui convenir. Parfois, Lucie l'admire silencieusement. Sa faculté à être heureuse seule et à se contenter de sa vie de *working girl* l'étonne. Elle-même qui adore son boulot a quand même eu du mal à se satisfaire de sa vie de célibataire lorsqu'elle s'est séparée de Louis. Il lui manquait quelque chose.

— Et moi, j'ai une bague au doigt, rit Samantha en faisant tournoyer sa main pour que la lumière du bar vienne faire scintiller le diamant. Donc, on s'occupe de toi, Lucie. Surtout qu'il te regarde encore.

La jeune femme tend une œillade discrète vers le comptoir. Effectivement, tout en préparant leur commande, il lui glisse quelques regards charmeurs. Impossible de se tromper sur leur sens. Elle lui plaît. Malgré elle, elle se sent flattée. Après tout, c'est toujours bon pour l'égo de voir qu'un homme nous désire ainsi.

Il revient vers elles et dépose leurs verres à ses copines avant de lui tendre le martini pour qu'elle s'en empare. Leurs doigts se frôlent malencontreusement et il lui adresse un sourire entendu.

— Profitez-en bien, mesdemoiselles. Je vous ai mis quelques chips et olives en plus ! Comme ça, vous serez peut-être tentées de prolonger votre soirée ici.

Un clin d'œil à l'attention de Lucie et il disparaît pour s'occuper d'une table voisine. Samantha éclate de rire.

— Il a clairement envie que tu restes jusqu'à la fermeture pour t'inviter à prendre un dernier verre ! pronostique-t-elle, amusée.

— C'est certain ! Tu as une touche de fou.

— Les filles... Je suis avec Louis !

— Et t'es heureuse ?

Samantha pose sur elle un regard dubitatif.

— Genre vraiment heureuse ? Comme moi avec Hugo ?

Nadia se tourne vers elle. La jeune femme attrape son verre et le fait tournoyer entre ses mains, le regard perdu dans le liquide transparent. Elle hausse les épaules, un peu perdue. Que répondre à cette question ? Elle ne se l'est pas vraiment posée depuis qu'elle est revenue avec Louis. Il y a eu des moments avec, d'autres sans. Peut-elle affirmer qu'elle se sent à sa place dans son couple ? Qu'elle y croit de nouveau autant qu'avant ? Ou ses premiers mois de seconde chance ont commencé à essouffler petit à petit leur couple ?

— Je crois que oui, finit-elle par dire en buvant une gorgée de martini. Il fait des efforts. Peut-être pas autant que je le voudrais, mais... il essaie. Il essaie de son mieux.

— C'est juste que je ne te trouve pas si épanouie que ça pour quelqu'un qui donne une nouvelle vie à sa relation amoureuse. Vous devriez nager dans le bonheur, marcher dans les rues main dans la main, partir en week-end en amoureux, faire des projets... Au lieu de ça, c'est comme si vous tourniez un peu en rond et que vous repartiez en arrière.

Les paroles de son amie l'ébranlent. Au fond, elle ne veut pas se l'avouer, mais c'est ce qu'elle éprouve également. Parfois, le fait d'être avec Louis ne la comble pas de bonheur. Passées les premières semaines où il était tout feu, tout flamme avec elle, leur quotidien est vite venu plomber ce regain entre eux. À partir du moment où elle a quitté son nid parisien, les choses sont devenues moins simples. Ils ont retrouvé leur routine d'avant et elle n'est pas certaine que ça la rende vraiment heureuse. Pourtant, n'était-ce pas ce qu'elle désirait ? Être de nouveau en couple, revivre un quotidien avec un homme, et plus encore avec Louis ? Quand elle lui a dit oui, elle imaginait que c'était ce qui allait la rendre heureuse. Se serait-elle trompée ?

— Je ne veux pas te blesser, Lucie, lui souffle Samantha. Je ne souhaite que ton bonheur et c'est comme si Louis n'était pas celui qui allait pouvoir t'amener ça.

— Pour être honnête, je suis d'accord avec Sam, commente Nadia. Je n'ai pas voulu m'en mêler parce que tu m'as dit que tu étais très bien comme ça, mais ce n'est pas l'impression qui ressort de ton couple. Est-ce que vous faites des projets au moins ? C'est important quand on s'accorde une nouvelle chance d'avancer rapidement. Après tout, c'est ce qui a causé votre perte la première fois.

Lucie hoche doucement la tête. Nadia a raison, elle le sait.

— On a prévu de partir un petit peu tous les deux, leur dit-elle. Mais j'ai dû me battre pour ça. Il était plutôt du genre à vouloir se faire un week-end entre potes.

Samantha soupire et fronce les sourcils.

— Louis est un gosse. Tu sais ce que j'en pense, hein ? Il te faut un mec, un vrai. Un homme prêt à s'engager, qui te fera passer avant tout le reste. Pour moi, même s'il t'a dit qu'il avait changé, tant qu'il n'actera pas ses paroles par de vraies actions, il restera ce garçon immature qui préfère s'amuser avec ses potes que fonder une famille.

— Puis, tu as aussi le droit de te tromper, renchérit Nadia. Peut-être que sur le coup, te remettre avec te paraissait être une bonne idée. Mais si tu sens que cela ne te rend pas heureuse, tu as le droit de partir et de mettre fin à votre histoire.

— Je n'ai pas envie de baisser les bras aussi vite, souffle Lucie. Nous avons sans doute besoin d'un peu de temps pour nous retrouver et que les choses se passent au mieux. J'ai envie d'y croire.

— Comme tu veux. En tout cas, si tu changes d'avis, tu sais qu'un beau jeune homme t'attend ici, se moque gentiment Samantha.

— Au lieu de penser à me recaser, si on s'occupait plutôt de ton mariage ? réplique la jeune femme. Nous sommes là pour ça ! Je nous ai pris rendez-vous dans trois boutiques de robes de mariées. Pour vendredi après-midi et samedi. J'ai vu sur nos agendas que ça collait pour nous trois.

Lucie préfère changer de sujet. Parler de son couple n'est pas sa priorité ce soir. Elle préfère se concentrer sur le bonheur de son amie et ce mariage qui va vite approcher !

Chapitre 16

— J'ai tellement hâte de partir ! s'exclame Lucie en se laissant choir dans le canapé. Le boulot me tue en ce moment. J'ai l'impression que ça n'arrête jamais. Ces quelques jours à la campagne vont nous faire un bien fou !

Elle se tourne vers Louis avec un petit sourire qui disparaît lorsqu'elle croise le regard un peu perdu de ce dernier.

— On part vendredi, lui rappelle-t-elle. Tu as commencé tes bagages d'ailleurs ? Il risque de faire un peu frais le soir ! L'automne corrézien est toujours trompeur : grand soleil la journée, mais la douceur retombe vite sitôt la nuit tombée. En espérant qu'il ne pleuve pas trop.

— Ce vendredi ? demande Louis. Dans deux jours ?

— Bah oui. Ne me dis pas que tu avais oublié.

La jeune femme fronce les sourcils devant l'air contrit de son petit-ami.

— Je… je suis désolé, bébé. J'étais persuadé qu'on partait le week-end d'après. Début novembre quoi. Pas celui-ci.

— Ce n'est pas grave. Tu ne m'as pas planté devant le train, c'est déjà ça, plaisante-t-elle. Je t'aurais tué si arrivée à la gare, j'avais constaté que tu n'étais pas là.

Comme la plupart du temps, elle préfère descendre en train plutôt qu'en voiture. Elle a pris son après-midi pour prendre le TER qui l'emmène dans sa campagne préférée un peu plus tôt et profiter davantage de ce long week-end qui s'annonce. Son boss lui a accordé un jour de repos le lundi au vu de toutes les heures supplémentaires qu'elle a faites ces dernières semaines. Elle adore quand il fait ça. Ça tombe à pic en plus !

— Maintenant, tu n'as plus aucune excuse pour faire ta valise !

Sauf qu'il secoue la tête, les lèvres pincées et sourcils froncés.

— Qu'est-ce qu'il y a ?

— Je ne peux pas venir, lui dit-il d'une voix douce. J'ai prévu un truc ce week-end. Pour moi, on partait la semaine suivante, j'ai pas tilté. Je suis désolé !

— Qu'est-ce que tu as de programmé que tu ne peux pas annuler ? J'ai pris les billets, ils ne sont pas remboursables. Tu m'avais dit que c'était OK pour toi !

La jeune femme sent son sang bouillonner. Déjà, elle a renoncé à un week-end en amoureux au bord de la mer parce qu'il n'avait pas l'argent et qu'il ne voulait pas qu'elle paie tout. Alors, elle a trouvé cette solution de partir en Corrèze chez sa mère : les frais sont moindres. Ils ont juste à payer le train, rien d'autre. Gabrielle les loge et les nourrit. En plus de ça, sa mère est ravie de revoir enfin Louis.

— Ouais, je sais bien, souffle le jeune homme, confus. Sauf que je me suis planté au niveau des dates. Sacha déménage et il a besoin de moi. Je me suis engagé.

— Louis… Tu t'es aussi engagé à partir avec moi. Je pense que Sacha comprendra que tu ne viennes pas l'aider parce que tu avais déjà un truc de prévu, non ? Au pire, tu lui offriras un beau cadeau pour sa crémaillère et basta !

Il secoue la tête au grand dam de Lucie. Il va vraiment la planter pour son pote ? Une fois de plus ?

— Il n'y a personne quasiment. Tout le monde a déjà des plans. Il va galérer tout seul, prétexte-t-il.

— Je m'en fous, en fait ! Toi aussi, tu as « des plans », marmonne-t-elle. Tu pars en Corrèze avec ta nana. Tu m'avais promis que tu m'accorderais du temps et ce week-end était important pour moi.

Louis se lève du canapé, les bras en l'air, excédé.

— Sérieux ? Tu vas me faire une crise pour ça ? Tu seras chez ta mère, c'est bon. Y a pas mort d'homme ! Tu vas profiter un peu d'elle. Ce n'est pas comme si tu te retrouvais seule dans un hôtel dans une ville où tu ne connais personne.

— Le coup de l'hôtel seule, tu me l'as déjà fait… Ça aurait été con de me le refaire.

Elle est furieuse. Et plus encore de le voir réagir de cette manière. À croire que c'est de sa faute s'il s'est planté dans les dates.

— Fallait me le rappeler avant aussi.

Et voilà… Du Louis tout craché. La mauvaise foi finira par l'étouffer. Il remet toujours ses erreurs sur le dos des gens. Ce n'est jamais de sa faute, toujours celle des autres.

— Tu avais qu'à t'organiser un peu mieux ! gronde-t-elle. Je ne suis pas ta mère, putain. On part en week-end, tu notes les dates quelque part et c'est tout. Tu vas appeler Sacha et lui dire que c'est mort, que tu ne peux pas venir.

— T'es pas sérieuse là ? s'esclaffe-t-il. Il en est hors de question. Je vais pas laisser mon pote en galère comme ça.

Lucie se retient de hurler. Pourquoi est-il aussi borné ? Pourquoi passe-t-il son temps à privilégier ses amis plutôt qu'elle ? Il lui avait promis de faire des efforts… Se serait-il foutu d'elle ? Ou bien en est-il tout simplement incapable ?

— OK… Tu sais quoi, fais ce que tu veux, se contente-t-elle de lâcher d'une voix froide.

— Bah ouais, encore heureux. Tu ne vas pas commencer à m'imposer des trucs !

— Je ne t'impose rien, Louis. C'était un week-end qu'on avait planifié ensemble !

— C'est toi qui voulais partir, réplique-t-il. Moi, ça me soulait plus qu'autre chose.

La jeune femme arque les sourcils devant la moue boudeuse de son copain. En plus de ça, il n'avait pas envie de partir avec elle... Sympa... Qu'est-ce qu'il peut être con des fois ! Elle le déteste quand il agit comme ça... Si seulement elle n'était pas aussi loin de Paris, elle se réfugierait chez Esther pour y passer la nuit. Elle n'a pas envie de le voir là maintenant. Elle veut juste être seule.

— Tu m'as soulé, je vais faire un tour !

Il attrape son téléphone qu'il glisse dans sa poche et enfile son manteau avant de quitter leur appartement. Bon, au moins, elle se retrouve au calme. Tant mieux. Elle sentait la grosse dispute venir. Vu comment c'est parti, leur discussion allait forcément s'envenimer et ils allaient se dire des choses pas très cool. Un soupir lui échappe. Malgré elle, elle est déçue de la réaction de Louis. Elle qui espérait tellement partir avec lui. Se retrouver un peu et passer du temps ensemble. La Corrèze lui semblait être une bonne idée en plus de ça. Cela faisait un moment qu'il n'y avait pas mis les pieds... Maintenant, elle va devoir y partir seule et affronter les questions de sa mère. La connaissant, elle ne va pas apprécier que le petit-ami de sa fille lui ait fait ce coup-là. Peut-être devrait-elle inventer une histoire de boulot pour l'excuser plutôt que de dire la vérité ? Sinon sa mère risque fort de lui prendre la tête avec le comportement de Louis. Quand ils se sont remis ensemble, elle était contente, mais elle lui a bien dit de faire attention. Qu'il devait changer et respecter ses promesses. Sauf que plus le temps passe et plus Lucie a l'impression qu'il ne le fait pas. Ou de moins en moins.

Un regard porté sur son téléphone lui apprend qu'il est presque vingt heures. Tant pis pour lui : elle va se prendre un bon bain et se faire livrer des sushis. Au moins, sa soirée ne tombera pas à l'eau ! Une nouvelle série girly vient de sortir sur Netflix, et connaissant Louis, il n'aurait pas voulu la regarder. Elle va en profiter pour se la faire ! Elle refuse de se laisser abattre par son attitude.

Les paroles de Nadia et de Sam lui reviennent en mémoire : si elle n'est pas heureuse, elle peut partir. C'est bête, mais depuis qu'elles lui ont dit ça, elle y pense. Elle se pose des questions. Est-elle heureuse avec lui ? Peut-il vraiment lui apporter ce dont elle a besoin ? Plus ça va et plus elle a le sentiment qu'ils ne sont pas faits l'un pour l'autre. Ils ont beau s'acharner, ça ne marche pas. Ils sont trop différents pour être ensemble. Ils n'ont pas les mêmes priorités. Peu importe les belles paroles de Louis pour la récupérer. Il n'est pas aussi pressé qu'elle de construire leur famille, leur avenir. Il ne pense qu'à ses potes. Voilà la vérité. Pourtant, elle ne se résigne pas à mettre un terme à leur histoire. Pas encore. Elle a besoin de s'accrocher à lui, à leur seconde chance. Parce qu'au fond, elle a encore l'espoir que ça s'arrange et que tout finisse bien entre eux. Louis, elle l'aime, elle l'a dans la peau. À moins qu'elle n'ait juste pas envie d'affronter une nouvelle fois l'échec de leur relation. Tout est compliqué.

Encore un peu de temps et je prends une décision, se murmure-t-elle pour elle-même. *Pour l'instant, je pense à moi.*

Elle attrape son téléphone et s'empresse de passer commande d'un plateau de sushis dans le japonais du coin. Pendant la bonne demi-heure d'attente, elle ira se glisser dans l'eau bien chaude d'un bain parfumé à la lavande. Rien de mieux pour se délasser et oublier les soucis. Son smartphone vibre. Un message de Louis.

« Je suis désolé bébé. J'aurais pas dû m'énerver comme ça. Promis, je t'offre très vite un petit week-end à la mer. Tu verras, ça sera encore mieux que la Corrèze ! Je t'aime »

Elle devrait sourire à la vue de ce message, mais le cœur n'y est pas. Parce que ce qu'elle aurait voulu, elle, c'est qu'il soit capable d'honorer sa parole. Il passe son temps à lui promettre des choses, mais rien ne vient jamais. Il y a toujours un truc qui déconne. Et évidemment, ce n'est jamais de sa faute. Pourtant, c'est lui qui prend ses décisions. C'est lui qui choisit de privilégier son pote plutôt que de partir en week-end avec elle.

Elle soupire et repose son téléphone sans répondre. Pour l'instant, elle est encore furieuse. Elle a besoin d'un peu de temps pour se calmer. Finalement, être quelques jours loin de lui lui fera le plus grand bien. Cela lui permettra de réfléchir un peu à leur relation et à ce qu'elle veut.

Chapitre 17

Lucie observe le paysage qui défile à travers la vitre. Elle a eu son train de justesse : une intervention au juridique qui lui a pris plus de temps que prévu. Cette fois, c'était Charlie qui avait besoin d'elle. Son PC avait planté, et impossible de le redémarrer. Elle en a profité pour lui raconter que Louis l'avait plantée pour leur petit week-end en Corrèze et que du coup, elle partait seule. La juriste s'est bien sûr offusquée. Olivier aussi d'ailleurs. Lui qui est plutôt discret lorsque les jeunes femmes évoquent leur vie sentimentale, cette fois il s'est décidé à intervenir en lui disant que son petit-ami était un crétin. Refuser un petit moment en amoureux alors qu'on s'accorde une seconde chance est du sabotage, selon lui. Au fond, Lucie est plutôt d'accord avec le jeune homme. Louis ne prend pas assez soin de leur couple. Du moins, c'est ce qu'elle éprouve. Mais il n'a pas l'air de le comprendre. Pour lui, il a changé et fait beaucoup d'effort. Il ne voit pas ce qu'il peut faire de plus.

Limoges. Un arrêt de quelques minutes et le train repart. La prochaine gare, ce sera pour elle. Connaissant sa mère, elle ne va pas tarder à arriver pour l'attendre. Bien sûr, elle a prévenu Gabrielle que Louis ne serait finalement pas du voyage. Elle n'a pas fait de commentaire, mais elle se doute qu'elles en discuteront probablement pendant les quelques jours qui vont suivre. Son téléphone vibre sur la petite table qui lui fait face. Elle déplace le roman qu'elle est en train de lire, un thriller qu'Olivier lui a prêté, et elle attrape son smartphone. C'est Louis qui lui a écrit.

« Tu es arrivée mon cœur ? »

« Presque. Encore une petite demi-heure et j'arrive à la gare. »

« Super ! Tu m'écris quand tu seras chez ta mère ? »

« OK. »

« Passe-lui le bonjour pour moi. Tu me manques déjà. »

« Je n'y manquerai pas. À tout à l'heure. »

C'est plus fort qu'elle, elle est froide. Un peu distante. Et ça depuis leur dispute lorsqu'il lui a annoncé qu'il ne partirait pas avec elle. Il a beau redoubler de je t'aime et de petits mots doux, rien n'y fait. Lucie lui en veut malgré tout d'avoir préféré rester chez eux pour aider son pote plutôt que de partir avec elle.

« Je t'aime »

Elle ne répond pas. Après avoir envoyé un message à sa mère pour lui dire qu'elle partait de Limoges, elle repose son téléphone sur la tablette et se replonge dans son bouquin. Elle a hâte de le finir. Olivier avait raison : l'intrigue est incroyable et une fois dedans, on a du mal à décrocher. La preuve, elle n'a même pas mangé le sandwich qu'elle avait acheté à la hâte à la cafétéria de sa boîte.

C'est la voix du conducteur qui la force à s'arrêter de lire. Dans quelques minutes, elle sera à Uzerche. Elle fourre à la hâte toutes ses affaires dans son sac à dos et empoigne sa valisette pour se diriger vers les portes du train. C'est une phobie chez elle : rater son arrêt ou que les deux minutes ne lui suffisent pas pour descendre. Les portes ne tardent pas à s'ouvrir et elle descend en lançant un coup d'œil autour d'elle. Sa mère se précipite à sa rencontre, chaudement emmitouflée dans son manteau vert. Elle arbore un sourire ravi comme à chaque fois qu'elle la voit. Il faut dire qu'elles sont fusionnelles et que se voir aussi peu est parfois un peu difficile à vivre. Lorsque sa mère était encore en région parisienne, elles se voyaient au moins une ou deux fois par semaine. Maintenant, c'est les SMS et les appels qui ont remplacé les dîners ou le brunch dominical. C'est différent.

— Maman ! Je suis si contente de te voir.

Elle se blottit dans les bras de sa mère qui lui caresse avec douceur ses cheveux.

— Tu devrais penser à refaire tes mèches ! lui conseille-t-elle avec sa franchise habituelle. On commence à voir quelques fils d'argent par-ci, par-là.

— Je sais... J'ai manqué un peu de temps avec le boulot. Et ce n'est pas près de s'arranger : on a le projet de refonte du site qui ressort des archives. Mon directeur m'avait mise dessus il y a quelques mois avant finalement de dire qu'on mettait ça en stand-by. Et soudain, c'est la nouvelle priorité. Sauf que tout est urgent dans cette boîte.

La jeune femme laisse échapper un sourire et Gabrielle lui sourit avec tendresse.

— Tu t'investis de trop ma puce. Tu as bien fait de poser quelques jours ! Je vais te chouchouter un peu.

— Maman... Ce n'est pas la peine. Je suis en pleine forme, lui assure Lucie.

Sa mère lui lance un coup d'œil dubitatif en observant sa silhouette encore dépourvue de quelques kilos.

— Je vais te prendre rendez-vous chez ma coiffeuse. Chez l'esthéticienne aussi pour un petit soin du visage ! Ça te fera le plus grand bien.

Lucie rit doucement. Sa mère est toujours comme ça. Elle se doute qu'elle fait ça pour lui changer les idées. Même si elle ne lui a pas parlé de ses doutes sur sa relation avec Louis, elle la connaît assez bien pour savoir qu'elle est déçue que le jeune homme ne soit pas ici. Alors, c'est sa façon à elle de lui faire oublier le reste. Quelques petites heures pour elle, rien que pour elle, à ne penser à rien d'autre qu'à prendre soin de soi. Et pour être honnête, c'est exactement ce qu'il lui faut ! Ça fait une éternité qu'elle n'a pas fait ça.

— Merci, maman ! Tu es un ange. Tu as raison, cela me permettra de me détendre un peu.

Elle lui adresse un sourire enthousiaste.

— J'ai été chercher une tarte à la myrtille chez le boulanger à Rosières !

Les yeux de Lucie doivent pétiller de gourmandise : la tarte à la myrtille est son petit péché mignon. Elle adore ça. Depuis qu'elle est gosse, sa mère l'emmène dans un restaurant inratable dans le coin et c'était toujours ce qu'elle prenait comme dessert.

— Tu sais comment me faire plaisir ! Je vais me régaler. Je n'ai rien avalé ce midi en plus, alors je meurs de faim !

— Tant mieux ! Parce qu'il y a de quoi nourrir un régiment à la maison !

Comme d'habitude ! Sa mère ne mange pas beaucoup, mais veille toujours à ce que les gens autour d'elle aient de quoi dévorer !

— Tu déchires, maman ! J'ai bien fait de venir en Corrèze. Ce petit séjour va me faire le plus grand bien.

— Surtout qu'ils annoncent un temps fabuleux : froid mais ensoleillé. On va se régaler. De belles balades dans la nature, ça te dit ? J'ai découvert un nouveau chemin de randonnée incroyable. On a une vue sur la vallée et le Mont Dore !

— J'ai déjà hâte ! s'exclame Lucie avec joie.

Elle adore les paysages de Corrèze. C'est revigorant. Ça la change de la grisaille parisienne, de tous ces bâtiments, cette foule... Ici, il n'y a que des champs, des forêts verdoyantes, des lacs et des vaches ! De quoi faire son bonheur !

Les deux femmes grimpent dans la voiture, et sa mère démarre rapidement. Il y a une bonne soixantaine de kilomètres qui les sépare de la maison. Cela fait toujours un peu de route, mais c'était son choix. Être loin de tout. Elle qui a trop connu la vie parisienne, les transports bondés et les voisins insupportables rêvait de calme et d'isolement. C'est chose faite.

— Alors, Louis ne vient pas ? Il aurait pu nous rejoindre vu que tu restes jusqu'à mardi...

Elle n'a pas traîné pour aborder le sujet. Lucie savait qu'elle allait devoir y faire face, mais pas aussi vite. Elle hausse les épaules et esquisse un petit sourire qu'elle espère convaincant.

— Apparemment, le déménagement de son pote est plus important que s'accorder quelques jours en amoureux ! réplique-t-elle. Mais ce n'est pas grave. Je suis contente qu'on soit toutes les deux. Cela nous permettra d'en profiter un peu. Tu connais Louis, les balades et les vaches, ça va cinq minutes. Il aurait voulu nous traîner à Brive faire les boutiques.

— Quelle horreur ! Finalement, c'est bien mieux que tu sois venue toute seule, s'esclaffe sa mère. On sera bien, tu verras !

Pendant quelques instants, le silence envahit l'habitacle du véhicule. Lucie est perdue dans la contemplation du paysage, si familier et qu'elle semble pourtant redécouvrir à chaque fois qu'elle vient ici. Elle adore cette région. Elle se sent revivre dès qu'elle respire le bon air de la campagne et qu'elle peut observer les forêts à perte de vue. Cela lui permet de reprendre un bon bol d'air pour affronter la vie parisienne. Surtout que depuis qu'elle s'est réinstallée avec Louis, le retour du RER et les heures de transports pèsent sur son quotidien. Cela ne lui avait pas manqué. C'est toujours plus confortable d'être près de son travail...

— Tout va bien entre vous sinon ? lui demande soudain sa mère. Tu ne me parles pas beaucoup de lui quand je t'ai en ligne.

— Bah... Il n'y a pas grand-chose à dire, maman. On essaie de reprendre nos marques et de redonner une chance à notre histoire. Ça met plus de temps que je le pensais, c'est vrai. Mais c'est peut-être normal...

Sa mère la regarde un instant, sceptique, avant de se concentrer de nouveau sur la route qui lui fait face.

— J'espère que tu ne te fais pas d'illusions ma puce. Tu sais, Louis est gentil, mais... Je ne sais pas si c'est vraiment un garçon pour toi.

Lucie baisse la tête. Encore une personne qui vient confirmer ses doutes. C'est dingue. Tout le monde l'a soutenue lorsqu'elle s'est remise avec lui, mais, au fond, personne n'a l'air de croire en leur histoire. Est-ce qu'elle-même y croit encore ?

— Maman...

— Je sais, je sais... Je ne devrais pas me mêler de ta vie, souffle-t-elle. Après tout, tu es assez grande pour prendre tes décisions. C'est juste que j'ai envie de te voir heureuse. Et je suis aussi très pressée de devenir mamie. Louis semble toujours aussi immature que lorsque tu t'es mise avec il y a des années de cela. Vous vous connaissez depuis presque toujours. Vous auriez déjà dû faire un bébé, voire plusieurs ! Peut-être qu'il n'est pas fait pour ça : la vie de couple, la famille... Il a l'air de toujours penser à ses potes avant le reste.

— Peut-être...

Lucie fronce les sourcils. Elle n'a pas envie de parler de lui pour l'instant. Elle veut juste profiter de ces quelques jours pour se détendre et oublier un peu tous ses doutes.

— Si on oubliait Louis ? lui demande-t-elle. On est toutes les deux. Profitons-en pour passer un bon moment, d'accord ?

— Ça marche, ma chérie. Mais n'oublie pas que si tu as besoin de parler, je suis là, hein ?

— Bien sûr, maman. Allez, concentre-toi sur la route plutôt. J'ai une tarte à la myrtille qui m'attend et je compte bien la savourer !

Chapitre 18

Lucie s'installe à son poste et pose son sac à terre. Elle laisse échapper un bâillement et allume son PC. C'est l'une des rares fois où elle n'a pas consulté ses mails du week-end ! Elle a vraiment profité de son séjour en Corrèze et cela lui a fait un bien fou. Elle est rentrée hier soir et a dormi chez Esther pour lui éviter de prendre le RER trop tard ! Alors, ce matin, elle a pu profiter pour dormir une heure de plus et il faut l'avouer, c'est agréable. Il y a de fortes chances qu'elle se remette à découcher une fois ou deux par semaines pour rester un peu à Paris et éviter les transports.

— Alors, ce petit séjour chez les vaches ? lui demande Julien en passant la tête derrière son poste. Ça s'est bien passé malgré l'absence de ton mec ?

Bien entendu, sa petite bande est au courant que Louis a préféré rester ici pour déménager son pote que venir avec elle. Ils se sont foutus d'elle, comme d'habitude, en lui disant que sa compagnie devait vraiment être déplaisante pour qu'il choisisse de porter des canapés, des frigos ou des machines à laver ! Mais lorsqu'ils ont vu qu'elle était peinée, ils se sont ensuite offusqués contre le jeune homme. Momo lui a même proposé de l'accompagner à sa place, histoire de le rendre jaloux, mais elle a refusé. Au fond, elle a passé un sujet moment avec sa mère. Si bien qu'elle a fini par se dire que c'était mieux sans Louis.

— C'était génial ! s'exclame-t-elle. On a fait de longues balades dans la nature et on a hyper bien bouffé. Je me suis fait une cure de tartes aux myrtilles, c'était trop bien. D'ailleurs, je vous ai ramené des petites douceurs.

Elle sort de son sac un paquet de sablés corréziens aux châtaignes qu'elle dépose sur son bureau.

— Histoire de vous montrer que je pense toujours à vous ! Même lorsque je ne bosse pas.

Elle rit et Momo s'approche pour ouvrir les gâteaux et en piocher un qu'il croque avec gourmandise.

— Délicieux ! approuve-t-il.

Il fait le tour de leur bureau pour en proposer aux quelques collègues déjà arrivés avant de revenir vers elle.

— Louis n'a pas trop regretté de ne pas être venu ? la questionne-t-il avec un sourire en coin. Tu lui as dit qu'un de tes collègues les plus charmants aurait été ravi de se dévouer à sa place ?

Elle lève les yeux au ciel, faussement agacée, et secoue la tête.

— Tu n'es pas plus le charmant de mes collègues, Momo... Désolée de te décevoir !

— Bien sûr que non..., s'amuse Damien. On sait qu'Olivier passe avant tout le monde.

Elle fronce les sourcils et laisse échapper un râle.

— Arrêtez avec Olivier ! En plus de ça, j'ai réunion avec lui dans moins d'une heure ! souffle-t-elle. Laissez-moi un peu tranquille. J'ai des mails à lire ! Je n'ai rien foutu du week-end.

Momo se penche vers elle avec une mine abasourdie et pose sa main sur son front.

— Tu es malade ? Ou tu n'es plus toi-même ? Qu'as-tu fait de Lucie ?

— Tais-toi et va bosser ! lui ordonne-t-elle en pouffant. J'avais juste besoin d'un vrai break. Et c'est ce que j'ai fait.

— Tu es donc en pleine forme pour bosser avec ton juriste préféré…, susurre-t-il.

— Je vais aller me prendre un café et après ça, oui, je serais au max ! Qui m'accompagne ?

Momo lève la main et pioche un gâteau avant de lui tendre la main.

— Gente dame, je vous offre un breuvage pour fêter votre retour. Daignez-vous accepter cette proposition ?

Lucie rit et glisse sa main dans la sienne en se levant.

— Allons-y ! Mais rapidement… J'ai sans doute une centaine de messages à rattraper, grogne-t-elle.

* * *

— Bon… Nous y revoilà. Tu crois que cette fois, ils vont nous laisser aller au bout ?

Olivier la regarde avec amusement. C'est vrai qu'ils ont fait deux ou trois réunions avant de se prendre un stop par leur direction. Et pourtant, on leur avait assuré que c'était le projet de l'année, la priorité absolue ! Finalement, plusieurs mois se sont écoulés avant qu'on ne leur demande de se pencher de nouveau dessus.

— J'espère… On ne va pas faire que ça, soupire-t-elle. On avait déjà bien avancé la dernière fois et on doit repartir de zéro. Leurs orientations ont changé. S'ils nous font ça tous les quatre matins, on est mal barré !

— Cette fois, je pense que c'est la bonne. En tout cas, on va faire comme si !

Il pianote rapidement sur son PC et ouvre un dossier avant de diriger son écran vers elle. Ils sont tous les deux dans une des petites salles au rez-de-chaussée. Au moins, ils sont tranquilles pour bosser et avancer.

— Au fait, c'était cool ton week-end ? Tu as bonne mine en tout cas, lui fait-il remarquer. L'air de la campagne te fait du bien !

— C'est gentil.

Elle lui sourit avant de reprendre :

— C'est vrai que ça m'a fait du bien d'avoir quelques jours pour moi. En Corrèze, j'oublie tout. Je me recentre sur moi et sur l'essentiel. Ma mère m'a fait découvrir de nouveaux coins, c'était juste magnifique ! On se sent tout petit face à la beauté de la nature.

— Je suis persuadé que c'est une région qui me plairait ! s'exclame le jeune homme. Je n'ai jamais eu l'occasion de visiter, mais j'adore la campagne et le calme.

— Alors, tu serais gâté en Corrèze !

— Peut-être qu'un jour, j'irais y faire un tour ! Et qui sait, tu pourrais me servir de guide si tu es dans le coin en même temps que moi.

— Ce serait avec plaisir !

Le jeune homme ouvre une présentation qu'ils avaient commencé à préparer lors des dernières réunions et il lui désigne du doigt la trame du site.

— Si je comprends bien, ils ont envie de quelque chose de plus ludique et qui regroupe tout, c'est ça ? Une version pour les externes et un intranet pour nous où on pourrait tout gérer niveau RH ?

Lucie hoche la tête.

— Oui, c'est bien ça. C'est ce que mon boss m'a dit suite à leur dernière réunion avec la DG. Je te propose qu'on commence par retravailler la version du site pour le public, lui dit-elle. C'est le truc le plus facile. On s'occupera de l'intranet plus tard.

— Ça me va ! Je te fais confiance de toute façon. C'est toi la spécialiste. Je ne fais pas grand-chose moi.

Elle rit. C'est vrai qu'il s'implique beaucoup pour un projet où il n'aura que quelques recommandations à donner et des trucs à rédiger. CGV, données personnelles, mentions légales, … Le connaissant, cela sera vite fait ! Il a l'air bon dans ce qu'il fait, Olivier. Lucie l'a remarqué tout de suite. C'est un bosseur, comme elle.

— D'ailleurs, si tu n'as pas envie de passer trop de temps là-dessus, tu n'es pas obligé de participer à toutes les réunions. Je peux te consulter quand besoin. Si j'ai des doutes ou quand on finalisera pour la rédaction des trucs obligatoires.

— Non, ne t'en fais pas ! la contre-t-il. Ça me fait plaisir de bosser avec toi. En plus, Cristina a insisté pour que tout soit parfait, alors j'ai un peu la pression… C'est le premier gros truc sur lequel elle me laisse travailler. Je dois faire mes preuves !

— Nickel alors ! Pour être honnête, je suis contente, lui confie-t-elle. C'est plus sympa de bosser à deux que seule dans ce coin. En plus, tu as l'air d'avoir bien capté l'esprit de la boîte, donc je suis sûre qu'on va dépoter ensemble.

— Je suis d'accord ! On forme une bonne équipe, commente-t-il avec un petit sourire. Je te fais un café ?

Il désigne du doigt la machine qui trône sur une tablette dans le fond de la salle.

— Avec plaisir ! Je suis un peu HS même si je reviens de week-end. Mon train avait du retard, je suis arrivée à Paris à plus de minuit.

— En plus, tu as dû rentrer en banlieue, non ?

Elle secoue la tête avec un petit sourire tandis qu'il se lève pour lancer deux cafés.

— J'ai découché. J'ai ma grand-mère sur Paris, alors j'en profite de temps en temps pour m'éviter les transports lorsque je rentre tard.

— Tu as raison. Et alors, ton mec ? Il n'est pas venu finalement ?

La jeune femme soupire et hausse les épaules.

— Non… Il a choisi l'option déménagement et potes plutôt qu'un week-end en amoureux. Tant pis pour lui, déclare Lucie. Je me suis bien amusée. S'il avait été là, on aurait sans doute passé notre temps dans le jardin, à ne rien faire. Il n'aime pas trop bouger.

— Comme quoi, il a bien fait de ne pas venir, s'amuse Olivier. Au moins, tu as pu en profiter davantage !

Ce n'est pas faux. Et ce constat l'inquiète. Car n'est-elle pas censée être mieux avec son copain que sans ? Après tout, ils se sont remis ensemble récemment. Il aurait dû lui manquer. Elle aurait dû regretter son absence. Et au fond, elle n'a pas beaucoup pensé à lui. Trop occupée à profiter de la nature, à aller faire le tour de ses connaissances et à savourer la gastronomie corrézienne, elle a passé un très bon moment sans lui !

— Exactement, approuve-t-elle.

Un sourire se dessine sur le visage du juriste.

— Je suis content que tu aies pu t'amuser malgré tout. Tu avais l'air un peu triste la semaine dernière, lui dit-il. J'étais inquiet pour être honnête. Mais ça me fait plaisir de te voir d'aussi bonne humeur.

— C'est gentil. Je vais bien, oui. Je ne vais pas me laisser abattre pour un week-end raté. Il y en aura d'autres.

— Ouais, sans doute !

Il se réinstalle après avoir posé les tasses devant eux.

— On s'y remet ? J'ai une autre réunion derrière, marmonne-t-il. Du coup, si on peut avancer un max maintenant, ça serait cool.

— Yes, tu as raison. J'ai pas mal de boulot qui m'attend aussi. Les longs week-ends, c'est bien, mais derrière faut rattraper.

Ils rient tous les deux et se replongent rapidement dans le sujet qui les occupe : le site internet de l'entreprise.

Lucie est contente de travailler avec lui. En général, elle a plutôt affaire à Christina ou à Charlie, mais ça change. Olivier a un autre état d'esprit, une vision assez moderne et elle est certaine qu'ils vont faire du bon boulot ensemble !

Chapitre 19

Installée en tailleur sur le canapé, Lucie consulte ses mails sur son téléphone. Du boulot, encore du boulot. Ça n'arrête pas. Le projet du nouveau site est en marche sans compter les autres missions que son chef lui a attribuées. Et évidemment, il y a les urgences du quotidien. Bref, elle a l'impression que c'est une spirale sans fin. À chaque fois qu'elle croit en voir le bout, une dizaine d'e-mails vient lui rappeler qu'elle n'est pas prête de s'ennuyer. Au fond, ça ne la dérange pas. Elle aime bien quand ça carbure, Lucie. Son boulot, elle l'adore, alors elle s'investit au maximum.

Soudain, un bip discret retentit. Le mobile de Louis qu'il a oublié en allant sous la douche. Un deuxième bip. Curieuse, elle attrape le smartphone et regarde la notification. Des SMS de Mélanie... Elle sent son pouls accélérer dangereusement. Parce que ce prénom, elle ne le connaît que trop bien. Louis l'a trompée avec cette fille. Elle est persuadée que c'est elle. Il ne connaît pas d'autre Mélanie de toute façon. Mais il est censé ne plus lui parler depuis des mois. Avant de se remettre ensemble, Lucie lui avait demandé, l'air de rien, s'il était toujours en contact avec elle et il lui avait affirmé que non. Alors pourquoi ces messages aujourd'hui ? Elle hésite. Une partie d'elle a envie de regarder ce que cette fille lui dit et de l'autre, elle a peur de ce qu'elle pourrait trouver. Elle a déjà vécu ça. Est-elle prête à le revivre une fois encore ? L'eau coule encore dans la salle de bains. Connaissant Louis, il en a encore pour une bonne vingtaine de minutes. Le temps de finir sa douche, se sécher, s'habiller et se raser. Elle peut regarder. Ou ne pas le faire. Continuer de lui accorder sa confiance les yeux fermés. Sauf qu'elle se doute que maintenant qu'elle a vu le nom de cette nana sur le téléphone de son copain, elle ne pourra pas l'oublier comme ça. Si elle ne sait pas de quoi il s'agit, elle passera son temps à se torturer. Louis a un passé avec Mélanie. Elle déglutit et finit par rentrer le code du téléphone du jeune homme. Facile, l'année de sa date de naissance. Rien d'original. Elle ne comprend pas pourquoi il ne l'a toujours pas changé. Elle ouvre rapidement les messages et ce qu'elle découvre lui transperce le cœur.

« Comment tu vas aujourd'hui ? »

« On essaie de se voir ? Tu me manques... »

Ce n'est pas possible. Elle a du mal à le croire. Comment Louis a-t-il pu lui mentir ainsi ? Car il n'y a pas de doute. Ils doivent être en contact régulièrement. Peut-être même tous les jours... Et il continue de la voir. C'est ça le pire. Comment a-t-elle pu être assez stupide pour croire qu'il avait changé ?

C'est plus fort qu'elle, elle efface les deux messages et repose le téléphone après l'avoir verrouillé. Mais l'impression de malaise qu'elle ressent ne s'estompe pas pour autant. Le poison est distillé, ça y est. Comment peut-elle faire mine de rien devant lui ? Chaque jour, elle se demandera s'ils se sont écrits. À chaque nuit passée sur Paris, elle se posera la question de savoir s'il était avec elle ou pas. Puis, doit-elle lui en parler ou pas ? Un soupir lui échappe. Pourquoi tout est toujours aussi compliqué avec Louis ? Elle imaginait qu'en se remettant avec lui, les choses seraient simples. Ils allaient enfin pouvoir construire leur avenir tel qu'elle l'avait toujours imaginé. Des enfants qui gambadent autour d'eux, un déménagement dans quelques années à la campagne ou à la mer et une vie à deux, heureux. Rien de plus. Elle n'en attend pas beaucoup, Lucie. Elle voulait juste qu'ils se redonnent une chance et que Louis se montre à la hauteur cette fois. Mais apparemment, elle s'est trompée sur toute la ligne. Il n'était pas sincère dans ses paroles. Sinon, pourquoi continue-t-il de parler à cette fille qui a déjà causé en partie la fin de leur relation la dernière fois ? Pourquoi ne s'investit-il pas davantage dans leur couple ? Elle a été claire sur ce qu'elle attendait. Pourtant, il ne fait rien pour lui prouver qu'il a envie d'être avec elle et de construire enfin un avenir serein... Il n'y a que des mots, rien que des mots. La chanson de Dalida et Alain Delon lui revient en tête. Louis, c'est exactement ça : des paroles, des paroles, des paroles... Rien d'autre.

La porte de la salle de bains s'ouvre. Il a fini, ça y est. Un regard furtif vers son téléphone pour s'assurer qu'elle l'a reposé exactement là où il était avant la douche et elle se dessine un sourire sur le visage.

— Ça fait du bien une bonne douche ! s'exclame le jeune homme en arrivant dans le salon, les cheveux encore humides. Finalement, je ne me suis pas rasé, la flemme.

Il s'installe sur le canapé avec un soupir d'aise et se tourne vers elle.

— Ça va, mon cœur ? Tu fais quoi ? lui demande-t-il.

— Je bosse un peu, lui répond-elle d'une voix neutre. J'ai pas mal de taf en ce moment.

— Comme d'hab. Tu veux qu'on se mate une petite série après ? Je dois bouger ce soir, mais ça nous laisse un peu de temps pour quelques épisodes.

— Pourquoi pas... Tu vas où ? lui demande-t-elle négligemment.

Le jeune homme détourne le regard. C'est furtif. Quelques secondes à peine, mais elle a le temps de le percevoir. Il finit par hausser les épaules et lui répondre :

— Je dois voir David. Un truc à faire rapide. Je ne tarderai pas, lui assure-t-il.

Est-ce la vérité ? Ne sera-t-il pas plutôt avec Mélanie ? Elle se retient de lui balancer qu'elle est au courant qu'il continue de lui parler, mais elle préfère s'abstenir. Pour l'instant, en tout cas. Mais elle se doute qu'elle finira par le lui dire car elle n'arrivera pas à vivre avec ses questions. Elle sent déjà qu'elle aura du mal à s'endormir cette nuit. C'est fou, c'est comme si elle revenait à deux ans en arrière lorsqu'elle avait surpris les premiers messages de Mélanie. Au début, elle pensait que c'était une simple amie. Elle était en couple avec un de ses amis d'enfance, alors pour elle, aucun risque. Puis, elle lui faisait entièrement confiance. Jusqu'à qu'elle surprenne des échanges qui ne laissaient aucun doute sur l'ambiguïté de leur relation.

— Ok, super. On a qu'à regarder *Lucifer* si tu veux, lui propose-t-elle.

— Je vais allumer la télé pendant que tu finis de regarder tes mails.

Elle acquiesce et tente de se replonger dans la lecture de ses derniers messages professionnels. Mais son esprit est incapable de se concentrer. Le prénom Mélanie danse dans sa tête et elle repasse en boucle tout ce qui s'est passé ces dernières semaines. Tout ce qui aurait pu lui mettre la puce à l'oreille. C'est vrai que Louis s'est beaucoup absenté : rapidement à chaque fois, mais tout de même. Il avait toujours un pote à voir, un truc à faire. Peut-être étaient-ce des excuses pour aller voir cette fille. Elle se retient de soupirer. Elle a l'impression qu'elle va devenir folle.

« Coucou ma belle, ça va ? »

Elle a envoyé ce message à Emma en espérant qu'elle va lui répondre vite. Après tout, on est samedi après-midi. Sa cousine a peut-être autre chose à faire qu'être sur son téléphone. Mais heureusement, son portable vibre. C'est elle !

« Oui et toi ? »

« Bof... Pas terrible. On peut s'appeler ce soir ? Ou demain si tu préfères ? »

Puisque Louis n'est pas là, autant en profiter. Elle pourra se confier à Emma sans s'inquiéter de la présence de son copain.

« Bien sûr ! Gaspard a un dîner avec un client qui vient d'acheter une belle baraque. J'ai prétexté une petite migraine pour y échapper. Je t'appelle vers 20 h ? »

Lucie esquisse un petit sourire. Sa cousine déteste les dîners de convenance comme ça. Du coup, elle ne fait que trouver des excuses pour ne pas s'y rendre. Apparemment, cela a tendance à agacer son mari, mais ce n'est pas pour autant qu'elle se force.

« C'est parfait ! Merci ma belle. Cela me fera du bien de te parler ! »

« Tu sais que je suis toujours là pour toi □ À tout à l'heure ! »

Elle repose son téléphone sur la table. Impossible pour elle de se concentrer sur le boulot, là tout de suite. Elle arrivera plus tôt lundi ou elle tentera de se motiver un peu demain. Louis se tourne vers elle et effleure sa joue avec tendresse.

— Ça y est ? Tu veux que je lance la série ? lui demande-t-il.

— Oui, c'est bon. J'arrête là pour aujourd'hui.

— Comme ça, on profite d'un petit après-midi en amoureux. D'ailleurs, ça te dit qu'on aille faire les magasins demain ? En plus, tu voulais le dernier roman de Dicker, non ?

Pourquoi est-il si gentil ? Comment peut-il faire semblant à ce point ? Est-ce que ce n'est pas elle qui se fait des films ? Peut-être qu'il n'y a rien entre Mélanie et lui ? Mais d'un côté, elle ne peut accepter qu'il continue de lui parler après tout ce qu'il s'est passé avant. Elle se sent trahie à la simple pensée de ces échanges entre eux.

— Mon cœur ? T'es avec moi ?

— Désolée ! Je suis un peu fatiguée... Mais oui, c'est une bonne idée pour la sortie shopping. Il me faut quelques pulls pour cet hiver ! s'exclame-t-elle d'une voix faussement enthousiaste.

— Top ! J'en profiterai pour te faire un petit cadeau. J'ai envie de te faire plaisir.

Il se penche vers elle et dépose un baiser sur ses lèvres.

— Je sais que je n'ai pas été assez présent à ton goût ces dernières semaines, alors je veux me rattraper.

Elle esquisse un petit sourire, mais le cœur n'y est pas. Elle ne peut s'empêcher de se demander à quel jeu il joue et ce qu'il veut vraiment. Construire une vraie relation avec elle ou se contenter de cette pseudo vie de couple comme ils avaient avant ? Et surtout, que vient faire Mélanie dans sa vie ?

— Tu n'as pas besoin de faire ça, souffle-t-elle. Contente-toi d'honorer les promesses que tu m'as faites lorsqu'on s'est remis ensemble et ça m'ira. Je n'ai besoin que de ça, que de toi.

Il lui sourit et hoche la tête.

— Je vais tout faire pour ! Je veux te rendre heureuse, ma puce.

Il l'étreint un instant contre lui. Elle laisse ses mains glisser le long de son dos et se balader dans ses reins. Mais elle ne ressent rien. C'est comme si soudain tout en elle était anesthésié. Cette faculté qu'elle a de se protéger d'une douleur à venir lui a souvent joué des tours. Car Lucie est capable de se détacher de lui juste à cause de ses doutes et des messages échangés avec cette autre fille. De peur de souffrir, elle préférera partir plutôt que voir ses pires craintes devenir réelles.

Chapitre 20

— À tout à l'heure !

Louis dépose un baiser sur son front et lui sourit.

— Je ne tarde pas. Le livreur va te déposer les sushis d'ici un petit quart d'heure, lui précise-t-il.

Il lui a commandé japonais puisqu'il ne mange pas avec elle et qu'il n'a pas fait les courses. Encore une petite attention qui la surprend, mais elle ne va pas se plaindre. Sinon, elle se serait sans doute contentée d'une compote et de quelques gâteaux au chocolat histoire d'avoir quelque chose dans le ventre.

— C'est gentil, merci. À tout à l'heure ! Je t'attends pour dormir ou pas ?

— Non, si tu es fatiguée, va te coucher.

— OK.

Une fois de plus, ils ne s'endormiront pas ensemble. Le connaissant, il va sans doute rentrer bien plus tard que prévu et se coucher dans le canapé. Cela fait déjà un moment qu'ils n'ont pas partagé le lit conjugal. Les câlins se font tout aussi rares.

— Mange bien, mon cœur ! Je t'envoie un petit message tout à l'heure.

Elle acquiesce et elle le regarde partir, pensive. Toute l'après-midi, malgré la douceur de son copain, ses paroles douces et les instants lovés entre ses bras devant Netflix, elle a remué cette histoire de SMS dans sa tête. Incapable de penser à autre chose, elle a failli lâcher la bombe à plusieurs reprises. Mais à quoi bon ? Elle a besoin d'en savoir un peu plus avant. Ou d'avoir les conseils de sa cousine. Elle ne sait pas si elle doit hurler après lui ou le lui dire calmement. Et elle se doute qu'il va lui reprocher d'avoir fouillé dans son téléphone ! Même si ça partait d'une bonne intention car elle regardait simplement qui lui écrivait. Elle était à mille lieues d'imaginer que c'était une fille, encore moins celle-là.

Une fois que la porte claque derrière Louis, elle lance un drama coréen. Elle adore ça, mais Louis refuse d'en regarder. La VO le soule et il trouve ça trop gnan-gnan. Tant pis pour lui. Elle, elle pourrait ne regarder que ça. La culture asiatique, surtout coréenne et japonaise, a toujours été une de ses passions. Il est à peine dix-neuf heures. Un épisode devant des sushis, et hop, ce sera l'heure qu'Emma l'appelle.

Le livreur sonne au bout de dix minutes. Il est en avance ! Encore mieux. Elle s'empresse d'aller lui ouvrir, lui glisse un petit pourboire et se réinstalle dans le canapé avant de déposer le sac sur la table. Elle va se régaler. Si elle pouvait, elle ne mangerait que ça tous les jours. Avec un bon plat de pâtes de temps en temps, histoire de varier les plaisirs !

* * *

Son téléphone bipe. Emma. Dix-neuf heures cinquante. Elle est en avance !

« *Tu es dispo ?* »

« *Oui, c'est bon pour moi !* »

Son épisode vient juste de se terminer et le plateau de sushis est terminé. Puis, elle a attendu ce coup de fil tout l'après-midi. Emma est toujours de bon conseil et, surtout, elle sait trouver les bons mots pour la rassurer et lui remonter le moral. Quelques minutes plus tard, son mobile sonne et elle s'empresse de décrocher.

— Coucou ma belle, s'exclame-t-elle en attrapant le plaid pour le remonter sur elle.

La fraîcheur de l'hiver qui approche commence déjà à se faire ressentir. Le mois de novembre est la période qu'elle déteste le plus. C'est long. La nuit tombe vite. Il fait gris. Bref, tout ce qu'elle a en horreur. Vivement le retour du printemps !

— Comment tu vas ? lui demande tout de suite Emma. J'étais inquiète suite à ton message. Il s'est passé quelque chose ?

Lucie sourit devant le flot de paroles de sa cousine. Du Emma tout craché.

— Ne t'en fais pas, il n'y a rien de grave, tente-t-elle de la rassurer. Enfin, je ne sais pas trop. Mais il n'y a pas mort d'hommes dans tous les cas. C'est Louis...

— Je m'en doutais...

Un soupir échappe à sa cousine et Lucie grimace. C'était si prévisible que ça ? Que si son moral est en berne, c'est forcément dû à son petit-ami ?

— Vous vous êtes disputés ?

— Non... Même pas. C'est juste que j'ai des doutes. Enfin, plus que des doutes même.

— Comment ça ? Par rapport à quoi ?

Lucie inspire. Elle déteste repenser à toute cette histoire. Encore plus, elle se sent stupide d'être dans la même situation que lors de leur première rupture. Tout ça ne lui a-t-il pas servi de leçon ?

— J'ai trouvé des messages dans le téléphone de Louis. D'une certaine Mélanie... Tu sais, la fille dont je t'avais parlé à l'époque. Je crois qu'il m'a trompé avec elle. J'en suis même persuadée d'ailleurs.

— Oui, je me souviens, affirme Emma. Mais il lui parle encore ?

Sa voix laisse deviner une certaine surprise face à ce que lui apprend Lucie.

— Apparemment, oui... Je pense même qu'il continue de la voir.

— Qu'est-ce que les messages disaient ? l'interroge sa cousine.

La jeune femme soupire. Les mots dansent encore devant ses yeux lorsqu'elle les ferme. Surtout le deuxième message...

— Elle lui demandait de ses nouvelles et surtout, elle lui a dit qu'il lui manquait, grommelle Lucie.

Son cœur rate un battement en avouant ça à sa cousine. Rien que d'y repenser et la colère enfle en elle. Un mélange de rage, de déception et de tristesse qui lui broie la poitrine et lui donne envie de pleurer.

Un silence au bout du fil : Emma semble digérer l'information. Mais elle ne tarde pas à réagir :

— Peut-être que ce n'est rien, non ? tente-t-elle de la rassurer. Elle lui a peut-être écrit comme ça, mais il ne répondra pas. Après tout, les nanas désespérées sont nombreuses... Quand elles sont accrocs, elles ont du mal à lâcher l'affaire.

— Non... J'aimerais bien, mais elle lui a demandé s'il allait bien aujourd'hui, insiste la jeune femme en coinçant son téléphone entre son oreille et son épaule.

Elle se lève pour aller jeter le reste de son repas et boit un peu d'eau avant d'aller se réinstaller dans le sofa.

— Je suis presque certaine qu'ils se parlent souvent. Et surtout qu'il la voit encore. Tu vois, ce soir, il s'est absenté. Une fois de plus, râle-t-elle. En ce moment, il sort beaucoup. Il a toujours des trucs à faire. C'est sans doute pour aller passer du temps avec elle.

— Tu crois ? Après tout, il t'avait promis qu'il ne lui parlerait plus.

— Oui, je sais. Comme il m'avait promis qu'on passerait du temps ensemble et que je serais sa priorité désormais. Sauf que, finalement, dès qu'il peut se barrer avec ses potes, il n'hésite pas.

— Tu penses à ce fameux week-end en Corrèze où il t'a plantée ?

Lucie acquiesce même si Emma ne peut pas la voir. Cela s'est passé il y a plusieurs semaines et pourtant, elle lui en veut toujours.

— Ouais, je l'ai en travers de la gorge.

— Normal ! J'aurais tué Gaspard s'il m'avait fait un coup pareil ! affirme Emma. Tu lui as demandé pour les messages ?

— Non… Je n'ai pas osé. C'est pour ça que je voulais qu'on s'appelle, souffle-t-elle. Je suis paumée, Em' ! À ton avis, qu'est-ce que je dois faire ?

— Je ne sais pas… Tu penses que tu réussiras à oublier ces SMS ?

— Impossible ! s'écrie Lucie. Je ne fais qu'y penser. Là, tu vois, il est sorti et je me demande s'il est vraiment avec un pote ou avec elle. Ça va me bouffer cette histoire…

— C'est bien ce qu'il me semblait… Alors, tu dois avoir une discussion avec lui, lui conseille sa cousine. Il faut qu'il te dise ce qu'il en est ! Ce qu'il y a entre eux et pourquoi elle est encore présente dans sa vie alors qu'il t'avait promis de couper les ponts.

Lucie opine. Elle redoute cette discussion. Louis est du genre à toujours se trouver des excuses et à réussir à justifier toutes ses erreurs. Elle se rend compte soudain qu'elle ne lui fait plus confiance. Même si elle s'est remise avec en espérant que cette fois ça marcherait, la confiance qu'elle avait en lui est brisée. Et ça, elle ne sait pas comment ça peut se réparer. Quand elle a accepté de lui donner une seconde chance, elle ne pensait plus à cette Mélanie. Elle voyait surtout leurs autres problèmes et les promesses que le jeune homme lui a faites. Et elle croyait vraiment que tout allait rouler entre eux. C'était une évidence. Peut-être qu'elle s'est laissée aveugler par ses sentiments. Que l'amour qu'elle lui portait a pris le dessus sur le reste. Elle se sent bête. Utilisée. Trahie. En colère. Tout se mélange en elle.

— Tu vas lui parler ? insiste Emma devant son silence.

— Oui... Je crois que je n'ai pas le choix de toute façon. Impossible pour moi de faire semblant que tout aille bien après ce que j'ai lu. Je serais tentée de fouiller dans son téléphone tout le temps, comme avant. Je ne veux pas revivre ça et être dans le doute permanent de savoir s'il est avec elle ou pas. J'ai passé l'âge de ces conneries.

Un soupir lui échappe.

— Je veux juste être heureuse, Em'... Cette fois, je pensais que ça allait le faire avec Louis. Pourquoi ça ne marche pas ?

Emma met quelques instants avant de lui répondre :

— Peut-être parce que ce n'est pas l'homme qui t'est destiné...

— Mais je l'aime. Enfin... Je ne sais plus en fait. Depuis qu'on s'est remis ensemble, rien ne va comme je l'imaginais. Et j'en viens à me demander si je suis encore amoureuse ou pas.

Elle a prononcé cette dernière phrase à voix basse, comme si elle craignait que quelqu'un l'entende. Parce qu'elle se sent perdue et qu'elle ne sait pas vraiment comment gérer cette situation. Avant les SMS de Mélanie, les choses n'étaient déjà pas comme elle l'aurait voulu. Elle ressentait une espèce de malaise dans cette relation sans réussir à mettre de mot dessus. Était-ce parce qu'elle avait l'impression que Louis ne changeait pas autant qu'il l'avait promis ? Ou que se retrouver de nouveau en banlieue, dans leur routine passée, ne lui apportait pas la satisfaction espérée ? Aucune idée.

— Lucie, il faut que tu discutes avec lui, insiste Emma. Tu ne peux pas continuer comme ça. Si tu n'es pas heureuse, tu arrêtes là et c'est tout. Pourquoi te flageller comme ça ? Tu es jeune et belle ! Le meilleur t'attend.

Un instant, elle repense à sa vie de célibataire parisienne : les soirées à s'ennuyer, seule, les rendez-vous qui ne mènent nulle part, l'impression qu'elle n'est pas faite pour cette époque 2.0 dédiée à Tinder et aux plans cul. Est-elle prête à retrouver ça ? Si elle quitte Louis, ne risque-t-elle pas de le regretter ? Toutes ces questions l'assaillent.

— Je suis perdue, Emma, souffle la jeune femme.

— C'est normal, ma puce. Tu te n'attendais pas à ce que ça se passe ainsi... Mais écoute mon conseil, tu lances le sujet de ces SMS et tu vois ce qu'il te dit. En fonction, tu prends une décision. Soit tu as envie de continuer et tu lui fais confiance. Soit ses explications ne te conviennent pas et tu mets un terme à votre relation.

— Oui. C'est la meilleure chose à faire.

— Courage. Ne traîne pas trop, OK ? lui dit sa cousine. Essaie de lui parler cette semaine. Plus tu attends et plus ça va te bouffer.

— C'est clair. Plus vite j'en sais plus et mieux ça sera. Je ne pourrais jamais faire semblant, tu me connais.

— Oui, je sais bien ! De toute façon, je suis là pour toi, OK ? Tu m'appelles dès que tu as pu avoir tes explications ?

— Bien sûr ! Bon assez parlé de cette histoire... Comment tu vas toi ? Vous avez prévu quoi de beau avec Gaspard ce week-end ?

Emma soupire.

— Pas grand-chose. Il bosse encore. Mais je vais peindre un peu histoire de m'occuper. Puis, je vais aussi aller faire un tour à la mer s'il fait beau.

— Quelle chance tu as d'habiter si près de l'océan ! Je t'envie.

Emma laisse échapper un petit rire.

— N'oublie pas que je t'ai proposé de venir me voir ! Je t'attends toujours pour quelques jours entre filles.

— Oui, dès que le printemps revient, promis, je débarque ! assure Lucie. Cela nous fera du bien de nous retrouver !

— Carrément ! Bon, ma belle, je te laisse ? J'ai un article à finir pour lundi et je n'ai rien commencé encore.

— Pas de souci. Merci encore pour tous ces conseils. J'avais besoin de vider mon sac.

— Je suis là pour toi, ma Lulu. Toujours. Prends soin de toi et on se tient au courant !

— OK. Bisous ma belle.

Lucie raccroche et pose son téléphone sur la table basse. Elle se sent un peu mieux d'avoir pu discuter avec sa cousine. Emma a toujours les mots qu'il faut. Maintenant, il faut qu'elle trouve le courage de provoquer une bonne explication avec Louis. Cela va être un peu compliqué, elle le sait. Elle redoute déjà ce moment, mais elle sait qu'elle ne peut pas rester ainsi.

Chapitre 21

Lucie enfile un gilet par-dessus la fine chemise de nuit qu'elle a empruntée à sa grand-mère. Elle prend place à la table du salon où l'attend un paquet de gâteaux au chocolat, ses préférés. Esther est déjà installée, un café devant elle.

— Tu as bien dormi ma petite chérie ? lui demande-t-elle en souriant. Tu veux un café ?

— Je vais me le préparer, ne t'en fais pas, mamie.

Elle lui sourit avant de croquer dans un gâteau. Esther en achète toujours pour elle. Même si cela faisait un petit moment qu'elle n'était pas venue dormir chez elle. Hier soir, elle a passé la soirée avec Sam et Nadia pour avancer sur le mariage et elle n'avait pas le courage de prendre le RER. Pas l'envie non plus. Depuis la découverte du SMS de cette Mélanie dans le téléphone de Louis, elle a du mal à faire semblant. Sauf qu'elle n'a pas encore trouvé le courage de provoquer une discussion avec son copain. Du coup, elle fuit. Bizarrement, ça n'a pas l'air de l'inquiéter plus que ça. Louis semble se ficher qu'elle préfère passer son temps hors de leur appartement plutôt qu'avec lui alors qu'il y a encore quelques semaines, elle faisait tout pour être avec lui afin de reconstruire leur couple.

— Et toi, tu as bien dormi ? ajoute-t-elle.

Elle n'ose pas dire à sa grand-mère que de son côté, les nuits sont difficiles. Le sommeil est dur à trouver, les questions nombreuses.

— Comme un loir ! Cette nuit, les voisins n'ont pas fait la fête, heureusement ! Sinon j'aurais appelé le syndic, grogne Esther. Ça fait plus de trois fois depuis le début du mois qu'ils font un bruit pas possible. Et ça dure toute la nuit !

— Ils sont jeunes, mamie. Que veux-tu ?

La jeune femme hausse les épaules, amusée. Sa grand-mère a tendance à toujours se plaindre de ses voisins. Sans doute parce qu'elle adorait le petit couple marié qui habitait là il y a encore un an. Mais ils ont eu des jumeaux et leur appartement était trop étroit pour cette nouvelle vie à quatre.

— Je sais, mais ce n'est pas une raison pour embêter le monde comme ça !

Esther marmonne avant de boire une gorgée de son café. Elle pose sa tasse et jette un coup d'œil à sa petite-fille.

— Tout va bien sinon ? la questionne-t-elle. Je trouve que tu as une petite mine.

Lucie soupire. Esther la connaît beaucoup trop. Impossible de lui dissimuler quoi que ce soit. Sa grand-mère a toujours été sa confidente. Elles s'entendent à merveille toutes les deux. Sa mamie s'est beaucoup occupée d'elle étant plus jeune : la petite fille passait ses mercredis et ses vacances scolaires chez elle. Et en grandissant, Lucie a continué à prendre plaisir à aller chez Esther. C'est souvent qu'elle découche pour profiter un peu plus d'elle !

— Qu'est-ce qu'il se passe ? insiste sa grand-mère. C'est Louis ?

Une fois de plus, elle a visé juste.

— Ça ne va pas fort entre nous en ce moment, avoue Lucie. Je n'imaginais pas que les choses se passeraient ainsi lorsque je me suis remise avec lui. Moi qui pensais que cette fois, il était prêt à s'investir, je crois que je me suis trompée, mamie…

— Pourquoi tu dis ça ma puce ?

— Attends... Laisse-moi juste me faire un café. Je te raconte après.

Lucie se dirige dans la cuisine et attrape une tasse dans le débarras. Une fois le breuvage noir en main, elle retour s'asseoir près d'Esther qui lui adresse un sourire contrit.

— Tu te rappelles quand je suis partie en Corrèze il y a quelques semaines ? lui demande la jeune femme.

Sa grand-mère acquiesce. De temps en temps, elle tourne la tête vers l'écran du téléviseur qui diffuse un programme musical. Un de ceux dont elle raffole et qu'elle regarde sans cesse dès qu'ils passent. Un sourire s'affiche sur son visage si peu ridé : son chanteur préféré arrive sur scène. Un beau brun, au profil de gendre idéal, qui reprend des vieux tubes français et chante aussi de l'opéra.

— Louis devait venir, finit par raconter Lucie lorsque le ténor a terminé de chanter et que sa mamie lui redonne toute son attention. Je voulais à tout prix qu'on passe un peu de temps ensemble. C'est important pour moi, tu vois... On vient de se remettre ensemble, notre couple est encore fragile et être tous les deux, bouger un peu, j'imaginais que cela nous permettrait de nous reconstruire plus facilement...

Elle souffle et boit une gorgée de son café. Elle pince les lèvres, contrariée rien qu'en repensant au fait que le jeune homme l'ait plantée pour un stupide déménagement.

— Il n'a pas voulu venir, continue-t-elle. Son pote avait besoin de lui pour bouger des meubles. Et il a préféré se rendre disponible pour lui plutôt que de partir avec moi.

Esther fronce les sourcils et secoue la tête.

— Quel mufle ! s'exclame-t-elle. Il exagère quand même !

Comme d'habitude, sa grand-mère est brute de coffre.

— C'est un môme, ce gars-là ! grogne-t-elle. Pourtant, il semblait si heureux que tu acceptes de revenir ! Je ne comprends pas…

— Ouais… Moi non plus, murmure Lucie. Et il n'y a pas que ça…

Elle baisse la tête. Ses poings se contractent malgré elle.

— Je crois qu'il voit une autre fille, confie-t-elle. J'ai surpris des messages dans son téléphone… Ce n'est pas la première fois que ça arrive. Déjà avant notre rupture, j'avais trouvé des échanges un peu ambigus entre eux.

— Il te trompe ? Ça alors ! Je n'en reviens pas ! fulmine Esther. Je sais qu'il a des défauts, mais celui-là, je ne l'aurais pas cru !

Lucie pose sa main sur celle de sa grand-mère pour la calmer. Cette dernière a un tempérament de feu. Et quand on touche à sa petite-fille, c'est pire que tout. Elle la défend toujours bec et ongles.

— Qu'il ne se pointe pas ici ! Sinon je l'accueillerai à coups de canne ! ajoute-t-elle en mimant le geste.

Sa petite-fille lâche un petit rire malgré elle. Esther la fait rire. Ça lui fait du bien de pouvoir se confier à elle. Ce n'est pas quelque chose dont elle a envie de parler à tout le monde. Par exemple, elle a préféré taire ce détail à sa mère quand elle l'a eue au téléphone.

— Je ne suis sûre de rien encore… Il faut que je lui en parle, souffle Lucie en haussant les épaules. Mais bon… Je ne sais pas si notre histoire va vraiment nous mener quelque part. Et ça me fait mal. Je voulais tant y croire...

— Oh oui… Je connais ça… Tu as essayé ma petite chérie, tente de la consoler Esther. Si ça ne donne rien de bon et s'il ne te rend pas heureuse, ne reste pas avec lui. Tu es jeune. Regarde-toi, tu es belle comme un cœur. Louis n'est pas le seul homme sur cette planète !

Lucie déglutit. Les paroles de sa grand-mère sont pleines de bon sens, elle en est consciente. Mais est-elle prête à l'accepter ? Si elle met fin à leur histoire, cette fois, il n'y aura plus de retour en arrière possible. À quoi bon s'acharner ? Quand ça ne veut pas, ça ne veut pas !

— Ne fais pas comme moi, continue sa mamie en soupirant. J'ai été stupide. J'aurais dû quitter ton papy bien avant ! J'ai voulu attendre que les enfants soient grands et en attendant, j'ai subi en silence…

Lucie dévisage sa grand-mère avec tendresse. C'est vrai qu'Esther a dû avoir du mal à prendre la décision de divorcer. Les choses étaient différentes à l'époque. Aujourd'hui, les couples se font et se défont. Avant, ce n'était pas le cas. Lorsqu'on se mariait, c'était pour la vie. Mais Esther s'est battue contre ça et a trouvé le courage de se séparer de son mari car elle était malheureuse.

— Tu t'es mariée si jeune, se rappelle Lucie. Vingt et un an tout juste.

Esther sourit et hoche la tête.

— J'avais peur, confesse-t-elle. Peur de ne pas trouver un homme qui veuille de moi, peur de finir seule et de ne jamais me marier. Alors quand ton grand-père m'a fait sa demande, j'ai dit oui. Après tout, je l'appréciais beaucoup et il était beau garçon.

Lucie pouffe de rire. Elle a cru comprendre effectivement qu'il avait un succès fou dans son village corrézien.

— Mais je n'imaginais pas tous les défauts qu'il avait, poursuit Esther. C'est vrai qu'on ne se voyait que pendant les vacances. Je ne connaissais pas grand-chose de lui. En m'installant avec lui, j'ai vu qu'il était. Et je n'ai pas été déçue…

Esther secoue la tête en levant les yeux au ciel. Elle termine son café et avale un des nombreux médicaments qu'elle prend avec un peu d'eau avant de poser de nouveau son regard sur sa petite-fille.

— C'est pour ça que je te dis ça, ma puce, lui chuchote-t-elle d'une voix douce. Si tu n'es pas heureuse avec Louis, pars tant qu'il est encore temps. Vous n'êtes pas mariés, vous n'avez pas d'enfant. Rien ne te retient à lui.

Elle se pince les lèvres et ajoute :

— Sinon, tu t'en mordras les doigts… Comme je l'ai fait moi aussi avec ton papy. Tu sais, si on me donnait la possibilité de revenir en arrière, je ne dirais pas oui. Je préférerais finir ma vie seule que revivre ce que j'ai vécu avec lui. Le manque de respect, les cuites à répétition, la violence, l'indifférence envers notre famille… Il m'en a fait baver.

Lucie hoche doucement la tête. Elle sait qu'Esther a morflé avec son grand-père. Ce n'était pas un homme facile à vivre. Loin de là…

— Je rappelle encore du premier Noël de ta mère ! Gabrielle avait à peine dix mois. Je venais d'apprendre que j'étais enceinte de ton oncle.

Chapitre 22

25 décembre 1963

Esther enfile à la hâte sa robe en soie rouge. Cela fait déjà plusieurs mois qu'elle attend une occasion pour la mettre. Sa tante – et marraine – lui a cousu exprès un petit cadeau pour sa fête et aussi parce qu'elle sait que sa nièce n'est pas très heureuse en ce moment. Elle se passe un coup de brosse dans ses cheveux bruns bouclés depuis peu. Elle a adopté la permanente il y a quelques mois. C'est plus facile d'entretien. Surtout que Gabrielle ne lui laisse pas beaucoup de répit. Son petit bébé commence enfin à trouver un rythme, mais les premiers mois ont été assez intenses. Beaucoup de pleurs, peu de siestes et elle était seule à gérer ça. Jacques, son mari, considère que ce n'est pas au père de s'occuper des enfants. Il préfère conserver son petit train de vie qu'il apprécie tant : quelques jours de boulot par semaine comme agent d'entretien dans un musée parisien, des soirées alcoolisées avec les copains et jouer au PMU. Voilà ce qui l'intéresse ! Les enfants, Esther, passer du temps en famille, ce n'est pas son dada ! Un peu de poudre à ses joues blêmes, du rouge à ses lèvres et elle est fin prête. Ses parents les attendent ce midi pour le repas de Noël. Et elle a une grande nouvelle à leur annoncer. Des pleurs se font soudain entendre dans la chambre de Gaby. La sieste est terminée ! Au moins, Esther a eu le temps de se préparer.

— Jacques ? Tu peux t'occuper de Gabrielle ? Je me parfume et j'arrive.

Elle n'entend pas la réponse de son mari, juste un grognement et quelques marmonnements. Quelques gouttes de son eau de Cologne préférée derrière les oreilles et sur ses poignets, un dernier coup d'œil dans le miroir et elle s'empresse de se rejoindre la chambre de sa fille. Jacques est penché sur le berceau et tente de calmer les pleurs du bébé. Sans succès. Il faut dire que ce n'est pas en criant que Gaby va se sentir rassurée.

— Laisse-moi faire ! s'exclame-t-elle.

Elle le pousse doucement et prend sa place devant le berceau. La petite fille sourit lorsqu'elle aperçoit le visage de sa mère. Elle la prend dans ses bras en caressant avec douceur les fins cheveux blonds de son bébé. Elle enfouit son nez dans le cou de la petite. L'odeur de bébé gagne ses narines et elle sourit. Qu'est-ce qu'elle l'aime, sa Gaby ! Dire qu'elle a craint les premières semaines de ne pas pouvoir tomber amoureuse de ce bébé. Tout ça parce que Gaby a été conçue seulement quelques mois après la mort de Marcel, leur premier bébé. Décédé à deux mois, mort subite du nourrisson. Un matin, Esther s'est levée et Marcel ne respirait plus. Son petit ange s'était envolé. Qu'est-ce qu'elle a eu mal, Esther ! Elle a pleuré longuement, des semaines durant, sans pouvoir s'arrêter. Parfois, elle ne souhaitait qu'une chose : le rejoindre tout là-haut. Elle se sentait si coupable. Peut-être n'avait-elle pas été assez attentive ? Peut-être aurait-elle dû se lever la nuit pour voir si tout allait bien ? Elle se repassait en boucle sa dernière soirée : semblait-il aussi en forme que d'habitude ? Un signe n'aurait-il pas pu laisser présager le drame qui allait s'abattre sur eux ? Mais elle avait beau rejouer le film dans sa tête, elle ne trouvait rien d'autre que les câlins qu'elle lui avait fait avant de le coucher, un baiser sur le front comme chaque soir et une caresse sur la joue. Elle s'était ensuite endormie dans son lit, sereine et légère, sans savoir que le lendemain matin, Marcel ne serait plus là.

— Pourquoi tu es aussi pomponnée ? lui demande Jacques d'une voix mauvaise.

En plus de son caractère agressif, son mari est jaloux. Il ne voit pas d'un bon œil que sa femme travaille et, en plus de ça, ait une carrière accomplie, un poste à responsabilités et un chef avec qui elle s'entend bien.

— C'est Noël ! Ne me dis pas que tu as oublié ! On déjeune chez mes parents ce midi.

Jacques laisse échapper un râle mécontent et secoue la tête.

— Ce sera sans moi. J'ai bossé hier soir, je suis crevé, prétexte-t-il. De toute façon, je m'en fous de Noël.

Esther soupire. Elle se retient de lui hurler que c'est le premier Noël de leur fille, que ce sont des moments précieux à vivre. Qu'il devrait être avec eux, pas en train de traîner avec ses copains ou de décuver.

— Mais ils ont tout préparé pour nous, essaie-t-elle d'insister. Papa sera déçu si tu ne viens pas.

— Tant pis, grogne-t-il. T'as pas besoin de moi pour ça.

Il tourne les talons et quitte la pièce en claquant la porte derrière lui, provoquant une nouvelle crise de pleurs chez Gaby.

— Mon petit cœur, calme-toi. Ce n'est rien, souffle-t-elle. On va aller chez mamie et tu vas avoir plein de cadeaux. Tu vas être gâtée, ma chérie.

Elle berce la petite fille dans ses bras et sourit lorsqu'enfin elle parvient à la calmer. Gaby lui adresse même un petit rire satisfait.

— Allez, c'est l'heure du biberon, et ensuite, on file !

Tant pis pour Jacques. Elle entend la porte de leur appartement se refermer derrière lui. Le connaissant, il va se réfugier chez son vieil ami. Lorsqu'il rentrera, il sera encore saoul. Encore une soirée où il ne lui adressera que des reproches, des insultes... Des coups peut-être. Quand il a bu, Jacques ne contrôle plus rien. Et c'est elle la victime involontaire de son trop plein d'alcool.

* * *

— Je suis rentrée ! s'exclame Esther en pénétrant dans leur appartement.

Elle range la poussette dans le débarras après avoir posé Gaby dans le couffin qui se trouve dans le salon, délestée de son manteau bien chaud. Jacques n'est pas là. Elle se rend dans leur chambre. Allongé sur le lit, il somnole à moitié.

— Tu dors ?

Il se retourne vers elle et secoue la tête.

— J'ai mal au crâne ! grogne-t-il.

Elle se retient de répliquer que l'alcool ingéré hier et aujourd'hui n'aide pas. Mais elle n'a pas envie de provoquer une dispute. Pas ce soir. Après tout, c'est encore Noël. Même si la journée ne s'est pas déroulée comme elle le souhaitait, elle a envie de finir en beauté.

— Je reviens, lui souffle-t-elle. Juste le temps de coucher Gaby. Elle est fatiguée, la petite puce.

Sans attendre sa réponse, elle quitte leur chambre et retourne dans le salon. Gabrielle gazouille dans son couffin tout en se frottant les yeux.

Elle attrape le bébé. Un petit bain rapide, une couche propre et un pyjama offert par ses grands-parents et la petite est prête à se coucher. Comme tous les soirs, Esther lui chante une petite berceuse en caressant doucement son visage, ce qui a pour effet de l'endormir en à peine un quart d'heure. La jeune femme repasse par la salle de bain pour ôter sa robe et enfiler une chemise de nuit avant de rejoindre son mari. Il ne dort toujours pas. Elle lui adresse un petit sourire et pose sa main sur son ventre.

— Jacques ?

— Quoi ?

— Je voulais t'offrir ton cadeau de Noël avant qu'on se couche, lui dit-elle.

— Il ne fallait rien faire, marmonne-t-il. Je t'ai dit que cette année, j'étais un peu juste.

— C'est quelque chose de spécial.

Elle s'assoit sur le bord du lit et attrape la main de son mari. Avec douceur, elle la pose sur son ventre qui commence déjà à s'arrondir.

— J'attends un enfant, Jacques. Un deuxième petit bébé.

Un sourire attendri éclaire son visage. Cette nouvelle, elle l'a appris il y a seulement quelques jours. Elle avait hâte d'être le jour de Noël pour l'annoncer. Bien sûr, elle imaginait que Jacques serait présent au déjeuner, mais tant pis elle l'a quand même dit à ses parents. Ils étaient si heureux !

— C'est une blague ? s'écrie Jacques en se redressant.

— Je... Non... Je... Ce n'est pas une bonne nouvelle ?

Esther sent les larmes lui monter aux yeux. Elle ressent déjà l'effet des hormones. Sa grossesse est sans doute plus avancée qu'elle ne le pense. Ses poings se contractent sous l'effet de la contrariété.

— Une bonne nouvelle ? Mais tu veux rire, ma pauvre Esther !

Il secoue la tête et quitte le lit en se précipitant vers elle. Il lui attrape le poignet et la force à se redresser.

— Tu crois que c'est le moment de pondre des gosses ? continue-t-il d'une voix hargneuse. Quand vas-tu comprendre que je vais peut-être me faire dégager au boulot ?

Esther secoue la tête. Jamais elle n'aurait imaginé une telle réaction. Bien sûr, elle sait qu'ils ne roulent pas sur l'or, mais ce n'est pas comme s'ils étaient à la rue non plus. Ils ont un appartement chaleureux et assez spacieux. Puis, elle a ses parents.

— Si tu ne buvais pas autant, nous n'en serions pas là, réplique-t-elle malgré elle avant de se mordre les lèvres.

Le regard de Jacques se voile. Il a l'air furieux.

— T'es qu'une salope ! se contente-t-il de lui balancer. Qui me dit qu'il est de moi ce marmot ?

Soudain, il frappe son ventre de son poing. Le coup la fait sursauter. Un deuxième vient la faire basculer et elle tombe. Le lit la rattrape heureusement.

— Jacques ! S'il te plaît… Non… Laisse-moi.

— Je me tire, ouais ! J'ai mieux à faire. T'as intérêt à le tuer, ce gosse. J'en veux pas !

Sur ces mots, il quitte la pièce et quelques minutes plus tard, la porte de leur appartement claque. Des pleurs lui parviennent alors. Il a réveillé Gaby !

— Connard, bredouille-t-elle.

Elle se dépêche de regagner la chambre de sa fille pour la prendre dans ses bras.

— Ce n'est rien, ma puce. Tout va bien, lui murmure-t-elle à l'oreille en caressant son dos. On va se rendormir tranquillement.

Après avoir marché dans la pièce pour la bercer, elle la repose dans son lit. La petite referme les yeux. Très vite, elle se rendort et Esther laisse échapper un petit soupir avant de retourner dans sa chambre. Elle se glisse sous les draps et attrape son oreiller contre son cœur. Les larmes qu'elle retient depuis tout à l'heure dévalent le long de ses joues. Elle a beau tenter de calmer les sanglots qui l'accablent, c'est peine perdue. La réaction de son mari l'a bouleversée. Jamais elle n'aurait cru qu'il pourrait se montrer si méchant envers elle. Et encore moins violent. Sa main se pose sur son ventre. Elle, elle le veut tant, ce bébé. Bizarrement, elle sait que ce sera un petit garçon. Elle en a la certitude. Pourquoi Jacques ne peut-il pas être plus impliqué dans la vie de sa famille ? Pourquoi ne veut-il pas arrêter l'alcool ? Il pourrait être un bon mari sans ça. Il n'est pas toujours aussi désagréable. Mais non… Il boit. Beaucoup trop. Et alors, il devient agressif, violent et, surtout, il n'est pas capable de gérer son foyer. Que ce soit financièrement ou autre. C'est elle qui doit penser à tout, assumer pour tout. Elle est la femme et l'homme de la maison. La mère et le père. C'est dur pour elle. Ses frêles épaules n'imaginaient pas porter un jour un tel poids. Pourquoi a-t-il fallu qu'elle épouse Jacques ? Elle aurait sans doute été plus heureuse avec un autre homme. Un qui lui correspondrait mieux. Un qui aurait envie de se battre pour sa famille et qui serait un bon mari, un bon père. Pas comme lui.

Chapitre 23

Présent

— Tu vois ma chérie, ton grand-père n'était pas un homme facile à vivre, conclut Esther en soupirant. J'en ai vraiment bavé à ses côtés.

Lucie hoche la tête, interloquée. Elle a du mal à croire ce que vient de lui raconter sa grand-mère. Elle n'a pas connu Jacques aussi bien que son autre papy, mais le peu qu'elle a vu chez lui, c'était un homme jovial, sympathique et plutôt drôle. Il avait arrêté de boire et de fumer évidemment. Esther a divorcé lorsque son fils a eu dix-huit ans et ensuite Jacques a emménagé dans une chambre d'hôtel jusqu'à la fin de sa vie. Sa mamie ne l'a jamais laissé tomber. Elle venait souvent lui rendre visite, s'occupait de tout son administratif et veillait même sur lui lorsqu'il était malade. Elle l'a toujours admirée pour ça, Esther. Peu de femmes auraient agi ainsi, surtout après avoir subi tant de méchanceté.

— J'ai toujours pensé que Papy était quand même un bon papa, murmure-t-elle.

— Et non… Il ne s'occupait pas de ses enfants. Jamais. Il ne voulait pas de ton oncle…

Esther triture nerveusement sa paire de lunettes.

— Pendant toute ma grossesse, il n'a jamais exprimé la moindre joie. Il ne m'accompagnait à aucun rendez-vous, continue-t-elle. D'ailleurs, il n'a même pas voulu assister à l'accouchement. C'est ma mère qui me tenait la main.

C'est elle qui est venue tous les jours à la maternité me tenir compagnie et m'aider un peu avec le bébé. Et mon père s'occupait de Gaby.

Elle secoue la tête, les lèvres pincées. Lucie n'a pas besoin de la questionner pour savoir qu'elle souffre encore de tous ces souvenirs. Une naissance, c'est un moment heureux. Un moment qu'on partage avec son mari. Et là, elle n'a même pas pu compter sur Jacques. Il se fichait de tout.

— Quand je suis rentrée, il nous a à peine regardés. Comme si nous n'existions pas... Et il est parti picoler avec ses amis. Comme tous les soirs, marmonne-t-elle.

Elle pose ses lunettes et attrape la main de sa petite-fille.

— C'est pour ça que je te dis ça, ma puce, poursuit-elle. Si Louis ne te rend pas heureuse, ne t'obstine pas. À quoi bon ? Tu ne vas pas gâcher ta vie à courir après un imbécile qui ne se rend pas compte de la chance qu'il a de t'avoir !

— Mais peut-être qu'il va changer, chuchote Lucie.

Esther laisse échapper un petit rire. Elle entremêle ses doigts fins à ceux de la jeune femme.

— J'aimerais te dire que oui, mais ne te fais pas trop d'illusions. Tu le connais depuis si longtemps maintenant. Tu as essayé, Lucie. Tu t'es battue pour votre couple, encore et encore. Tu l'as repris parce qu'il t'a fait des promesses, c'est bien ça ?

Lucie hoche la tête en chassant une mèche de cheveux derrière son oreille.

— Et est-ce qu'il les tient ?

— Pas vraiment... Entre ses potes qui passent avant tout, cette fille à qui il parle, non. Ce n'est pas ce qu'appelle tenir ses promesses. Loin de là. Moi tout ce que je voulais, c'est qu'on avance ensemble. Qu'on construise notre vie tous les deux et qu'on soit heureux.

— Je sais, ma puce, je sais… Mais peut-être qu'il faut que tu ouvres les yeux et que tu réalises que ce n'est tout simplement pas l'homme qu'il te faut, lui conseille Esther. Tu mérites quelqu'un qui te fasse sourire, pas un petit con qui te fera verser des larmes. Crois-moi, j'ai trop pleuré dans ma vie. Je sais ce que je dis.

Elle lui adresse un sourire compatissant et relâche sa main.

— J'ai longtemps espéré que ton papy change. Des années durant, je continuais d'imaginer qu'il finirait par arrêter de boire et que nous pourrions enfin être heureux, bredouille-t-elle, émue de se rappeler tout ça. Et autour de moi, je voyais mes amies, mes collègues heureuses dans leur mariage. Elles me racontaient les vacances d'été en riant, avec des petites anecdotes de leur mari qui s'amusait dans l'eau avec leurs enfants. Moi, je continuais de partir avec mes parents parce qu'il n'avait jamais envie de bouger de Paris.

Elle soupire et hausse les épaules.

— Enfin, parfois ça lui prenait, ajoute-t-elle. Il se levait le matin et me disait « Prépare-toi, on va en Corrèze ! ». Et je devais fourrer à la hâte quelques vêtements dans nos valises, charger la voiture et nous nous mettions en route. Il était comme ça ton papy. Imprévisible.

Un mince sourire apparaît sur son visage.

— J'aimais beaucoup ce côté-là chez lui, je t'avoue. Dans ces moments-là, j'oubliais tout le reste. J'avais l'impression que tout allait s'arranger. Que nous ressemblerions enfin au couple dont je rêvais tant.

Lucie acquiesce. Esther semble pensive soudain. Son esprit doit sans doute la transporter à des années en arrière. Elle revit ces instants comme si c'était hier. Cette souffrance, mais aussi les quelques lueurs de joie, aussi fugaces soient-elles.

— Ce n'est jamais arrivé, hein ? Papy n'a jamais réussi à être à la hauteur ? devine-t-elle facilement.

Après tout, sa mamie a divorcé. Ce n'est pas pour rien. Elle le sait. Divorcer à son époque, c'était si peu répandu. C'était même mal vu. Mais Esther était une femme forte, indépendante. Et elle pouvait s'assumer financièrement contrairement à beaucoup de femmes de sa génération. Alors, elle a réussi à trouver le courage de partir et de reprendre sa liberté.

— Non... C'était même de pire en pire, admet sa grand-mère en esquissant une moue. Les enfants grandissaient, ta mère est partie très jeune de la maison pour s'installer en ménage et ton oncle travaillait beaucoup. Du coup, j'étais souvent seule avec lui... Et je lui en voulais de nous imposer son alcoolisme, sa violence. Je le détestais pour ça. Ton oncle a été marqué, tu sais... Il ne lui a jamais pardonné.

Lucie hoche la tête. Elle le sait. Gaby continuait de voir son père régulièrement, tout comme Esther. Par contre, son oncle, jamais. Il a seulement demandé à Esther de lui emmener ses enfants pour qu'il les rencontre, c'est tout. Rien de plus. Il a tiré un trait sur cet homme dont il n'a retenu que l'agressivité et la souffrance engendrée chez sa mère.

— C'est vrai que j'ai fait une grosse dépression, souffle Esther. C'est lui qui s'est occupé de moi. Il sait à quel point j'en ai bavé.

— Ma pauvre mamie... Cela me rend si triste pour toi. Tu méritais un homme qui aurait pris soin de toi.

— C'est la vie, ma puce. Ce qui est fait est fait, décrète-t-elle. Par contre, toi... tu es encore jeune. Rien n'est figé. Mais c'est maintenant que ça se joue. Avant que vous n'alliez plus loin ensemble...

— Oui... Je sais. Tu as raison, mamie, admet Lucie en soupirant. Il faut que j'aie une discussion avec lui. Je ne peux pas laisser les choses pourrir ainsi.

— Non. Tu dois savoir où vous en êtes. Ce qu'il veut. Ce garçon a besoin d'être secoué un peu ! s'écrie Esther. Tu devrais me le ramener que je lui tire les oreilles !

Lucie laisse échapper un petit rire. Louis se ferait sans doute passer un savon avec sa grand-mère ! Elle n'aurait pas peur de lui dire les choses de manière frontale la connaissant.

— Je ne crois pas qu'on en arrivera là quand même, plaisante-t-elle. Mais je vais lui dire que s'il a envie d'être avec moi, il faut qu'il change pour de vrai. Qu'il ne se contente pas de simples promesses. J'ai besoin d'un partenaire de vie, un vrai. Pas un gamin qui me fait perdre mon temps !

Esther applaudit en souriant.

— Tout à fait, ma chérie ! C'est comme ça que j'aime te voir, en conquérante. Tu n'as pas besoin d'un homme pour t'épanouir. En tout cas, pas d'un qui te manque de respect en draguant d'autres filles ou qui te délaisse au profit de ses amis.

Lucie se sent regonflée à bloc. Les paroles d'Esther lui font du bien. C'est ce dont elle avait besoin. Sa grand-mère est toujours là pour elle de toute façon. Elle la comprend mieux que personne. Jamais elle ne sent jugée lorsqu'elle se confie à elle. Gaby est plus vindicative dans sa façon d'être. C'est peut-être pour ça qu'elle a tendance à toujours se tourner vers sa mamie dans un premier temps. Elle attrape son téléphone et pianote rapidement sur l'écran.

« Tu es là ce soir? »

Connaissant Louis, il a sans doute prévu de passer voir un pote ou deux comme il a pris l'habitude de faire depuis quelques semaines. Autant s'assurer qu'il soit là. Maintenant qu'elle se sent prête à lui parler, elle veut le faire maintenant. Cela lui évitera de se dégonfler !

« Pas sûr. Tom a besoin de moi pour un truc vite fait. Pourquoi? »

« Je voulais qu'on mange ensemble... »

Sa grand-mère l'observe avec attention. Lucie soupire et désigne son téléphone de la tête.

— Il a encore prévu quelque chose de son côté ce soir...

— Dis-lui que tu as besoin de lui et que ce n'est pas négociable ! insiste Esther.

— Oui, je vais faire ça. Si je dois attendre après lui, nous ne sommes pas près de discuter !

« C'est important! Alors annule ton truc et essaie d'être là de bonne heure pour une fois. »

Elle a conscience qu'elle est un peu sèche, mais tant pis. Au moins, il comprendra qu'il n'a pas intérêt à se débiner cette fois !

« OK! Par contre, je bougerai après alors. On doit faire ça ce soir avec Tom. »

« Si tu veux... »

Elle n'a même pas envie de savoir de quoi il parle. Sans doute un de ces petits trafics dont il a l'habitude. Même s'il lui a promis qu'il arrêterait tout, elle n'est pas dupe. C'est loin d'être fini. Il continue encore de fréquenter certains potes dont elle connaît bien la réputation.

— Bon, il sera là ce soir, dit-elle à sa grand-mère en tentant de sourire.

Elle se sent un peu stressée malgré tout à l'idée de cette discussion. Ce n'est pas facile. Surtout qu'elle ne sait même pas ce qu'elle veut. Évidemment, au fond, elle a envie qu'il la rassure et que tout reparte de plus belle entre eux. Mais est-ce possible ? Est-ce qu'il en a vraiment envie aussi ? Peut-être s'est-il rendu compte qu'il n'était pas prêt pour cette vie en couple qu'il lui a promis ?

Un soupir lui échappe et Esther pose sur elle un regard bienveillant.

— Ça ira, ma puce, ne t'en fais pas. Tu m'appelleras après pour me raconter hein ?

— Promis mamie !

Chapitre 24

Lucie s'affaire en cuisine. Elle a enfilé son pyjama en pilou bleu nuit après avoir pris une douche rapide. Louis ne devrait plus tarder à rentrer. Il lui a envoyé un SMS il y a une heure pour lui dire qu'il serait là avant vingt heures. Elle a décidé de préparer des pâtes à la bolognaise maison, histoire de se changer les idées et de ne pas penser à la discussion qui l'attend. La cuisine a toujours su la détendre. Si elle avait eu plus de temps, elle aurait sans doute fait un gâteau aux pommes aussi en guise de dessert. Tant pis, ce sera pour une autre fois. La sauce mijote tranquillement tandis qu'elle glisse les spaghettis dans la casserole d'eau bouillante. La table est déjà mise. Elle sort une bouteille de vin rouge de la petite cave qu'elle a reçue il y a quelques années en guide de cadeau. Un Saint-Joseph, un de ses préférés. Elle ouvre la bouteille et se sert un verre. Histoire de se donner un peu de courage. Puis, Louis adore en boire avec un plat tel que celui-ci.

— Bébé ? T'es là ?

La porte claque derrière son petit-ami. Il est rentré ça y est ! Le cœur de Lucie s'accélère subitement. Elle a presque envie qu'il ressorte. Aura-t-elle le courage de lui poser toutes les questions qui la tracassent ?

— Dans la cuisine !

— Ça sent bon ! s'exclame le jeune homme en arrivant à sa hauteur. Je ne savais pas que tu allais préparer un petit repas ! J'allais commander un truc à bouffer.

Il dépose un baiser sur ses lèvres. Elle a presque envie de se reculer, mais elle préfère faire mine de rien.

Elle hausse les épaules et boit une gorgée de vin, puis une deuxième avant de poser son regard sur lui.

— Oui... J'avais besoin de m'occuper l'esprit, se contente-t-elle de dire avant de se retourner pour mélanger un peu sa sauce.

— Tant mieux ! Je meurs de faim.

Il s'éloigne et se dirige dans le salon pour s'asseoir à la table préparée par la jeune femme. Il ne lui demande même pas ce qu'elle a besoin d'oublier pour se mettre aux fourneaux.

— C'est bientôt prêt !

Elle égoutte les pâtes et les remets dans la casserole avec une noix de beurre. Après avoir mélangé la sauce avec, elle sert deux copieuses assiettes et va les poser sur la table.

— Attends, je ramène le vin, dit-elle en tournant les talons.

Une fois l'alcool servi, elle s'installe devant son assiette. Louis a déjà commencé à manger et après deux bouchées, il relève la tête en souriant.

— Elles sont délicieuses ! la complimente-t-il. Ça faisait un moment que tu ne m'en avais pas fait !

Elle hoche la tête et goûte le plat. C'est vrai qu'elles sont bonnes. La recette de sa sauce bolognaise a toujours du succès de toute façon. Elle n'est pas toujours très douée derrière les fourneaux, mais les pâtes, ça la connaît !

— Alors, pourquoi tu voulais absolument que je rentre ce soir ? lui demande le jeune homme en buvant une gorgée de vin. Tu avais l'air de ne pas pouvoir attendre un jour de plus !

Lucie déglutit. Elle repose sa fourchette et imite Louis. Son verre est presque terminé. Déjà. Elle s'en sert un deuxième. Cela ne pourra lui donner qu'un peu plus de courage.

— Oui... Je... j'ai besoin qu'on parle un peu, toi et moi, réussit-elle à bredouiller au bout d'un instant.

— De quoi ?

— De nous !

Louis grimace et laisse échapper un soupir.

— Ça sent mauvais ça, marmonne-t-il. Une discussion sérieuse... T'en as déjà marre de moi ou quoi ?

Elle secoue la tête.

— Non... Enfin... Je trouve que ça ne va pas très bien entre nous en ce moment, avoue-t-elle. Et ça me fait un peu peur. On vient de se remettre ensemble il y a seulement quelques mois et j'ai l'impression qu'on est déjà en train de foncer droit dans le mur.

— Quoi ? Comment ça ? lui demande Louis. Tout va bien ! Je vois pas de quoi tu parles. On s'entend bien, on passe de bons moments ensemble...

Il la dévisage. Une lueur de surprise brille dans son regard. Son étonnement ne semble pas feint. Pour lui, leur couple va bien. Comment peut-il être aussi aveugle ? Ne sent-il pas que Lucie s'éloigne de lui de nouveau ? Qu'ils se font moins de câlins ? Que les « je t'aime » se font plus rares ?

— Ne me dis pas que tu m'en veux encore pour ton week-end en Corrèze ? ajoute-t-il en levant les yeux au ciel. Je t'ai dit que ce n'était que partie remise.

— Il n'y a pas que ça... Et bien sûr que je t'en veux ! Tu m'as plantée pour un stupide déménagement..., proteste-t-elle, agacée. Mais il y a d'autres trucs qui me font chier, tu vois. Qui me font me poser beaucoup de questions sur notre couple et sur notre avenir.

— Pourquoi tu commences déjà à chercher la petite bête là où il n'y en a pas, grogne Louis.

Lui aussi semble agacé. Il repousse son assiette et la fixe avec sévérité.

— Tu ne peux pas juste profiter qu'on soit ensemble, non ? T'es obligée de toujours chercher la merde, toi, hein ?

Interloquée, elle recule sur sa chaise. C'est la meilleure ! Ça va être de sa faute maintenant !

— C'est important de communiquer ! s'écrie-t-elle. Je te rappelle que c'est ce qui a provoqué en partie notre rupture la dernière fois, le manque de communication. J'essaie juste de te dire ce que je ressens ! Ce n'est pas chercher la merde !

Il soupire et hausse les épaules.

— Qu'est-ce qui ne va pas entre nous alors selon toi ? l'interroge-t-il. Dis-moi…

Elle inspire un grand coup. C'est le moment ou jamais de tout lui dire. De toute façon, elle n'a rien à perdre. Soit il continue de se braquer comme il le fait et leur discussion ne mènera nulle part. Soit il entend ce qu'elle a à lui dire et il voit s'il est prêt à faire des efforts.

— J'ai l'impression que toutes les promesses que tu m'as faites lorsqu'on s'est remis ensemble sont en train de tomber à l'eau, commence-t-elle d'une voix hésitante. Les moments qu'on devait passer à deux pour se retrouver, les petits week-ends, les projets d'avenir, … Tu recommences à te barrer dès que possible, à traîner avec tes potes sans arrêt, et moi… Moi, je me demande si on ne s'est pas planté en recommençant à zéro.

Louis se lève et se précipite vers elle. Il se met à genoux pour que son visage soit presque à hauteur du sien et pose sa main sur son genou.

— Mais non bébé, ne dis pas des trucs comme ça !

Il attrape le menton de Lucie entre ses doigts fins pour l'obliger à ce qu'elle le regarde dans les yeux.

— Je t'aime, tu le sais bien, non ? T'es la femme de ma vie, mon âme sœur. Qu'est-ce que tu vas chercher ? On a toute la vie devant nous pour passer des bons moments tous les deux.

— Louis… C'est maintenant qu'on essaie de reconstruire un truc. Pas dans dix ans. J'ai besoin qu'on passe du temps ensemble, insiste Lucie. J'ai vraiment besoin de ça. Je veux que tu me montres que tes paroles, ce n'était pas du vent. Que tu as envie d'être avec moi et de construire un futur à deux.

Elle marque une courte pause en secouant la tête.

— Je ne veux pas que notre vie ressemble à ce qu'on vit en ce moment, lui explique-t-elle. Tu n'es jamais là. Tu passes ton temps à sortir avec tes potes. On se calcule à peine. Pour moi, ce n'est pas ça, la vie de couple. On a déjà eu cette discussion à l'époque. Et je pensais qu'on n'aurait plus besoin de parler de ça.

— Bébé, je te promets que ça va aller mieux, lui assure-t-il. C'est une période un peu tendue en ce moment, mais ça va se calmer. Tu verras ! Je te jure que je vais te rendre heureuse. Je ferais tout pour ça.

Elle a envie de le croire. Encore une fois.

— Et Mélanie ?

Le regard du jeune homme se plisse. Il fronce les sourcils. Le coin de sa lèvre supérieure tressaute. Elle a remarqué qu'il avait ce petit tic à chaque fois qu'il était nerveux. Elle a visé juste : il ne s'attendait pas à ce qu'elle lui balance ce prénom.

— Quoi Mélanie ?

— Pourquoi elle t'écrit encore ? le questionne-t-elle. J'ai surpris des messages... Tu lui manques apparemment.

Louis se redresse. Il s'éloigne de quelques pas et soupire de nouveau. La jeune femme jette un coup d'œil à leurs assiettes presque pleines. Peut-être aurait-elle dû attendre le dessert avant de discuter ? Au moins, ils auraient pu savourer leur dîner.

— C'est une folle, cette nana, grommelle-t-il. Elle est revenue me parler récemment, mais je lui réponds à peine. Je lui ai dit qu'on s'était remis ensemble et je crois que ça lui fout un peu les boules.

Il secoue la tête avant de lui faire face. Lucie est toujours le dos contre sa chaise, bras croisés sur sa poitrine.

— Je m'en fous d'elle, hein ! s'écrie Louis. Ne va pas croire que je fais de la merde encore. J'ai que toi dans le cœur. C'est toi ma petite femme.

Il se rapproche d'elle et lui tend la main.

— Viens me faire un câlin, mon amour, quémande-t-il. Laisse-moi te prouver que c'est toi que j'aime, personne d'autre.

Lucie esquisse un petit sourire. Peut-être qu'elle s'est un peu enflammée. Peut-être qu'elle s'est emballée en imaginant le pire de suite. Après tout, Louis a l'air sincère. Elle se réfugie dans ses bras et il la serre contre elle avec vigueur.

— Je t'aime trop pour te perdre encore, lui chuchote-t-il à l'oreille.

— Moi aussi, Louis, souffle-t-elle. J'ai besoin de toi. Je veux juste qu'on soit heureux tous les deux.

— Et on le sera ! Je te le promets.

Elle se sent plus légère. Les mots du jeune homme viennent enrober son cœur de douceur. Leur couple est encore fragile, elle le sait. Ils ont besoin de temps pour se reconstruire. Mais ça viendra. Ils sont ensemble, c'est tout ce qui compte !

Chapitre 25

Lucie s'étire en laissant échapper un bâillement. Elle n'a pas très bien dormi hier soir. Pourtant, pour une fois, Louis s'est endormi à ses côtés en la tenant dans ses bras, après avoir fait l'amour pour oublier les mauvais moments. Cela faisait une éternité qu'il n'avait pas choisi le lit conjugal pour la nuit. Elle lui a dit que c'était important pour leur couple qu'ils dorment ensemble de temps en temps. Qu'ils puissent partager leur intimité. Ça lui manquait. Souvent, elle a l'impression qu'ils ne sont que des colocataires qui partagent un appartement plutôt qu'un couple.

Son regard se perd sur son écran d'ordinateur : un tableau Excel avec beaucoup trop de chiffres s'étale sous ses yeux. Elle est en train de finaliser le budget de l'IT pour l'an prochain. Son boss lui a demandé de bosser sur ce sujet avec Sophie, l'assistante du service. Ce n'est pas ce qui la passionne le plus, loin de là. En plus, elle n'est pas assez calée sur tous les différents prestataires du département pour que cela soit facile. Mais il a d'autres sujets sur le feu alors il a préféré déléguer ça. Et comme c'est l'une des plus anciennes ici, c'est tombé sur elle. Heureusement Sophie a bien déblayé le truc ! Après tout, c'est elle qui suit le sujet des dépenses et gère toute la partie facturation.

— Ne t'endors pas ! la vanne Momo en riant. Tu as l'air prête à tomber la tête sur ton clavier.

Lucie esquisse un petit sourire amusé et cligne des yeux avant de bâiller de nouveau.

— Ouais. Le budget est en train de me tuer, je crois, lui dit-elle. Je suis dessus depuis trois heures au moins !

— Une pause s'impose ! s'exclame son collègue en se levant et en s'approchant d'elle. Viens, je t'offre un café.

— Je veux bien, oui.

Elle se lève et ils quittent le plateau d'un même pas. Damien a pris une semaine de vacances et Julien est en formation pour deux jours.

— Comment tu vas toi ? lui demande Momo dès qu'ils se retrouvent dans l'ascenseur. Tu as réussi à parler à Louis ?

Bien entendu, il sait qu'en ce moment, leur relation est loin d'être idyllique. Comme souvent, Lucie s'est confiée à son petit groupe de mecs pour avoir leur avis. Pour elle, leurs conseils sont indispensables. Chacun a sa propre expérience, mais ce sont des hommes et ils l'aident à comprendre un peu mieux Louis. Parfois en tout cas. Car même eux ont eu du mal à expliquer son comportement. S'il a tout fait pour la récupérer et qu'il n'assure pas derrière, ce n'est pas logique. Soit ce sont des promesses en l'air que son mec lui a faites, soit il ne se rend même pas compte qu'il est en train de merder.

La jeune femme hoche la tête.

— Oui. Hier, répond-elle. Je l'ai forcé à être là pour dîner et on a discuté.

— Alors ? Qu'est-ce qu'il a dit ?

Ils quittent l'ascenseur et marchent quelques mètres avant de pénétrer dans la cafétéria. Pendant que Momo prépare les cafés, elle commence à lui raconter leur conversation d'hier soir :

— Au début, il avait l'air de tomber des nues quand je lui ai dit qu'entre nous, ce n'était pas la joie. Il m'a balancé que je passais mon temps à chercher la petite bête pour foutre la merde.

Elle soupire tandis que son collègue lui adresse un regard étonné avant de lui tendre son café.

— Il est fou, ce mec ! s'écrie-t-il. En quoi tu cherches la merde ? Tu essaies juste d'arranger les choses entre vous. Il passe son temps avec ses potes plutôt qu'avec toi, il te touche même pas… Et il trouve que c'est normal ? Que c'est ça un couple ?

Quelques regards se tournent vers eux et la jeune femme se sent rougir. Elle lui fait signe de baisser un peu le volume sonore. Histoire que toute la boîte ne soit pas au courant de ses histoires de cœur.

— Ouais… À croire que lui, ça ne le dérange pas, marmonne Lucie. Enfin… J'ai insisté un peu, je lui ai balancé tout ce que je vous ai la dernière fois et il a fini par se calmer.

Elle boit une gorgée de café en s'attablant à côté de son collègue.

— Il m'a dit qu'il n'avait pas envie de me perdre et qu'il allait faire des efforts pour être plus présent, ajoute-t-elle. Que c'était juste une sale période en ce moment, mais que ça irait mieux. Qu'il allait me rendre heureuse.

Momo grimace. Il n'a pas l'air convaincu.

— Après, on a fini au lit sans finir le repas, s'amuse-t-elle en repensant à la fin de leur soirée. Je pense qu'il a compris. Enfin, j'espère.

— Ouais… Peut-être.

Lucie pose son regard sur son collègue. Dubitatif, il touille le nectar amer dans son gobelet.

— Fais gaffe quand même, lui conseille-t-il. Je sais que tu l'aimes, mais… Ne te fais pas de plans sur la comète. Pas tout de suite en tout cas.

— Tu crois ?

Elle soupire. L'inquiétude de son collègue l'interpelle. Elle a toujours eu une confiance aveugle en Momo. Plus qu'un collègue, c'est devenu l'un de ses plus proches amis. Il la connaît par cœur et mieux que quiconque, il sait ce dont elle a besoin.

— Lucie, tu sais que je t'adore, hein ?

Elle acquiesce.

— Ce mec, tu l'as dans la peau depuis des années. Depuis que vous êtes gosses, précise-t-il. Il le sait. Tu lui as pardonné tellement de trucs. Ne le laisse pas te traiter comme il le fait.

— Mais il ne me traite pas mal, proteste la jeune femme. Ok, il est un peu absent à mon goût, mais je suis sûre que ça va s'arranger. Il me l'a promis hier.

— Comme il t'a promis qu'il serait irréprochable lorsque vous vous êtes remis ensemble.

Il n'a pas tort… Ce n'est pas la première fois qu'il fait des promesses et qu'il ne les tient pas. Mais cette fois, c'est différent. Il s'est battu pour la récupérer. S'il ne voulait pas être avec elle, il ne se serait pas accroché à ce point. Il aurait fini par se mettre avec une autre nana et l'oublier. Il ne l'a jamais fait. Pendant plus d'un an, il a continué de tout faire pour qu'elle accepte enfin de se remettre avec lui.

— Je ne te dis pas qu'il se fout de ta gueule, hein ? reprend le jeune homme. Juste de faire attention. Ne te projette pas trop. Tu lui as parlé hier, il a dit qu'il allait faire des efforts. C'est ce qu'il t'a assuré déjà en se remettant avec toi. Il ne l'a pas fait. Donc rien ne dit qu'il le fera cette fois encore.

Lucie baisse la tête, un peu désemparée. Les paroles de Momo la touchent plus qu'elle ne l'aurait voulu. Parce qu'il a raison. Encore une fois. Rien ne prouve que dans les prochaines semaines, les prochains mois, il réussira à être l'homme qu'il lui a promis. Réussira-t-il à être à la hauteur ? Et s'il continue de jouer au con, pourra-t-elle supporter ça encore longtemps ? Pourquoi faut-il que tout soit toujours compliqué avec Louis ?

— Et cette meuf ? l'interroge son collègue. Celle dont tu as surpris des échanges de messages ?

La jeune femme hausse les épaules. Une fois de plus, la jalousie vient ronger son cœur. Louis a eu beau lui affirmer qu'il n'y avait rien, comment le croire ? La dernière fois, avant leur première rupture, il lui avait dit la même chose : ce n'était qu'une amie, rien de plus. Pourtant, quelques semaines plus tard, elle trouvait des messages qui ne laissaient pas de place au doute.

— Il me dit que c'est elle qui venue lui parler, lui répond-elle. Qu'il n'y a rien entre eux et qu'il a à peine répondu. Qu'il s'en fout d'elle.

— Tu le crois ?

Lucie se mord la lèvre et fronce le nez.

— Je ne sais pas... J'essaie, oui. Parce que j'ai besoin de lui refaire confiance. Sans confiance, un couple ne tient pas la route, j'en suis consciente.

Momo hoche la tête.

— Exactement. Bon, ne te prends pas trop la tête, OK ?

Il pose sa main sur l'avant-bras de la jeune femme en lui adressant un petit sourire.

— Ne me fais pas cette petite tête toute triste. Laisse-lui le temps. Tu verras bien s'il fait des efforts ou pas. Peut-être qu'il va enfin prendre conscience que votre couple a besoin de ça pour que ça fonctionne.

— Oui... J'espère, souffle Lucie. J'ai envie que ça marche. Je ne sais pas si je pourrais supporter de m'être encore trompée...

— Mais non, ne dis pas ça, ma petite Lulu ! Quoiqu'il arrive, il n'y a pas de regret à avoir. Si votre couple dure, c'est que tu auras pris la bonne décision. Et si ce n'est pas le cas, s'il te déçoit encore, tu n'auras pas à t'en vouloir. Tu auras tout essayé. Au moins, tu ne passeras pas le reste de ta vie à te demander « et si je m'étais remise avec, est-ce que ça aurait marché ? ». Tu te seras battue pour votre histoire. C'est juste que ce n'était pas le bon pour toi.

La jeune femme acquiesce. Elle termine son café et soupire.

— C'est si compliqué l'amour, murmure-t-elle. Je me demande pourquoi les choses ne peuvent pas être plus simples !

— Peut-être parce que ce serait moins amusant sinon.

Elle sourit. C'est vrai que si tout était facile, ce serait moins attrayant sans doute. Mais parfois, elle ne rêve que de simplicité. Que cela soit comme une évidence, pas comme un combat. Elle a le sentiment qu'avec Louis, elle doit toujours se battre pour que ça fonctionne. Et ça, elle ne sait pas si c'est normal ou pas.

— On remonte ? lui dit-elle en jetant un coup d'œil sur l'horloge de la cafétéria. Je voudrais en finir avec cette histoire de budget d'ici la fin de la journée. Et je dois faire un point avec Sophie avant qu'elle parte.

— OK. Allons-y.

Momo s'empare de leurs gobelets vides et va les jeter. Ensemble, ils quittent la grande salle en discutant du boulot qu'ils ont à faire. Deux semaines à tenir avant les vacances de Noël et ils savent qu'ils vont être bien débordés avant de pouvoir souffler un peu. Cette période où tout le monde veut tout boucler est toujours une des plus compliquées de l'année !

Chapitre 26

Quelques flocons de neige tombent dans la rue encore endormie. Pas un chat à l'horizon ! Seuls les lampadaires encore allumés et quelques voitures sont là, témoins des premières neiges de l'année. C'est Noël aujourd'hui et Lucie s'est réveillée aux aurores. Bien qu'elle ne soit pas plus emballée que ça par cette journée, la vue du paysage enneigé par sa fenêtre lui a fait plaisir ! Au moins, une vraie journée d'hiver ! Pas comme celui de l'an dernier où il ne faisait pas si froid que ça.

— Louis ! s'exclame-t-elle en débarquant dans le salon où le jeune homme dort encore dans le canapé. Lève-toi, il neige !

Un grognement lui répond.

— Allez…

Elle se rapproche de lui et le secoue doucement.

— En plus, c'est Noël ! Ne traîne pas au lit, ajoute-t-elle en riant. J'ai plein de cadeaux pour toi.

Le jeune homme ouvre les yeux et pose sur elle un regard amusé.

— OK, laisse-moi juste deux minutes et je me bouge.

Elle en profite pour aller préparer le petit-déjeuner : tartines grillées et beurrées, jus d'orange et café pour elle ; et un simple café pour Louis. Il ne mange jamais le matin.

— On doit être chez ma famille vers 13 h, l'informe-t-elle. Ça nous laisse le temps de nous préparer et d'ouvrir les cadeaux comme ça.

Elle imaginait faire ça hier soir. À vrai dire, elle avait même acheté quelques petites bricoles pour un apéritif dînatoire digne de ce nom, mais Louis n'est rentré qu'à vingt-deux heures, au moment où elle décidait de se coucher, lassée de l'attendre. Il a dîné chez son frère même si ce n'était pas prévu et sa batterie a lâché, ce qui l'a empêché de la prévenir. Bien sûr, elle a eu un léger doute qui lui a traversé l'esprit : et si c'était un mensonge ? S'il était avec la fameuse Mélanie ? Mais c'est Noël et elle n'a pas envie de se prendre la tête. Autant lui laisser le bénéfice du doute ! Elle veut juste passer un bon moment en famille et avec lui.

— Je te préviens, je n'ai pas eu trop de temps pour faire les magasins, marmonne son petit-ami. Mais j'espère que ce que je t'ai pris te plaira !

— Oui, j'en suis sûre !

Lucie termine sa tartine et avale son jus de fruits d'une traite avant de boire une gorgée de son café. Ça lui donnera un coup de fouet. Elle n'a pas beaucoup dormi cette nuit.

Louis finit par la rejoindre au bout de quelques minutes. Il s'installe à la table, face à elle, et s'allume une cigarette.

— Oh non, pas déjà… Tu ne peux pas aller la fumer sur le balcon, se plaint Lucie en levant les yeux au ciel.

Un autre sujet de discorde entre eux : la cigarette et les joints qu'il fume. Elle supporte de moins en moins l'odeur et la fumée qui traînent en permanence dans leur appartement. Il a pourtant promis de faire des efforts, de diminuer sa consommation et de surtout se contenter du balcon. Mais encore une fois, ce n'est pas une résolution à laquelle il se tient ! Loin de là.

— Ça pue !

— C'est le matin, proteste Louis. Je ne vais pas me mettre sur le balcon. Il caille de fou en plus.

Lucie soupire. Impossible qu'elle réussisse à le faire fumer dehors, elle le sait. Encore en été, il accepte. Mais là... Le froid va être son excuse...

Il boit son café et tire une autre taffe avant de poser son regard sur elle.

— Tu vas prendre ta douche et ensuite on se donne les cadeaux ? lui propose-t-il.

— OK.

La jeune femme débarrasse sa table et file dans la salle de bains après avoir déposé un léger baiser sur les lèvres de son petit-ami. Elle s'enferme dans la pièce pour qu'elle se réchauffe au maximum et ôte son pyjama confortable. Un frisson parcourt son corps. Elle aussi, elle est frileuse. Comme Louis. Vivement la fin de l'hiver ! Elle a déjà hâte que l'été et la chaleur reviennent !

Elle se glisse sous la douche et savoure l'eau brûlante sur sa peau. Après s'être soigneusement savonnée avec son gel douche au monoï – une façon à elle de prolonger les vacances –, elle sort et s'emmitoufle dans son peignoir. Sa tenue de la journée est déjà prête. Pour les fêtes, elle a opté pour une jolie robe en velours. Sa couleur vert sapin lui sied au teint et s'accorde à merveille à la période. Elle se maquille rapidement et enfile quelques bijoux pour orner sa tenue. Pas besoin d'en faire trop. Ce n'est qu'un repas en famille.

Elle rejoint Louis dans le salon après avoir fait un détour dans la chambre pour prendre les cadeaux. Il a déjà enfilé un jean noir avec un pull gris. Classique. Ce n'est pas le genre à se mettre sur son 31. Il la dévisage un instant et un sourire appréciateur se dessine sur son visage.

— T'es jolie, la complimente-t-il. Cette robe te va très bien. Pourtant, je la trouvais pas top quand tu l'as achetée.

— Merci.

Elle s'approche de lui et lui tend le sac rempli de paquets.

— Joyeux Noël mon amour ! s'exclame-t-elle.

Il attrape le sac et le pose sur le canapé.

— Tiens, lui dit-il en lui tendant un carton enveloppé dans un joli paquet doré. Ce n'est qu'un petit truc, mais j'étais pas inspiré cette année.

Elle déchire avec impatience le paquet tandis que Louis s'attaque à son premier cadeau. Une paire de chaussures ! Elle découvre des baskets blanches ornées des trois bandes classiques de sa marque de sport préférée.

— Les tiennes étaient vieilles et abîmées, lui dit-il. Je me suis dit qu'une nouvelle paire te ferait plaisir.

La jeune femme hoche la tête avec un petit sourire. Bien qu'un peu déçue, elle n'en montre rien. Elle sait que Louis est susceptible sur ce sujet. Ce n'est pas la première fois qu'ils se disputeraient au sujet d'un cadeau raté qu'elle n'a pas aimé.

— Trop bien ! J'adore, se contente-t-elle de dire avec un enthousiasme surjoué.

Mais heureusement, il ne voit rien, déjà occupé à prendre connaissance du premier cadeau que lui a fait la jeune femme. Un pull en laine. Le petit crocodile brodé sur la poitrine lui arrache un sourire. C'est la marque qu'il préfère. C'est toujours une valeur sûre. Il ouvre le deuxième cadeau : une écharpe. Toujours la même marque. Et pour finir, une belle montre un peu classe. Il passe son temps à dire qu'il lui en faut une.

— Waouh, mais t'es folle bébé ! C'est beaucoup trop ! s'écrie-t-il. Tu m'as gâté !

Il se précipite vers elle pour déposer un baiser sur ses lèvres.

— Merci, mon amour, tu assures ! ajoute-t-il. Je kiffe.

— Je suis contente que ça te plaise !

Une fois de plus, elle s'est creusé la tête pour lui offrir des choses qu'il apprécierait à coup sûr. Elle aurait aimé qu'il en fasse de même. En général, pour les cadeaux, il ne se prend jamais la tête. Souvent, elle rêve de petites surprises : qu'il se souvienne du livre qu'elle a envie de lire depuis des mois, un objet qu'elle a repéré en vitrine et dont elle a parlé à plusieurs reprises ou encore une place pour le dernier ballet en vogue qu'elle a envie de voir. Mais en général, il se contente plutôt d'acheter un truc coûteux sans vraiment se demander si elle aimerait. Un dernier exemple en date : un sac à main qu'elle n'a jamais porté. Tout simplement parce qu'elle avait un modèle en tête, mais qu'il a préféré en prendre un qui lui plaisait à lui. Une couleur qu'elle n'aime pas, une forme peu pratique et un peu petit à son goût. Du coup, il traîne dans un de ses placards, l'étiquette encore accrochée à la bandoulière.

— Merci à toi aussi, elles sont belles ! J'aime beaucoup ! lui dit-elle en désignant les chaussures.

C'est vrai qu'elles sont classes. Pas le même modèle qu'elle, mais une jolie couleur, plutôt classique. Ça au moins, elle les mettra ! C'est déjà ça.

— On finit de se préparer et on y va ? On prendra du pain au passage comme ça. Ma grand-mère n'a pas eu le temps d'en acheter.

Cette année, Noël se fait chez Esther. Gaby est montée de Corrèze et elle passe quelques jours à Paris pour profiter de sa famille.

— Allons-y ! lui dit-il après avoir déposé un autre baiser sur ses lèvres. T'es vraiment belle comme ça. Ce soir, laisse-moi l'opportunité de te l'enlever cette robe.

Il lui adresse un sourire mutin et elle hoche la tête.

— Avec plaisir, chuchote-t-elle.

Elle enfile son long manteau noir et noue son écharpe en laine autour de son cou. Louis l'imite et rapidement, ils quittent l'appartement, un grand sac de courses pour emmener les cadeaux qu'elle va offrir à sa famille.

Elle espère qu'ils vont passer un bon moment. Noël est une fête qu'elle n'apprécie pas plus que ça, mais maintenant qu'elle s'est remise avec Louis, elle a envie d'en profiter davantage. Peut-être que l'an prochain, ils pourraient s'offrir une petite semaine au soleil. Cela serait encore mieux ! Elle n'a jamais eu l'occasion de partir d'ici pour les fêtes de fin d'année, mais un voyage en amoureux pourrait être un beau cadeau qu'ils pourraient s'offrir mutuellement.

Chapitre 27

Installée sur le canapé, à côté de Louis, Lucie parcourt distraitement un magazine people. Un nouveau divorce pour une chanteuse connue, une nouvelle rencontre pour cet acteur charismatique et quelques bébés à droite à gauche, sans oublier des clichés de stars en vacances, au bord des eaux turquoise des Caraïbes ou autres plages paradisiaques. Elle n'apprécie que moyennement ce genre de presse, mais ça occupe toujours un petit quart d'heure. Vendredi soir. Un de plus où ils ne font pas grand-chose. Louis n'a pas voulu sortir dîner et encore moins aller au cinéma. Alors, ils traînent chez eux. Un libanais mangé sur le pouce et un film qu'ils ne regardent que d'un œil.

— Au fait, tu peux regarder si j'ai reçu la thune de la SÉCU ? lui demande le jeune homme. J'ai rien sur mon compte encore. Ils font chier !

— OK. File-moi ton téléphone.

Louis lui tend son iPhone et elle le déverrouille pour se rendre sur l'application de l'Assurance Maladie. Elle consulte rapidement son compte.

— Rien, commente-t-elle. Je pense qu'ils n'ont pas pris en compte ton arrêt. Attends, je vais leur envoyer un message. Rappelle-moi les dates où tu étais arrêté.

— Euh... Je sais plus. C'était il y a plus d'un mois. Le 12 novembre, je crois. Jusqu'à la fin de la semaine, précise-t-il.

Lucie acquiesce et commence à pianoter un message à l'attention des conseillers. Ce n'est pas la première fois qu'elle s'occupe de son administratif. À vrai dire, il ne sait rien faire tout seul. Il a toujours besoin que quelqu'un règle ses histoires. Que ce soit pour gérer sa paperasse, changer une ampoule, monter un meuble, ... Il ne fait rien tout seul. Lorsqu'ils étaient séparés, il lui arrivait encore de s'occuper de ses impôts. Sinon, elle est bien certaine qu'il ne l'aurait pas fait. Et quand elle ne pouvait pas le faire, c'est sa grande sœur qui prenait le relais.

Soudain, une notification apparaît sur l'écran. Mélanie. Elle se fige. Sa respiration se coupe pendant quelques secondes. Que doit-elle faire ? Balayer la notification, terminer son message et faire comme si de rien n'était ? Supprimer le message ? Le lire ? Lui balancer son téléphone en lui disant que l'autre continue de lui écrire ?

— Tu leur dis quoi alors ? s'impatiente Louis. T'as l'air bloquée.

— Non, non, s'empresse-t-elle de dire. J'essaie juste de tourner ma phrase pour que ça soit clair.

— OK. Dis-leur qu'ils me paient surtout ! Ils font chier à me faire galérer à chaque fois.

Lucie réussit à hocher la tête, mais le cœur n'y est pas. Elle est toujours hésitante. Pourtant, elle finit par quitter l'application pour se rendre dans les messages. Ses doigts tremblent lorsqu'elle ouvre le SMS.

« C'était cool hier soir... Tu reviens me voir quand ? Tu me manques déjà. »

La jeune femme déglutit. Ce n'est pas possible. Elle doit rêver. Elle ferme les yeux, les rouvre. Le message s'affiche toujours devant ses yeux. Et une nouvelle notification apparaît. Une photo de la fameuse Mélanie, simplement vêtue d'un body en dentelle rouge.

« Ton cadeau me va à ravir, tu ne trouves pas ? »

Malgré elle, Lucie observe le cliché. Elle est mince, un peu musclée, mais pas trop. Mélanie est une jolie fille, elle ne peut le nier. Un visage fin, pâle et aux traits bien dessinés qu'une bouche pleine rosée vient mettre en valeur. Ses yeux verts en amande semblent provocateurs. De toute façon, la photo en elle-même est une invitation pour Louis. Une invitation à la rejoindre et à faire des folies de leur corps. Il n'y a plus de doute à avoir. Il lui a menti. Sur toute la ligne. Et comme une conne, elle n'a rien vu venir. Elle lui a fait confiance. Encore. Comment a-t-elle pu être aussi stupide ? Comment a-t-elle pu lui redonner son cœur alors qu'il l'a piétiné tant de fois ?

La mâchoire serrée, les lèvres pincées, elle sent ses doigts se crisper sur le téléphone. Elle a envie de hurler. Son cœur se brise à l'intérieur d'elle. Une fois de plus, il lui a fait du mal. Comment peut-il être aussi manipulateur ? Il passe son temps à la regarder droit dans les yeux, à lui affirmer qu'il l'aime et qu'il n'y a qu'elle. Et pourtant, il ment. Il y a une autre fille. Toujours la même. Elle laisse échapper un soupir et balance le téléphone sur la table avant de se lever d'un mouvement brusque.

— Qu'est-ce qu'il y a ? l'interroge Louis en posant sur elle un regard surpris.

— Tu regarderas tes messages ! se contente de lâcher Lucie d'une voix glaciale.

Elle quitte la pièce et se réfugie dans la chambre en claquant la porte derrière elle. Elle se glisse sous la couette et attrape son ours en peluche. Le témoin de toutes ses peines depuis qu'elle est petite. Contre son cœur, elle le sert fort. Les larmes se mettent à couler le long de ses joues. Des sanglots font trembler ses épaules. La rage, la tristesse, la déception, ... Toutes les émotions se mélangent. Elle ne sait plus quoi penser.

Quelques minutes plus tard, la porte s'ouvre. Louis s'allonge près d'elle. Elle ne redresse même pas la tête. Pas la peine. Son odeur de tabac froid mêlé à son parfum boisé est reconnaissable. Elle qui aime tant cette odeur si familière, elle a presque envie de vomir. Il la dégoûte.

— Bébé, souffle-t-il en laissant ses doigts se perdre dans les cheveux de la jeune femme. Bébé, s'il te plaît. Écoute-moi. Ce n'est pas ce que tu crois.

Elle repousse avec violence sa main. Elle ne supporte pas qu'il la touche là maintenant. Ce simple contact est insupportable. Il tente d'attraper son poignet pour stopper son geste, mais elle l'en empêche.

— Fous-moi la paix, fulmine-t-elle. Dégage d'ici.

— Attends, s'il te plaît, la supplie-t-elle. Laisse-moi t'expliquer.

Elle se redresse pour lui faire face. Un rictus déforme ses traits.

— Tu me prends pour une conne ou quoi ?

Elle secoue la tête, folle de rage. Son cœur lui fait mal à force de se serrer dans sa poitrine. C'est comme si son corps était en train de se disloquer totalement. Elle a l'impression d'être une poupée de porcelaine qu'on vient de jeter à terre.

— La photo d'elle presque à poil parle pour elle-même, continue-t-elle. Et moi, j'ai droit à une putain de paire de pompes, et elle, la lingerie, c'est ça ? T'es vraiment qu'un connard, Louis. Je pensais que tu ne pouvais pas me faire pire que ce que tu m'as déjà fait, mais je me suis plantée apparemment !

Elle se met à frapper le torse du jeune homme avec colère.

— Voilà pourquoi tu ne me touches pas, c'est ça ? Tu préfères te taper une autre meuf ? Elle, en plus... Après tout ce que tu m'as promis... Comment t'as pu me faire ça ?

— Mon amour, je te jure que je m'en fous de cette meuf. C'est elle. Elle me lâche pas...

— Ah ouais ? Et c'est pour ça que tu lui offres de la lingerie fine ? se moque Lucie. Pour qu'elle te foute la paix ? Bravo... Ça a l'air de fonctionner à merveille...

Louis soupire et s'écarte d'elle.

— Je sais, ouais... J'aurais pas dû lui offrir un truc comme ça, reconnaît-il. J'ai déconné. Mais je te promets, c'est qu'une pote maintenant. Il n'y a plus rien entre elle et moi.

— Louis... Arrête. S'il te plaît, arrête, murmure Lucie. Ne me prends pas pour une conne, OK ? Je me sens déjà assez mal comme ça. J'ai lu ses messages. Ne me fais pas croire qu'il n'y a rien.

— Mais je m'en fous d'elle, proteste-t-il. Il n'y a que toi que j'aime.

— Pourquoi tu vas en baiser une autre alors ?

Elle est vulgaire, mais elle s'en fout. La colère la ferait presque bouillonner. Si elle s'écoutait, elle lui foutrait son poing dans la gueule.

— Je sais pas... Parce que je suis con..., murmure Louis en baissant les yeux. Je fais que de la merde... Je sais même pas pourquoi j'agis comme ça. Je te jure que je m'en fous d'elle. Enfin, je l'aime bien, on a vécu pas mal de trucs ensemble, mais... C'est toi que je veux dans ma vie, pas elle.

— Tu as une drôle façon de me le montrer, rétorque la jeune femme. Parce que tu passes ton temps avec tes potes, ou avec elle, qui sait ? Tu ne me touches pas, tu ne dors même pas avec moi, ... C'est comme si je n'existais pas à tes yeux. Comme si tu ne me trouvais plus assez jolie pour toi.

— Mais non, bébé, ne dis pas ça ! s'écrie-t-il. T'es folle. T'es une bombe. Je te trouve toujours aussi sexy qu'au premier jour. Ne raconte pas de bêtises. Tu me rends fou à chaque fois que je te vois nue.

Elle hausse les épaules, peu convaincue. Il tente de s'approcher d'elle pour l'embrasser, mais elle le repousse une nouvelle fois.

— Laisse-moi seule, s'il te plaît. J'ai besoin de prendre du recul là.

— Tu ne vas pas me quitter, hein ? J'ai merdé, je sais, mais je te promets que ça n'arrivera plus ! Je vais assurer maintenant.

— Je ne sais pas, Louis, chuchote-t-elle. Je ne sais plus. Tout est flou dans ma tête.

— Je vais couper les ponts avec elle, lui assure-t-il. Je ne vais plus répondre à ses messages, tu vas voir. Je vais te prouver que tu peux avoir confiance en moi.

Elle hoche doucement la tête. Sauf qu'elle n'est pas convaincue. Comment pourrait-elle avoir de nouveau confiance en lui ? Ce n'est pas la première fois qu'il merde comme ça.

— Je vais aller passer quelques nuits chez Esther, lui dit-elle. Histoire de prendre un peu l'air. Je crois qu'on en a besoin tous les deux, OK ? On en profitera pour réfléchir.

Louis secoue la tête et tente de lui attraper la main. Elle se laisse faire cette fois. Ses doigts s'entremêlent aux siens.

— Non, ne t'éloigne pas de moi, la supplie-t-il. J'ai besoin de toi à mes côtés, bébé.

— Et moi, j'ai besoin de distance, c'est tout. J'ai trop mal. Tu me fais encore souffrir alors que tu m'avais promis de tout faire pour me rendre heureuse.

Il soupire et caresse la paume de sa main.

— Je sais… Et c'est ce que je veux, souffle-t-il. C'est ce que je vais faire.

Une fois de plus, elle acquiesce. Sans conviction.

— Laisse-moi maintenant, s'il te plaît, insiste-t-elle.

— OK… Je suis dans le salon si tu veux discuter…

Il quitte la chambre. Lucie essuie les dernières larmes sur ses joues. Elle se mord la lèvre, pensive. Que doit-elle faire maintenant ? Peut-être vraiment faire comme si de rien n'était ? Peut-elle encore le regarder sans ressentir ce dégoût envers sa personne ? De la colère envers ce qu'il lui a fait ? Rien n'est plus certain.

Chapitre 28

Une notification tire Lucie de la présentation qu'elle est en train de rédiger pour pouvoir exposer avec Sophie le budget de l'année prochaine à leur directeur. Elle jette un coup d'œil à son deuxième écran pour voir qui lui écrit : Olivier. C'est vrai qu'elle ne l'a pas croisé depuis les vacances de Noël. Ils se sont souhaité la bonne année, ont discuté un peu par message, mais elle ne l'a pas croisé depuis qu'ils ont repris le boulot.

« Ça te dit qu'on déjeune ensemble ? Christina n'est pas là et j'ai envie d'en profiter pour me faire un petit restaurant ! Italien ? »

Sa proposition est tentante. Tous ses collègues ont déjà un truc de prévu. Elle s'était dit qu'elle achèterait sans doute un sandwich pour manger rapidement devant son écran, mais une pizza remplie de fromage est bien plus tentante ! Charlie est en congé, dommage. Elle ne l'a pas vue depuis un moment, elle aussi ! Mis à part un appel le lendemain de Noël et les traditionnels vœux de bonne année, elles n'ont pas pu discuter davantage. Et pourtant, Lucie en a des choses à lui dire.

« Oui, avec plaisir ! Tant pis pour mes bonnes résolutions ! Les salades vertes attendront ! »

« Pas besoin de régime ! Tu es parfaite comme tu es ! »

Malgré elle, un sourire se dessine sur son visage. Lucie ne peut qu'apprécier un tel compliment, elle qui est complexée par sa silhouette un peu trop pulpeuse à son goût. Elle pianote sur son clavier pour lui répondre :

« On se retrouve à 13 h en bas ? »

Heureusement que ses collègues partiront avant elle. S'ils savent qu'elle déjeune en tête à tête avec le juriste, elle est sûre de se prendre encore quelques vannes. Surtout qu'elle leur a raconté ce qu'il s'est passé avec Louis et qu'ils sont catégoriques : elle doit le larguer. Pour eux, il a franchi une limite qu'il n'aurait pas dû. En plus de continuer de la faire souffrir et de ne pas s'investir assez dans son couple, il est parti voir ailleurs. Il la néglige au profit d'une autre femme. Et ses collègues sont très protecteurs avec elle. Ils ont tendance à la couver et à veiller sur elle comme des grands frères attentifs. Au fond, elle apprécie leur bienveillance à son égard. C'est pour ça qu'elle se confie à eux aussi facilement. Puis, avoir leur avis de mec, ça aide aussi.

« Ça me va ! À tout à l'heure ! Bon courage pour le reste de la matinée. »

Elle ferme la fenêtre après avoir répondu et se remet à sa présentation. Les chiffres occupent son esprit et l'empêchent de penser à Louis. Le samedi matin, elle a attrapé quelques affaires qu'elle a fourrées dans un sac pour filer chez Esther. Elle a préféré passer le week-end là-bas plutôt que d'affronter son petit-ami. D'ailleurs, elle a à peine répondu à Louis. Il a beau lui envoyer plein de messages pour lui dire à quel point il était désolé et comme il l'aimait, elle a eu besoin de prendre du recul. Alors, elle a été au cinéma voir un film qu'elle avait envie de voir depuis un moment, elle est sortie avec Sam et elle a brunché le dimanche avec Hannah et ses enfants. Finalement, c'était un bon week-end ! Si on oublie Louis et sa pétasse…

Le reste de la matinée passe à une vitesse folle. Entre quelques appels à droite à gauche pour dépanner des clients internes et sa présentation à boucler, elle n'a pas vu le temps passer. Si bien que lorsqu'elle reçoit un message d'Olivier l'informant qu'il est en bas, elle n'est pas encore prête. Elle se hâte de verrouiller son PC, d'enfiler son manteau et d'attraper son sac à main. Après envoyé un SMS au juriste pour lui dire qu'elle arrive, elle s'engouffre dans l'ascenseur et appuie sur le bouton du RDC. Olivier est déjà dehors, bonnet sur la tête et clope à la main.

— Désolée ! s'exclame-t-elle en se plantant devant lui. Je n'ai pas vu l'heure passer !

— Ne t'en fais pas, la rassure-t-il après avoir déposé une bise sur sa joue. J'avais besoin de m'en griller une. Je crois que j'ai envie de repartir en vacances.

Elle sourit, amusée. La reprise du boulot fait souvent cet effet !

— On y va ? lui dit-il en désignant d'un signe de tête la rue perpendiculaire au loin.

Le restaurant italien dans lequel ils ont l'habitude d'aller se situe à seulement quelques mètres de là.

— Comment tu vas alors ? Tes vacances se sont bien passées ? lui demande-t-elle. Qu'est-ce que tu as fait de beau ?

Il tire une dernière latte sur sa cigarette et l'écrase dans la poubelle prévue à cet effet avant de se tourner vers la jeune femme.

— J'étais chez ma famille, au vert ! Qu'est-ce que ça fait du bien !

Un grand sourire éclaire son visage. C'est drôle, Lucie l'a toujours imaginé comme un vrai parisien, hipster de la tête aux pieds. En apprenant à le connaître, elle s'est rendu compte qu'il n'en avait que l'allure. Olivier est quelqu'un de simple, attaché à ses racines familiales et aux valeurs avec lesquelles il a été élevé.

— Tu te doutes bien qu'avec les fêtes de fin d'année, j'ai passé mon temps à bouffer, plaisante-t-il. Ma mère adore cuisiner ! Mais j'ai quand même trouvé le temps de faire quelques balades et d'aller voir des amis d'enfance avec qui j'ai toujours contact. C'était cool.

— Chanceux ! Tu en as bien profité, tant mieux. Christina ne t'a rien dit que tu prennes des vacances finalement ?

Il rit et hausse les épaules.

— Honnêtement... Je m'en fous, rétorque-t-il avec un petit rictus amusé. Ce boulot, c'est loin d'être le taf de ma vie. J'étais prêt à claquer ma dém' s'il fallait pour pouvoir profiter de ma famille. Et elle le savait.

Il marque une courte pause avant de reprendre :

— Donc elle m'a gentiment laissé partir même si j'ai dû bosser quelques heures par-ci, par-là. Je ne vais pas me plaindre. Et toi, alors ? Comment se sont passées les fêtes ? Tu as fait quelque chose en particulier ?

Lucie soupire. Elle aurait bien voulu partir elle aussi. L'an prochain, ce sera sa mère qui les recevra en Corrèze ! Au moins, elle pourra se mettre un peu au vert. Elle se rend compte que de plus en plus, elle a besoin de ces pauses à la campagne pour se sentir bien. Plus que la vie citadine, la nature lui fait du bien. Elle apprécie désormais davantage les balades près d'un lac ou dans une forêt que d'errer dans les rues polluées de Paris.

— Non, c'était plutôt calme cette année, lui répond-elle. Ma mère est venue de Corrèze et on a fait Noël en petit comité. Juste elle, ma grand-mère, mon père et mon mec.

Et on a fait un repas avec la famille paternelle pour le 1er janvier.

— Tu n'as même pas fêté le 31 décembre ? s'étonne Olivier.

La jeune femme laisse échapper un petit rire.

— Non, je ne le fête plus depuis quelques années. Mon mec préfère le passer avec ses potes à picoler à tout va… Ce n'est pas trop mon délire. J'ai quelques amis, mais ils sont loin et je bosse toujours le 31. Cela rend la logistique un peu compliquée !

Elle sourit et poursuit :

— Du coup, je me contente d'un plateau de sushis et d'une petite bouteille de vin blanc. En général, je ne vois pas minuit passer.

Olivier pouffe et tapote son épaule.

— Petite mamie va ! la taquine-t-il. Remarque, cette année, je me suis fait une soirée avec seulement quelques potes et on a joué aux jeux de société avec un peu de musique en fond. Une bière ou deux, histoire de, mais rien de plus. Et franchement, c'était l'un des meilleurs réveillons que j'ai passés !

— Il en faut peu parfois ! J'adore les jeux de société ! s'exclame la jeune femme. Tu vois, si on me proposait ce genre de soirées, là, je le fêterais !

Il lui adresse un clin d'œil complice avant de sourire :

— L'an prochain, je t'embarque avec moi si tu veux !

— Pourquoi pas ?

Arrivés devant le restaurant, Olivier ouvre la porte et la laisse entrer la première. Galant en plus. Il est bourré de qualités. Elle a beau dire à ses collègues qu'elle s'en fiche de lui, elle n'est pas aveugle. Outre le charme qu'il dégage, il est intelligent, drôle et gentleman. Ça devient rare de nos jours !

— Je meurs de faim ! lâche Lucie une fois assise à la table où le serveur les a conduits. Je sens que je vais me prendre une énorme pizza.

— Moi aussi, approuve le jeune homme. Avec plein de fromage.

Lucie hoche la tête. Ils ont les mêmes goûts en matière de bouffe. Voilà pourquoi elle aime bien manger avec lui. Ses collègues ont tendance à préférer la cantine de l'entreprise ou le kebab. Autant dire que ce n'est pas ce qu'elle préfère.

— Ça va mieux sinon avec ton mec ? la questionne Olivier. C'était un peu tendu avant les vacances...

Elle se mord doucement la lèvre inférieure et fronce les sourcils. Mieux ? C'est plutôt tout le contraire... Et elle n'est pas certaine que cela s'arrange entre Louis et elle.

— C'est un peu compliqué, chuchote-t-elle en laissant son regard se perdre sur la carte du restaurant. Si on évitait de parler de lui aujourd'hui ?

— Comme tu veux ! On va se contenter de parler de nos prochaines vacances si tu veux, rit-il. C'est le seul sujet qui me botte en ce moment.

Elle acquiesce tandis qu'il pose brièvement sa main sur la sienne.

— En tout cas, si tu as besoin de parler, je suis là, Lucie, lui souffle-t-il d'une voix douce.

— Merci, Olivier. J'apprécie.

Étrangement, elle a beau ne pas le connaître depuis si longtemps que ça, elle sait qu'elle peut compter sur lui. Il ne la jugera pas. Et son avis pourrait être précieux. Après tout, il a l'air d'être quelqu'un de bien et de raisonnable.

— En attendant, goinfrons-nous ! Une pizza, il n'y a rien de mieux pour le moral ! s'écrie-t-il.

Il retire sa main lorsque le serveur arrive à leur hauteur pour prendre leur commande. Au moins, Lucie va pouvoir se détendre un peu pendant sa pause déjeuner. Olivier est une compagnie plaisante. Il a toujours plein de choses à lui raconter. En plus, il a compris qu'elle n'était pas très bien donc il fera en sorte de lui changer les idées !

Chapitre 29

Lucie fourre le reste de ses affaires dans son énorme valise rose. Celle qu'elle destine d'ordinaire aux voyages. Elle a réussi à fourrer plusieurs pulls, quelques pantalons, deux vestes et trois paires de chaussures. Sans oublier des livres. Seulement quatre pour ne pas trop se charger. Et parce qu'en ce moment, elle a du mal à lire. Louis la regarde faire, impuissant.

— Mon amour… Tu es sûre de toi ? lui demande-t-il. On pourrait en discuter, non ? Je n'ai pas envie que tu partes.

— On en a déjà parlé, Louis, réplique-t-elle d'une voix sèche. J'ai besoin de faire un break.

— Mais ce n'est pas comme ça qu'on va résoudre nos problèmes, plaide-t-il en tentant d'attraper sa main. J'ai besoin de toi. Ne me laisse pas comme ça. Si tu restes avec moi, on va tout faire pour arranger les choses. Je te le promets.

La jeune femme grimace et se dégage en secouant la tête.

— Je te l'ai répété à plusieurs reprises : si on en est là, c'est de ta faute. Tu as merdé. Une fois de plus. Nous n'en serions pas là si tu n'avais pas fait n'importe quoi. Tu le sais…

Il baisse la tête. Au moins, il reconnaît ses torts. Vu la fierté démesurée du jeune homme, c'en est presque étonnant ! En même temps, il a eu beau nier au début, les faits étaient là. Limpides. Impossible de mentir. Elle a lu les messages. Et il a fini par tout lui dire. Cela fait plusieurs semaines maintenant qu'ils se sont disputés au sujet de Mélanie. Lucie a vainement tenté de lui pardonner. Après plusieurs jours chez Esther, elle est rentrée chez eux. Mais le cœur n'y était pas. Il n'y est plus. Trop abîmé, meurtri. Elle n'a plus envie de faire des efforts. Depuis qu'elle est revenue, il a beau se montrer d'une gentillesse incroyable, elle n'est pas capable d'en faire de même. Elle lui parle souvent mal parce qu'elle lui en veut. Une rancœur implacable a pris la place sur l'amour renaissant qu'elle lui portait. Et elle ne sait pas si elle pourra aller de l'avant. Il a beau lui jurer qu'il sera irréprochable maintenant, elle n'y croit plus. Ce n'est pas la première fois qu'il lui promet de telles choses. À chaque fois, elle est déçue. Longtemps, elle a voulu y croire. Mais à quoi bon ? Pour souffrir encore ?

— Je sais bien, mais je te l'ai dit, je ne te ferai plus de mal. Bébé, s'il te plaît, pardonne-moi…

— Je ne peux pas, Louis, souffle-t-elle. C'est au-dessus de mes forces. La seule chose dont j'ai besoin pour l'instant, c'est de m'isoler. D'être loin de toi. Je ne supporte même plus de te regarder dans les yeux. Tout me dégoûte chez toi.

Il déglutit, sous le choc. Jamais Lucie ne s'est montrée aussi violente dans ses paroles. Jamais elle ne s'est autant éloignée de lui. C'est la première fois que ça arrive depuis qu'elle le connaît. Pourtant, ils se connaissent depuis si longtemps. Et Louis lui en a déjà fait baver. Mais d'habitude, elle pardonnait. Toujours. Elle fermait les yeux et tentait de se persuader que ça irait mieux. Elle l'a cru longtemps. Aujourd'hui, elle n'y parvient plus. Leur histoire sonne creux.

— Mais je t'aime, tente-t-il de murmurer en s'approchant d'elle.

— Ce n'est pas suffisant. Ça ne l'est plus. Peut-être que ça ira mieux après quelques semaines, je ne sais pas. Je ne peux rien te promettre.

— Putain, mais quel con, j'ai été ! Je n'aurais jamais dû faire ça. ! J'ai merdé... Putain... Je savais que cette meuf m'apporterait que des problèmes... Ça fait longtemps que j'aurais dû la virer de ma vie !

— Vous étiez deux, lui rappelle Lucie sèchement. En rentrant dans son jeu, tu as apporté toi-même les emmerdes dans ta vie. Dans notre vie.

— Ouais... Je sais... Je m'en veux tellement...

Il s'assoit sur le lit et joue distraitement avec le coussin qui traîne. Elle attrape sa peluche favorite et la glisse dans la valise. Elle est pleine à craquer. Elle a aussi mis ses affaires de toilettes. De toute façon, elle pourra racheter quelques bricoles s'il le faut !

— Je voudrais revenir en arrière et ne pas faire les mêmes conneries, lui dit-il en posant son regard sur elle.

Il a l'air sincère. Une ombre voile ses prunelles claires. De la tristesse s'y devine. Des cernes encadrent son regard. Il a mal dormi lui aussi. Un instant, elle a presque envie de se laisser attendrir. De ranger ses affaires et d'essayer de lui donner une chance, une de plus. Mais elle sait que ce serait une erreur. Elle lui en veut trop pour rester. Pour l'instant, la seule chose à faire est de s'isoler un peu.

Heureusement, elle a récupéré il y a quelques semaines l'appartement qu'elle louait à Paris après sa rupture. La nana qu'elle y avait installée retourne vivre en province après avoir enfin trouvé un travail dans sa ville natale. Dire qu'elle avait prévu de donner son préavis afin d'en être débarrassée. Elle a bien fait de remettre ça au lendemain à chaque fois qu'elle se disait qu'elle allait le faire. Au moins, elle a un toit pour l'accueillir en attendant d'y voir plus clair. Elle ne se voyait pas rester chez Esther un mois, voire plus. Elle adore sa grand-mère, mais elle a besoin d'avoir son territoire à elle. Mais comme ça lui fait drôle de regagner son nid de célibataire. Un retour en arrière. Une période qu'elle espérait derrière elle.

— Promets-moi que tu vas essayer de me pardonner, la supplie-t-il.

Elle hoche la tête. Elle a envie de le faire. Mais elle ne peut rien lui assurer. Elle est trop paumée elle-même que pour pouvoir savoir comment elle se sentira dans deux semaines, trois mois, ... Peut-être qu'elle réussira à lui pardonner. Après tout, ce ne serait pas la première fois.

— On verra, se contente-t-elle de dire en haussant les épaules.

Elle termine sa valise et la referme avant de relever la tête.

— Je vais y aller, ajoute-t-elle.

Un instant, son regard se perd sur leur chambre. La décoration qu'elle a totalement changée en revenant ici en espérant que ce serait présage de jours meilleurs. Mais cela n'a pas suffi à donner à leur couple un souffle nouveau. C'est comme si elle se retrouvait il y a presque deux ans. À deux doigts de rompre. Pourquoi Louis la déçoit-il à ce point ? Elle qui espérait tant en se remettant avec lui...

— Tu veux que je te dépose ? lui propose-t-il.

Elle secoue la tête en se retenant de rire. Lui qui ne veut jamais aller à Paris, le voilà prêt à la déposer. C'est toujours la même chose avec lui. Il semble prêt à tout pour elle uniquement lorsqu'il la perd. Sinon, il n'y a plus personne. Plus d'effort, plus de promesse. Juste l'homme qui révèle son vrai visage.

— Non, décline-t-elle. Je vais prendre un Uber.

— OK. Tu m'écris en arrivant.

Elle hoche la tête et traîne la valise derrière elle dans le couloir. Elle a encore quelques affaires qu'elle devra récupérer, mais bon, le plus gros est là. De toute façon, elle ne sait pas encore si cette pause sera provisoire ou non. Si elle part deux semaines ou deux mois. L'avenir s'étale de nouveau devant elle avec l'inconnu Y qui l'attend en chemin. Tout est flou.

— Tu me manques déjà, bébé, lui chuchote-t-il en ouvrant la porte de leur appartement.

— À plus tard, Louis.

Elle ne dit rien d'autre et quitte l'endroit sans un regard en arrière. Elle ne doit pas pleurer, surtout pas. C'est elle qui veut ce break après tout. Et c'est la meilleure chose à faire, elle en est persuadée. À quoi bon rester alors qu'elle ne supporte plus d'être dans la même pièce que lui ?

Elle s'immobilise sur le trottoir et commande son Uber. L'adresse de son appartement parisien est encore enregistrée. Dire que ce soir, elle se retrouvera seule. Comme c'est étrange. Elle a presque envie d'appeler Sam ou Nadia à la rescousse. Ou n'importe qui. Juste pour ne pas affronter cette première soirée en solitaire. D'un autre côté, elle n'a pas envie de déranger. Ni envie de parler. Et forcément, on va lui demander comment elle va, ce qu'elle ressent, ce qu'elle compte faire de son histoire avec Louis. Elle ne veut pas répondre à toutes ces questions. Elle ne connaît pas la moitié des réponses. Puis, ce n'est pas la première fois qu'elle va se retrouver seule dans son petit nid parisien. Elle doit se rappeler qu'à une époque, parfois elle l'appréciait sa solitude. Se commander un plateau de sushis, traîner devant la télé sans devoir trouver un programme qui convienne à Louis, aller se coucher quand elle le souhaite, ne pas chercher quoi manger, ... Voilà comment elle doit se consoler.

Chapitre 30

Lucie étreint avec chaleur sa cousine. Emma n'a pas pu monter pour Noël, mais elle avait promis de venir quelques semaines plus tard lorsqu'elle aurait pu poser quelques jours. Et c'est chose faite ! Elles se retrouvent enfin. La jeune femme loge chez Augustine pour pouvoir profiter de sa famille et éviter les frais d'un hôtel. Du coup, Lucie vient aussi passer le week-end chez sa grand-mère paternelle. Cela lui fait plaisir ! Elle a l'impression de se retrouver des années en arrière lorsqu'elles étaient gosses et qu'elles passaient quelques jours chez leurs grands-parents. Bien souvent, les deux fillettes leur en faisaient voir de toutes les couleurs. Elles ne tenaient pas en place. Emma, bien plus intrépide que sa cousine, l'entraînait toujours à faire les bêtises avec elle. Et évidemment, Lucie suivait. Souvent, Augustine râlait et jurait de ne plus jamais les garder toutes les deux. Mais au fond, elle aimait tellement ses petites-filles qu'elle ne mettait jamais ses menaces à exécution.

— Je suis contente de te voir ! s'écrie Emma en s'écartant.

Elle pose ses mains sur les épaules de sa cousine et lui sourit.

— Tu es de plus en plus belle ! Tu n'as pas encore minci depuis la dernière fois ? lui demande-t-elle.

Lucie secoue la tête en riant.

— Si seulement... Mais avec Noël, c'est plutôt l'inverse ! J'ai tellement mangé !

— Et tu vas encore dévorer ce week-end ! Mamie Augustine est un tel cordon-bleu !

Emma se frotte le ventre avec une lueur gourmande qui vient éclairer son regard.

— Rien que pour ça, je suis contente d'être de retour en région parisienne. Sa bouffe vaut bien la peine d'affronter les bouchons !

— Je suis bien d'accord, approuve Lucie.

C'est vrai qu'Augustine cuisine à merveille. Même un simple bout de viande avec ses frites maison ont une tout autre saveur que si c'était elle qui cuisinait ou Esther.

— Bon tu verras, elle est un peu fatiguée quand même, poursuit la jeune femme. Depuis son AVC, elle a perdu de ses capacités.

Lucie grimace. Emma n'a pas revu leur grand-mère depuis un petit moment. La dernière fois, elle était pétillante et en pleine forme. Cette fois, c'est différent. Augustine a beau faire semblant que tout va bien, personne n'est dupe. Elle n'a pas été épargnée par cette saloperie.

— Mais ne t'en fais pas, la connaissant, elle t'aura quand même cuisiné une bonne paëlla maison ! la rassure Lucie avec un petit sourire.

— Exactement ! Elle est déjà en train de cuire. Elle a commencé hier soir.

Lucie esquisse un petit sourire attendri. Augustine est courageuse de cuisiner ainsi !

— Tout le monde sera là ? l'interroge Lucie.

— Oui, ils vont tous débarquer pour midi !

Emma lui attrape le bras et l'entraîne à l'intérieur de la maison.

— Allez, viens boire un café ! lui dit-elle. On a plein de choses à se raconter ! Surtout toi. Comment tu vas depuis ta rupture ?

Bien entendu, sa cousine est au courant de tout. Dès le lendemain de son retour dans son appartement parisien, elle a appelé Emma pour lui dire qu'elle faisait un break avec Louis et qu'elle avait quitté leur petit nid pour se retrouver un peu seule. Et quand la jeune femme a appris qu'il l'avait trompée avec une autre nana, elle était furieuse. Presque autant que Lucie. Elle lui a dit qu'il fallait qu'elle le quitte. Qu'un retour en arrière n'était plus possible. Cela fait presque trois semaines que Lucie a retrouvé sa solitude. Et même si Louis lui manque parfois, elle se sent plutôt bien. Elle n'a presque pas de coup au moral. Quand elle se sent seule, elle appelle ses copines, elle se mate un petit film sympa ou elle prend un bain délassant aux huiles essentielles. Bref, elle se trouve une occupation et elle oublie le reste ! Ça fonctionne plutôt bien jusqu'à maintenant. Elle est fière d'elle : pas une seule fois, elle n'a été tentée d'appeler Louis pour qu'il vienne la voir. Au contraire. Il lui envoie des messages tous les jours, pour prendre des nouvelles ou lui dire qu'elle lui manque, mais elle est presque indifférente à ses appels du pied. Elle lui répond rapidement, sans lui laisser une chance de rentrer de nouveau dans son quotidien. Pour l'instant, elle ne sait toujours pas où elle en est. Ou peut-être qu'elle prend le temps d'accepter ce qu'elle ressent. Ce qu'elle pressent. La fin de leur histoire. La fin de leur amour. Elle n'est même plus certaine d'être amoureuse de lui. Il lui a fait tellement de mal qu'il a réussi à détruire petit à petit tous les grains d'amour qu'il avait semés en elle.

— Ça va plutôt bien ! répond-elle à sa cousine. Je ne pensais pas le vivre aussi bien pour être honnête !

— Tant mieux ! s'exclame Emma. J'avais peur de te trouver avec une petite mine toute triste et le moral au ras des pâquerettes. Contente de voir que tu t'en sors comme une reine !

Lucie pouffe devant l'enthousiasme de sa cousine.

— Je n'irais pas jusque-là, mais disons que je vais plutôt bien ! souffle-t-elle.

Les deux jeunes femmes grimpent les escaliers et parviennent dans la cuisine où une bonne odeur se dégage. La paëlla est en train de cuire à feu doux dans une énorme sauteuse. Qu'est-ce que ça sent bon ! Lucie a bien fait de se contenter d'un petit-déjeuner léger. Quand elle va chez Augustine, elle ne mange jamais beaucoup avant pour laisser de la place dans son estomac.

— Ma petite chérie ! s'exclame sa grand-mère en se précipitant vers elle d'un pas malgré tout hésitant. Comment tu vas ? Comme je suis heureuse que tu passes le week-end avec nous ! J'ai l'impression de vous revoir avec vos petites couettes et vos robes fleuries. C'était le bon temps ! J'étais encore jeune et en bonne santé.

— Mamie...

Lucie se penche vers elle et la serre dans ses bras avant de déposer un baiser sur sa joue. L'odeur de son parfum, un mélange de vanille et de caramel, vient envahir ses narines. Elle adore cette senteur si douce, si sucrée qui lui va à merveille.

— Tu es encore jeune et en pleine forme ! réplique-t-elle d'une voix amusée. Regarde-toi, tu es belle comme un cœur.

— Ne dis pas de sottises ! la corrige Augustine. Par contre, vous deux, vous êtes incroyablement belles ! Je demandais d'ailleurs à ta cousine quand est-ce qu'elle allait me faire un joli bébé !

Lucie glisse une œillade curieuse vers Emma. C'est vrai que c'est un sujet qu'elle n'aborde jamais. Elle a l'air d'être très heureuse sans enfant, contrairement à Lucie qui ne rêve que d'être maman.

— J'ai le temps pour ça, rétorque la jeune femme en haussant les épaules. Nous ne sommes pas encore prêts avec Gaspard... Je préfère déjà m'épanouir professionnellement. On verra ensuite.

— Mais tu n'es pas toute jeune, Emma ! Toi non plus d'ailleurs, grogne Augustine en pointant son doigt vers Lucie. Vous ne voulez pas que je sois arrière-grand-mère avant de mourir, c'est ça ? Je serais si heureuse !

— Ce n'est pas pour demain me concernant, marmonne Lucie. Louis et moi... C'est compliqué. Je me suis réinstallée à Paris pour l'instant.

Sa grand-mère se tourne vers elle, les lèvres pincées.

— S'il te fait du mal, tu me le dis ! grogne-t-elle. J'irais lui botter les fesses, moi !

Lucie éclate de rire devant la mine courroucée de sa mamie.

— Promis, mamie. Mais ne t'en fais pas. Je ne le laisserai plus me faire du mal, réplique-t-elle. Je fais un break, mais je ne suis pas certaine que ça s'arrange cette fois.

Elle hausse les épaules et lance un coup d'œil autour d'elle.

— Qu'est-ce qu'on peut faire pour t'aider en attendant que le reste de la smala débarque ?

Augustine désigne d'un signe de tête le salon.

— Allez mettre la table s'il vous plaît. Et commencez à ramener les petits toasts que j'ai préparés. Ils sont au frigo !

Emma acquiesce, et les deux cousines se mettent en mouvement.

Une fois la table mise et tout préparé, elles s'installent dans le canapé, un verre de jus de fruits chacune.

— Tu es sûre que ça va alors ? l'interroge de nouveau Emma.

— Mais oui, la rassure Lucie. Je te le promets... Je fais de mon mieux pour garder la tête haute et le sourire.

Elle joint le geste à la parole.

— Franchement, je ne sais même pas comment je fais pour le prendre aussi bien, admet-elle. Mais je crois qu'il m'a fait trop de mal. Et ma façon à moi de me protéger était de m'éloigner de lui. Quand on s'est remis ensemble, j'avais envie d'y croire, mais j'ai vite compris que j'allais être déçue une fois de plus. Peut-être que ça m'a permis de ne pas trop m'enflammer et de rester à distance.

— Ouais... Je vois ce que tu veux dire, souffle Emma. Tu lui as laissé une chance, mais cette fois, tu ne t'es pas entièrement lancée à corps perdu dans votre histoire. Et tant mieux... Vu ce qu'il a fait ! J'ai encore du mal à croire qu'il ait pu te tromper avec cette nana. Quel con !

Lucie opine. C'est vrai que Louis l'a beaucoup déçue. Elle avait tant envie de croire en lui, en eux. Elle est tombée de haut ! Emma pose sa main sur son avant-bras et lui adresse un petit sourire.

— En tout cas, j'espère que tu ne te remettras pas avec, lui dit-elle d'une voix grave. Il ne te mérite pas ma belle, loin de là. Tu lui as pardonné plusieurs fois et il continue de te prouver qu'il n'est pas à la hauteur.

— Je sais... Je t'avoue que pour l'instant, je n'ai pas pris de décision, mais pour être honnête, je n'envisage pas de revenir chez nous... Je ne suis toujours pas capable de le regarder en face. Je lui en veux tellement pour ce qu'il a fait.

— Votre histoire ne pourra pas repartir cette fois, commente Emma. Il y a trop de rancœur et de douleur. Il faut y mettre un terme définitif.

Lucie hoche doucement la tête. Elle sait que sa cousine a raison. Au fond, comment pourrait-elle pardonner à Louis ? Comment pourrait-elle seulement imaginer revenir avec lui comme si de rien n'était après tout ce qu'il s'est passé ?

Chapitre 31

Lucie ouvre la porte avec le double de ses clés et pénètre doucement dans l'appartement d'Esther. Seul le bruit de la télévision se fait entendre. Et pour cause, lorsqu'elle débarque dans le salon, sa grand-mère est endormie dans son fauteuil, ses jambes allongées sur le porte-pieds et recouvertes par un plaid en velours rouge.

Elle dépose son sac à main et la boîte de gâteaux qu'elle a ramenée avant de s'approcher de la vieille femme.

— Mamie, souffle-t-elle d'une voix douce pour ne pas la réveiller de manière brusque.

Esther ouvre les yeux et lui adresse une œillade surprise avant de laisser échapper un bâillement tonitruant.

— Ma puce, murmure-t-elle. Qu'est-ce que tu fais là ? Je ne m'attendais pas à te voir, sinon je me serais préparée.

Elle sourit en observant sa mamie. Esther porte une simple jupe en laine noire avec un sous-pull bordeaux et un gilet épais. Mais elle est tellement coquette que lorsqu'elle sait qu'on lui rend visite, elle enfile toujours ses plus beaux habits.

— Pas la peine, tu es très jolie comme ça.

— Mais je ne me suis même pas passé un coup de peigne, proteste-t-elle en passant ses doigts fins dans ses cheveux colorés et mis en pli par une coiffeuse qui vient toutes les deux semaines chez elle.

Elle se redresse difficilement et tend sa main à sa petite-fille pour qu'elle l'aide à quitter son fauteuil.

— J'ai mal aux reins, se plaint-elle en grimaçant.

Lucie lui tient le bras et la conduit jusque sur une chaise pour l'aider à y prendre place.

— Tu veux un café ma petite chérie ? lui propose Esther.

— Je vais aller m'en faire un. Tu en prends un toi aussi ?

— S'il te plaît, ça me réveillera un peu. Je suis dans le brouillard cet après-midi.

Elle lui lance un nouveau regard surpris avant d'ajouter :

— Tu ne travailles pas ?

— On est samedi, mamie, répond Lucie en souriant. Je suis en week-end. Et comme tu le vois, je n'avais rien de mieux de prévu qu'aller voir ma petite grand-mère adorée !

Elle désigne la boîte du doigt avant de se diriger vers la cuisine.

— J'ai apporté quelques douceurs. Ouvre-les, je m'occupe du café !

Elle attrape deux tasses dans le débarras et glisse les capsules dans la machine. Rapidement, elle revient dans le salon et pose les mugs sur la table.

— Voilà !

Avant de s'asseoir, elle s'occupe de prendre deux petites assiettes et sert les gâteaux.

— Ça te convient ? demande-t-elle à Esther.

— Bien sûr que oui ! s'exclame sa mamie. Tu es tellement mignonne de penser à moi.

Lucie lui sourit et boit une gorgée de son café. La chaleur et l'amertume du breuvage lui arrachent une petite grimace. Elle croque ensuite dans la petite tartelette aux framboises qu'elle a achetée dans la boulangerie qui fait l'angle de la rue Ordener.

— Tu avais l'air un peu patraque quand je t'ai appelée mercredi. Du coup, je me suis dit que j'allais venir te voir.

Tu as besoin que je fasse un peu de ménage ou autre ? Des courses ? lui propose Lucie.

Esther secoue la tête en riant. Elle désigne le salon d'un geste ample de la main.

— Mais non, ma petite aide-ménagère est venue hier. Tout est nickel, regarde ! Je préfère plutôt que tu me dises comment tu vas toi !

Elle boit une gorgée de café et attaque son dessert avec gourmandise.

— Comment tu te sens depuis que tu es partie de chez vous ? l'interroge Esther. Tu t'en sors ? Ce n'est pas trop dur.

C'est la question que tous ses proches lui posent : sa famille, ses amis et même ses collègues. Dès qu'elle leur a annoncé qu'elle faisait une pause avec Louis, tout le monde s'inquiète sur elle. Elle a le droit presque tous les soirs à des coups de fil avec Emma, des petits SMS de quelques amis et bien entendu sa mère et ses mamies qui veillent à ce qu'elle garde le cap. Au fond, toute cette sollicitude lui fait du bien. Elle ne se sait pas seule.

— Je vais bien, mamie, lui répond-elle avec un sourire sincère. J'ai la chance d'avoir retrouvé mon petit nid parisien. C'est pratique. Et cela me permet d'avoir le temps qu'il me faut pour savoir ce que je fais.

Esther hoche la tête et lui lance une œillade bienveillante.

— Tu sais que tu peux compter sur moi, ma puce, hein ? Si tu as besoin de quoi que ce soit, je suis là.

Lucie acquiesce. Esther a toujours été présente pour elle. Elle n'a aucun doute, elle peut lui dire tout ce qu'elle ressent sans avoir peur d'être jugée.

— Ne t'en fais pas pour moi. Je m'en sors plutôt bien, lui assure-t-elle avec enthousiasme. Je suis loin d'être au fond du gouffre comme lorsqu'on a rompu la dernière fois...

— Mais vous êtes encore ensemble ou pas ?

Esther la regarde avec une curiosité non dissimulée. La vie amoureuse de sa petite-fille l'a toujours intéressée. D'aussi loin qu'elle s'en souvienne, Esther a toujours été sa première confidente. Elle se rappelle qu'elle avait accueilli chez elle son premier vrai petit-ami du lycée. Et personne de la famille n'en avait jamais rien su. Personne ne savait qu'il existait. Sauf elle. Sa petite mamie, si moderne, si dynamique ! Qu'est-ce qu'elle l'aime.

— Je ne sais pas, avoue Lucie en haussant les épaules. Pour l'instant, nous faisons un break.

— Qu'est-ce que c'est que ça, un break ? la questionne sa grand-mère en fronçant les sourcils.

Lucie pouffe et pose sa main sur celle de sa mamie.

— Une pause, mamie. C'est de l'anglais.

— Une pause... Vous les jeunes... On a du mal à vous suivre, hein ? Pourquoi une pause ? Je ne comprends pas le principe.

Évidemment... À l'époque, les pauses n'existaient pas. On restait ensemble toute sa vie dans le meilleur des cas. Ou, comme Esther, on se séparait. Mais les breaks, cela ne se pratiquait certainement pas !

— Eh bien, cela permet de voir si les choses peuvent s'arranger ou non, tente d'expliquer Lucie. Je ne l'ai pas quitté. Mais je ne suis pas avec non plus. Je prends de la distance par rapport à notre relation pour faire le point sur ce que je ressens et ce que je veux.

Esther se pince l'arête du nez en haussant les épaules.

— Mais qu'est-ce que tu veux toi ? Tu le sais ?

C'est une bonne question. Une question à laquelle elle aimerait pouvoir répondre en étant sûre d'elle. Même si, les jours passants, elle sent qu'elle ne sera pas capable de revenir en arrière. Louis lui a fait trop de mal. Pardonner, elle ne sait pas si elle peut le faire une fois de plus. C'est comme si elle ouvrait les yeux petit à petit sur leur couple. Chacun a le sentiment que les efforts à faire pour contenter l'autre sont trop importants. Peut-être parce qu'ils ne sont pas faits pour être ensemble, tout simplement. Emma lui a dit qu'elle méritait mieux. Peut-être, oui. Ou peut-être qu'elle doit juste être avec quelqu'un qui lui ressemble davantage. Quelqu'un qui aura les mêmes priorités qu'elle : un avenir à deux, une famille à construire et l'envie de se trouver un petit coin de paradis loin de Paris, au calme. Voilà tout ce à quoi elle aspire.

— Je ne suis pas sûre d'avoir envie de lui redonner une chance, finit-elle par murmurer.

Elle joue distraitement avec l'anse de sa tasse avant de boire une gorgée de son café déjà presque froid.

— Je crois que notre histoire est arrivée au bout, poursuit-elle d'une voix lasse. C'est comme s'il fallait se battre à chaque fois pour rester ensemble. Ce n'est pas normal. Un couple, ça ne doit pas ressembler à ça. Bien sûr, il y a toujours des compromis, des efforts à faire, mais avec Louis, c'est trop... Nous sommes trop différents, nous aspirons à des buts qui nous poussent à suivre des chemins séparés.

Esther lui adresse une moue compatissante. Elle connaît assez sa petite-fille et ses sentiments pour Louis pour savoir que toute cette réflexion et la conclusion de ses pensées la rendent malheureuse malgré tout. Même si Lucie sait qu'elle ne se trompe pas, qu'il n'y a plus d'espoir pour eux, ce n'est pas facile de baisser les bras et de renoncer à cet homme qu'elle a tant aimé. En lequel elle a voulu croire encore et encore.

— Je suis désolée ma puce, lui souffle-t-elle en attrapant sa main. J'avais envie que ça marche vous deux. Quand tu m'as dit que vous vous étiez remis ensemble, j'étais persuadée que c'était pour le meilleur cette fois. Qu'il allait te rendre heureuse et te faire plein d'adorables bébés. Je suis si triste de voir que ce n'est pas le cas.

Lucie se mord la lèvre inférieure et hoche la tête. Les larmes ne sont pas loin, elle le sent, mais elle n'a pas envie de pleurer. À quoi bon ? Au fond, elle sait déjà l'issue de leur histoire. Peut-être même le savait-elle en acceptant de lui redonner une chance. Mais cette fois, il n'y aura plus de retour en arrière. Si elle le quitte, ce sera définitif. Et ça, jamais elle ne l'avait envisagé.

— Mais tu es belle comme un cœur et d'une gentillesse rare, la rassure sa grand-mère. Je suis certaine que tu trouveras un garçon qui te mérite et qui saura enfin te rendre heureuse.

— Comment tu as su que c'était la fin pour papy et toi ? lui demande Lucie avec curiosité. Qu'est-ce qui t'a poussée à dire stop et à demander le divorce ?

Esther ne lui a jamais raconté en détail cette partie-là de sa vie. Et il faut l'avouer, elle a envie d'en savoir plus. Et peut-être aussi pour savoir si elle aussi est prête à mettre un point final à son histoire avec Louis…

Chapitre 32

Février 1986

Esther se réfugie dans la chambre de son fils, Christian. Elle ferme la porte derrière elle et tourne le verrou d'un mouvement sec. C'est Christian qui l'a installé il y a quelques mois. Un jour, elle est rentrée chez elle après une longue journée de travail et en allant le saluer, le verrou était là. Il lui a simplement dit que c'était pour qu'elle ait un endroit où se réfugier lorsque Jacques pétait les plombs. Elle s'est mise à pleurer. Parce que Christian, du haut de ses dix-huit ans tout juste fêtés, est un garçon droit dans ses baskets et protecteur envers elle. Mais aussi parce qu'elle s'en veut de lui infliger ça. L'alcoolisme de son père, sa violence, ses colères, les disputes qui rythment leur vie. Gabrielle a déjà quitté la maison il y a trois ans pour s'installer en ménage avec Philippe. Elle lui a avoué un jour qu'elle ne supportait plus l'air irrespirable de ce petit appartement parisien qui ressemblait à une prison lorsqu'ils étaient là tous les quatre et que Jacques avait bu plus que de raison.

— Il a encore picolé ? lui demande Christian en relevant la tête du bouquin qu'il est en train de lire.

Un livre sur les sciences naturelles, sa matière préférée. Celle qu'il a choisi d'étudier après le baccalauréat. Il est si intelligent. Esther est fière de lui. Il arrive à briller à l'école malgré l'ambiance familiale pesante. Elle a fait une dépression il y a moins de deux ans et il s'est occupé d'elle à la perfection. C'est lui qui la forçait à sortir du lit, qui lui faisait à manger et qui faisait en sorte qu'elle prenne bien ses médicaments. Il lui a aussi trouvé un psychologue et forcé à y aller les premières séances. C'était loin d'être évident, mais elle l'a fait. Pour lui. Pour sa fille. Parce qu'elle n'en peut plus d'être cette femme au regard triste et à l'âme blessée. Ce n'est pas elle. Quand elle était jeune, elle était différente. Pleine d'espoir pour l'avenir, rieuse, optimiste, drôle. Comment en est-elle arrivée là ? La réponse ne tient qu'à un mot : Jacques. L'épouser a ruiné sa vie. Il a détruit toute trace de bonheur en elle. Chaque petite étincelle de vie à laquelle elle tentait de s'accrocher a disparu au profit de la peine et de la douleur.

— Oui…, bredouille-t-elle en se laissant choir sur le lit de son fils.

Il recule sa chaise pour se tourner vers elle et lui adresse une moue contrite.

— Il veut encore t'en mettre plein la gueule ? la questionne-t-il avec sa franchise habituelle.

Esther soupire et hoche la tête. Elle attrape la peluche de Christian et l'étreint contre elle.

— Sans doute, oui… C'est toujours la même histoire avec lui.

— Et combien de temps tu vas supporter ça encore ?

Elle se redresse et fixe son fils. Il a l'air plus sérieux que jamais. Il ne rigole pas. Jamais avec cette situation. Trop de fois il a vu la main de son père abîmer la joue fragile de sa mère. Top de fois il a entendu son père s'en prendre verbalement à sa mère. Il le déteste pour ça. Il ne lui parle jamais. À peine un bonjour quand il le croise. Pour lui, c'est comme si Jacques n'existait pas. Esther sent ses poings se crisper. Christian a raison : pourquoi doit-elle continuer de subir les affronts de Jacques ? Il n'a jamais été un bon mari. L'alcool, la violence, le fait qu'il ne soit jamais avec eux, qu'il ne s'occupe pas de ses gosses, ... Il n'a rien pour lui. Pourquoi reste-t-elle avec lui ? Elle n'a pas besoin de cet homme, elle le sait. Elle s'en sort très bien toute seule. Depuis cinq ans, elle a un poste de cadre dans l'entreprise dans laquelle elle bosse depuis quinze ans. Elle gagne bien sa vie pour une femme, elle peut s'estimer chanceuse. D'ailleurs, elle ne compte pas sur Jacques pour l'aider. Entre la boisson, les jeux à gratter, les machines à sous, il n'a rien à la fin du mois pour participer à la vie de la maison. C'est plus un boulet qu'autre chose. Il n'y a que la cuisine qu'il sait faire. C'est tout. Mais Esther s'en fout. Gaby a quitté la maison. Christian ne restera que quelques années de plus. Bientôt, elle sera seule et s'imaginer devoir faire face à Jacques chaque jour sans ses enfants l'effraie plus qu'autre chose.

Elle se lève et pose son regard sur son fils.

— Tu as raison mon chéri, s'exclame-t-elle. Je dois changer les choses. Ça ne peut plus durer comme ça !

Christian lui adresse une œillade surprise, mais se contente de lui sourire et d'acquiescer avant de se replonger dans la lecture de son livre. Esther déverrouille la porte et regagne le salon. Jacques n'y est pas. Il doit être dans la cuisine. À moins qu'il ne soit déjà reparti rejoindre sa bande de copains pour boire encore un coup.

— Jacques ?

— Quoi ?

Il pénètre dans la pièce, le regard dur, la démarche encore un peu hésitante.

— Il faut qu'on parle, se contente de lâcher Esther d'une voix glaciale. Assieds-toi.

— Qu'est-ce que tu veux encore ? grogne-t-il en prenant place sur une chaise.

Il attrape le journal qui traîne sur la table et parcourt du coin de l'œil les gros titres sans plus lui prêter attention.

— Écoute-moi, souffle-t-elle en s'installant face à lui.

Il finit par lever la tête et son regard se pose sur elle.

— Quoi ?

Elle inspire un bon coup. Ses doigts jouent nerveusement avec l'ourlet de sa jupe bordeaux. Elle a du mal à croire ce qu'elle est en train de faire. Confronter son mari. Cela bien longtemps qu'elle ne le fait plus. À quoi bon ? Elle a eu beau lui demander d'arrêter de boire, de s'occuper de sa famille et d'être un meilleur père de famille, il n'y a rien à faire. Il est de pire en pire. Il ne bosse même plus. De temps à autre, il trouve quelques missions et c'est tout.

— Bon alors, t'accouches ? insiste Jacques.

— Je veux divorcer…

Elle a dit ça d'une voix ferme, sans hésiter, sans bafouiller. Parce qu'à cet instant précis, elle n'a jamais été aussi sûre d'elle. C'est ce qu'elle veut. Se libérer de cet homme et ne plus jamais subir sa violence et ses insultes. Elle mérite mieux, Esther. Elle le sait. Elle n'a pas besoin de lui. Cela fait bien longtemps qu'elle aurait dû trouver le courage de le faire, mais jusqu'à maintenant, elle n'en a pas été capable. Elle pensait qu'elle devait rester et donner aux yeux de tous l'image d'une famille unie. Bien que personne n'est aveugle. Ses voisins ne sont pas sourds non plus. Ils entendent bien les cris, les sanglots, les portes qui claquent… Tout le monde le sait, mais personne ne dit rien. Personne ne réagit. Pas même lorsqu'Esther arbore des bleus sur les poignets. Ils se contentent de la saluer poliment et de détourner le regard. Voilà ce qu'ils font.

— Quoi ?

Jacques s'est figé sur sa chaise. Il a laissé le journal retomber sur la table. C'est comme s'il s'était pris un uppercut.

— Divorcer ? répète-t-il. Je... Comment ça divorcer ? Tu n'es pas sérieuse ?

— Si... Je veux qu'on se sépare. Nous n'avons plus rien à faire ensemble, Jacques. Je ne veux plus de cette vie, décrète-t-elle fermement. Tu n'as jamais su me rendre heureuse ni être à la hauteur pour tes enfants.

Elle observe le visage de son mari se décomposer. Ses mâchoires se contractent sous l'effet de la colère. Ses yeux se plissent et il secoue la tête.

— C'est une blague, Esther ! Tu ne peux pas me quitter comme ça.

— Ne fais pas comme si tu étais surpris... Cela ne fonctionne pas entre nous. Tu crois que je n'ai pas vu que certaines de tes affaires ont disparu.

— Ne raconte pas n'importe quoi ! s'emporte-t-il. C'est juste que je dors parfois chez Marcel quand j'ai un peu trop bu. J'ai juste laissé quelques bricoles.

— Ce n'est pas le sujet, Jacques. Je veux que nous divorcions, c'est tout. Je ne suis pas heureuse, les enfants non plus. Et puis maintenant, ils sont grands. Gaby est casée, Christian ne tardera pas à partir de la maison non plus. Je n'ai plus de raison de rester avec toi !

Jacques se lève, furieux. Il s'approche d'elle et attrape son poignet avec brutalité.

— Je refuse que tu me quittes comme ça !

— Tu n'as pas le choix. J'ai pris ma décision, murmure-t-elle. Je veux que tu partes d'ici. Dès la semaine prochaine, j'appellerai un avocat pour préparer les papiers.

Elle sait qu'elle peut compter sur son patron pour l'aider. Son frère est dans le domaine du droit. Il pourra lui adresser quelques contacts. C'est fou comme elle se sent soudainement libérée. À croire que cette décision impulsive, prise sur un coup de tête, bouillonnait en elle depuis longtemps. Bien trop longtemps.

— Espèce de salope ! fulmine Jacques. Tu as rencontré un mec, c'est ça ?

— Non ! Je refuse de supporter encore tout ce que tu me fais subir. C'est fini !

La porte de la chambre s'ouvre et Christian sort en courant. Il se précipite pour s'interposer entre ses parents.

— Dégage ! s'écrie-t-il à l'attention de son père. Tu entends. Prends tes affaires et fous le camp. Ne lève plus la main sur elle, sinon c'est moi qui te tue.

Jacques fait un pas en direction de son fils. Il semble hésiter un instant, mais finit par tourner les talons.

— Je me barre puisque c'est ce que tout le monde veut ici.

La porte d'entrée claque après quelques secondes. Esther expire. Pendant quelques minutes, c'est comme si elle n'avait pas pu respirer. Elle porte la main à son cœur, bouleversée. Elle n'en revient pas. Elle a osé le faire. Elle va divorcer. Enfin. Christian l'enlace et caresse avec douceur ses cheveux.

— Je suis fier de toi, maman. Tu as pris la bonne décision. Tu es la femme la plus courageuse que je connaisse.

Elle sourit à travers ses larmes. Si elle peut provoquer de la fierté chez son fils, cela lui suffit. Elle sait qu'elle a fait ce qu'il fallait faire.

Chapitre 33

Esther renifle en essuyant sa joue humide. Revivre ses souvenirs n'est jamais chose aisée même après toutes ces années. Lucie la regarde avec étonnement. Elle ne peut s'empêcher d'admirer sa grand-mère, cette femme si courageuse. Réussir à partir, à quitter son mari et à se libérer pour ne plus souffrir, il fallait le faire. Surtout à son époque. Aujourd'hui, cela ne choque personne. Tout le monde se sépare ou presque. Mais un demi-siècle auparavant, les choses étaient différentes.

— Alors, tu as pris ta décision comme ça, sur un coup de tête ? réagit Lucie en esquissant un petit sourire.

— Oui, un peu comme une envie de pisser, plaisante Esther. Mais c'est quelque chose que je murissais en moi. Inconsciemment, je le voulais sans doute depuis longtemps. Je n'avais juste pas encore trouvé le courage de me lancer. Tu sais, ce n'était pas facile à mon époque de m'affranchir d'un homme…

— Je me doute. Comment les gens ont réagi ? Ta famille ? Tes amis ?

Esther soupire et hausse les épaules. Elle repousse son assiette vide. Son dessert est terminé.

— Dans l'immeuble, personne n'a voulu me faire d'attestation pour le divorce… Personne ! Pas même mes plus proches copines.

Elle secoue la tête, les sourcils froncés et les lèvres pincées. Lucie sait bien qu'à l'époque, sa grand-mère avait plein d'amies dans le coin. Elle avait deux voisines au cinquième avec qui elle s'entendait très bien, une autre au quatrième et une dernière au deuxième.

— Aucune ? Pas même Madame Coubert ? s'étonne la jeune femme.

— Non ! Elle m'a dit qu'il avait un beau sourire, que c'était dommage d'en arriver là. Et les autres ont refusé en disant que ça les embêtait de signer un tel papier. Il n'y a que ma meilleure copine et une de mes sœurs qui ont bien voulu remplir l'attestation. Mon patron aussi. Il savait bien ce que je vivais.

Elle marque une courte pause avant de reprendre :

— Heureusement qu'il était là. Son frère m'a trouvé un super avocat et en six mois, j'ai réussi à obtenir le divorce en ma faveur.

— Encore heureux ! s'exclame Lucie. Tu n'avais rien fait. C'était lui qui pourrissait votre vie à l'époque !

— Oui, je sais bien, ma puce... Mais les femmes n'avaient pas autant de droits. Le juge voyait d'un mauvais œil les divorces. Sans un bon avocat, j'aurais pu me retrouver sans rien...

Lucie a du mal à croire ce que sa grand-mère lui dit. Ça lui semble incroyable qu'une femme qui vit avec un mari alcoolique et violent puisse vivre tout ça et se heurter à l'incompréhension de la justice. Esther a eu un courage incroyable de faire ce qu'elle a fait !

— Et comment papy a réagi ? Il n'a pas tenté de te retenir ? Il n'est pas revenu après ça ? la questionne la jeune femme avec curiosité.

— Pas vraiment, non... Il s'est installé dans la chambre d'hôtel rue Hermel, celle que tu as connue et il ne revenait que de temps en temps pour récupérer quelques affaires et prendre son courrier. C'est tout.

— J'ai du mal à croire qu'il n'ait pas cherché à arranger les choses, souffle Lucie, contrite.

— Ah oui ? Cela t'étonne ? Pourtant, il était bien content de retrouver sa liberté et de faire ce qu'il avait envie sans que je lui reproche d'avoir trop bu ou de rentrer trop tard !

Lucie grimace. C'est fou comme l'histoire d'Esther lui rappelle la sienne. Louis aussi aime sa liberté. Il ne supportait pas que Lucie lui dise qu'il sorte trop ou qu'il préférait passer du temps avec ses potes qu'avec lui. Même s'il lui écrit tous les jours qu'elle lui manque, au fond, elle est certaine qu'il a retrouvé sa petite vie et que ça lui va bien aussi. Faire ce qu'il veut quand il veut, sans rendre de comptes. Sortir le soir tard, continuer ses petits trafics sans que Lucie et lui se disputent à ce sujet. Plus elle réfléchit, plus elle se rend compte qu'il ne changera pas. Il aura beau le lui promettre à chaque fois, elle n'y croit plus. Louis est un garçon égoïste. Il ne veut pas renoncer à ses petits plaisirs, même par amour pour elle. Et elle… Elle n'est plus prête à accepter ça. Elle ne veut plus être la nana qui passe après tout le reste. C'est fini. Elle veut quelqu'un qui sache ce que c'est un couple. Quelqu'un qui soit prêt à assumer les efforts que cela signifie parfois.

— Tu as bien fait de divorcer, mamie, murmure la jeune femme en esquissant un petit sourire. Ça a été difficile, mais tu méritais bien mieux.

Esther hoche la tête.

— Mais pourquoi tu ne t'es jamais remis en couple après ton divorce ? l'interroge Lucie. Tu étais encore jeune mine de rien.

Sa grand-mère laisse échapper un petit rire. Son regard se perd sur le papier peint un peu vieillot du salon. Pendant quelques instants, elle ne dit rien. Elle semble pensive de nouveau.

— Je crois que j'en ai trop bavé avec ton grand-père pour avoir envie de redonner mon cœur à un homme, finit-elle par répondre en soupirant. Lorsqu'il est parti, j'ai retrouvé ma liberté, le plaisir d'être à la maison, de pouvoir prendre soin de moi, de ne pas craindre de rentrer le soir et de le trouver encore ivre mort sur le canapé... Je ne voulais plus revivre ce que j'ai vécu. C'était trop dur.

— Je comprends, murmure Lucie. Tu as tellement souffert avec papy...

— Oh oui, ça, pour avoir souffert, c'est le cas ! Crois-moi, j'étais bien contente d'être seule ! Même si de temps en temps ton oncle me taquinait en me demandant quand est-ce que je ramènerais un nouveau Jules.

— Tu crois que je finirais ma vie toute seule moi aussi ? la questionne la jeune femme.

Esther pouffe et lui tapote l'épaule.

— Mais non, ne sois pas bête ! s'écrie-t-elle. Ce n'est pas la même époque. Puis, toi, tu es encore toute jeune. Ne te stresse pas avec ça. Le temps fera les choses, je n'en doute pas.

Lucie sourit et acquiesce. Au fond, être seule ne lui fait plus aussi peur qu'avant. Elle a arrêté de se préoccuper et de regarder les gens autour. Bien sûr, certaines de ses copines sont déjà mariées et mamans. Et elle aurait aimé en faire partie. Mais, malheureusement, ce n'est pas son destin. Pas encore. Peut-être aussi que Louis n'est pas le bon pour elle et que c'est pour ça que les choses ne se font pas. Que c'est un signe à écouter.

— Je pense qu'il faut que je parle à Louis...

Lucie grimace et serre les poings.

— Ça me prend comme une envie de pisser aussi, mais je vais le quitter. Pour de bon.

— Fini le *brake* alors ?

— Le break, mamie, la corrige Lucie avec malice. Oui, terminé. Je ne peux plus continuer ainsi... Je ne lui pardonnerai pas, je le sais. Même si je fais tous les efforts du monde, c'est impossible. Il m'a fait trop de mal.

— Oui, je suis d'accord avec toi. Je ne voulais pas t'influencer, mais c'est mieux pour toi de mettre un point final à cette histoire. Surtout s'il y a une autre femme derrière, insiste Esther. La confiance est indispensable dans une relation de couple. Et je ne suis pas certaine que tu pourras un jour lui refaire confiance.

— Oui... J'en suis consciente, souffle Lucie. Ce qu'il m'a fait, c'est impardonnable. De toute façon, je ne suis pas capable de le laisser me toucher sans penser à cette nana... Je ne peux même plus le regarder dans les yeux.

— Alors, il vaut mieux arrêter là ma chérie. Tu as essayé.

Esther caresse avec douceur la joue de sa petite-fille.

— Louis, je l'aime bien, tu le sais, poursuit la vieille dame. Mais honnêtement, tu veux que je te dise quelque chose ?

Lucie hoche la tête et Esther sourit avec malice :

— J'ai toujours pensé que tu valais mieux que lui.

— Tu trouves ?

— Bien sûr que oui ! s'exclame sa grand-mère. Tu es belle, intelligente, drôle, pétillante, ... Tu as tout pour toi. Mais tu ne te vois pas avec mes yeux. Ni avec les yeux du reste du monde. Car crois-moi, tout le monde pense ça de toi. Tu es un ange, ma petite puce. Mais tu te sous-estimes. Louis est gentil, mais il n'est pas mûr. C'est encore un ado dans sa tête. Il a beau vouloir jouer à l'homme, il est encore loin d'y ressembler !

Lucie esquisse un sourire. Sa mamie n'a pas tort. Elle a souvent l'impression de devoir jouer à la maman avec Louis. Il ne peut rien faire tout seul. Il se repose sur elle, tout le temps. Même lorsqu'ils étaient séparés, c'était encore elle qui gérait tout son administratif. Sinon, il ne ferait rien.

Un soupir lui échappe.

— J'ai quand même du mal à croire que c'est fini cette fois. J'ai perdu tant d'années avec lui, tu te rends compte ? Je lui ai couru après toute mon adolescence et ensuite, une fois que nous étions en couple, au final, j'ai continué à faire ça. Courir après lui pour obtenir une relation qui aurait pu me rendre heureuse. Et ça n'a jamais marché.

— Ne le vois pas comme ça, lui conseille Esther. Tu as aimé, tu as vécu malgré tout de bons moments. C'est une leçon, pas un échec. Aujourd'hui, tu sais ce que tu ne veux plus dans une relation. Tu ne referas plus la même erreur en choisissant quelqu'un qui ne sera pas assez mature pour faire des projets et s'investir pour de vrai avec toi.

Lucie confirme d'un petit signe de tête. C'est vrai que son histoire avec Louis lui aura beaucoup appris sur elle-même et sur la vie en général. Elle sait qu'elle fera plus attention la prochaine fois. Les opposés s'attirent peut-être, mais une vie ensemble est souvent incompatible.

— Merci, mamie. Ça me fait du bien de discuter avec toi, murmure la jeune femme. J'avais besoin de ça pour avancer, je crois. Je me sens plus légère maintenant.

— Tant mieux.

Esther se lève et s'approche d'elle avec sa démarche hésitante.

— Mais n'oublie pas une chose, ma Lucie, lui souffle sa grand-mère. Tu mérites un homme qui te rendra heureuse. Ne donne plus ton cœur à quelqu'un qui en abuserait ou te ferait encore pleurer comme il l'a fait, d'accord ? Tu me promets que tu feras attention ?

— Je te le promets, mamie.

Lucie lui sourit avec affection. Elle sait qu'une discussion pénible l'attend avec Louis, mais elle sera libre ensuite. Sa décision est précise. Elle préfère être seule que redonner une chance à cet homme qui l'a blessé tant de fois. Cette fois, la solitude ne lui fait pas peur. Mieux vaut être seule que mal accompagnée ! Ce dicton ne lui a jamais semblé aussi vrai qu'aujourd'hui !

Chapitre 34

Lucie se fige un instant devant la porte d'entrée. Cela fait plus d'un mois qu'elle a quitté l'appartement dans lequel elle vivait avec Louis. Elle n'y est pas revenue depuis. Les quelques affaires qu'elle a laissées n'étaient pas indispensables à son confort, donc elle a préféré les laisser là-bas. Elle tourne la clé dans la serrure, c'est ouvert. Évidemment, le jeune homme ne ferme jamais derrière lui.

— Louis ? hèle-t-elle en pénétrant dans l'entrée. Tu es là ?

Quelques secondes plus tard, il arrive à sa hauteur, une expression de surprise peinte sur le visage.

— Lucie ? Qu'est-ce que tu fais là ? lui demande-t-il. Tu ne m'avais pas dit que tu venais ! Je suis content de te voir.

Il s'approche d'elle et se penche pour déposer un baiser sur les lèvres, mais elle s'écarte doucement.

— Comment tu vas ? se contente-t-elle de dire d'une voix neutre. Je me disais qu'on pourrait parler un peu.

Elle ôte ses baskets, son manteau qu'elle suspend au meuble prévu à cet effet et se dirige dans le salon sans attendre Louis. Spontanément, elle ouvre le frigo et attrape la bouteille de jus de pommes.

— Tu veux un truc à boire ? lui propose-t-elle.

— Non, t'inquiète, répond-il. Je viens de prendre un café.

L'appartement sent le tabac froid. Un cendrier plein trône sur la table basse du salon. Elle grimace malgré elle. Qu'est-ce qu'elle déteste cette odeur ! Encore un truc qu'elle n'est plus capable de supporter avec Louis ! Et elle sait que ça, ça ne changera jamais. Il ne supporte pas de fumer à la fenêtre, ou pire, dehors. Alors qu'elle, elle supporte de moins en moins l'odeur de la fumée et que ça lui provoque des quintes de toux à n'en plus finir. Mais ça, il s'en fichait bien entendu.

— Tu voulais qu'on discute de quoi alors ? l'interroge-t-il en s'installant sur le canapé.

Il attrape une cigarette et l'allume sous le regard agacé de la jeune femme.

— T'es obligé de fumer ? marmonne-t-elle. Je ne vais pas rester longtemps, alors si tu pouvais éviter pendant que je suis là, ce serait cool…

Louis soupire, mais écrase la clope dans le cendrier avant de poser son regard sur elle.

— J'imagine que tu n'es pas là parce que je te manque alors, présume-t-il. Sinon tu aurais au moins quelques affaires avec toi pour passer du temps ici.

La jeune femme hoche la tête. De toute façon, elle est sèche et distante. Impossible qu'il imagine le moindre rapprochement entre eux de cette façon.

— J'ai beaucoup réfléchi ces derniers jours, souffle-t-elle. Ces dernières semaines en fait. Depuis que je suis partie d'ici, je ne fais que ça. Retourner la situation dans tous les sens. Me demander ce qui est le mieux. Pour moi, pour nous. Et…

Elle déglutit et triture un pan du plaid posé sur le canapé. Le velours est si doux. C'est elle qui l'avait acheté celui-ci, elle s'en souvient. Elle s'imaginait déjà des soirées en amoureux, le plaid les recouvrant. Finalement, il n'y en a pas eu beaucoup des instants comme ça. Au début, oui. Les premiers temps lorsqu'ils se sont remis ensemble : Louis débordait d'attention pour elle et tâchait de lui accorder des soirées entières à deux. Mais rapidement, il a repris ses vieilles habitudes. Les copains, les sorties, les missions pour elle ne sait quelle connerie, la faire passer après tout le reste, … Le conte de fées n'aura pas duré longtemps. Elle a vite déchanté, Lucie.

— Et ?

Louis ne la quitte pas du regard. Elle n'est pas bête, elle se doute qu'il sait déjà ce qu'elle va lui dire.

— Je préfère qu'on arrête là, toi et moi, finit-elle par laisser échapper d'une voix neutre. On ne va nulle part ensemble.

Le jeune homme secoue la tête et attrape sa main. Ses doigts s'entremêlent avec les siens. Elle ne retire pas sa main. Elle savoure un instant la chaleur de sa peau contre la sienne. C'est difficile à croire ce qu'elle est en train de faire, le quitter. Rompre pour de bon. Comment en est-elle arrivée là ? Pourquoi n'a-t-il pas tenu ses promesses ? Elle avait envie que ça marche, elle. Elle voulait y croire plus qu'à tout le reste. En dépit des signaux d'alerte, en dépit des conseils de ses amis. Mais elle s'est plantée en beauté. Son cœur martèle sa poitrine d'un battement irrégulier. C'est comme si elle était en train d'arracher toutes les pages de son livre préféré. L'idée de ne plus jamais le relire est pourtant intenable. Mais elle continue de déchirer le papier. Parce qu'il n'y a que ça à faire.

— Tu n'as même pas essayé de me laisser une chance, plaide Louis. Partir d'ici, ce n'était pas une bonne idée. On aurait dû résoudre ça ensemble. Tous les deux. Ce n'est pas en s'éloignant qu'on peut arranger les choses.

Elle secoue la tête et retire finalement sa main de celle du jeune homme.

— Louis… Il y a trop de trucs qui ne vont pas entre nous. Ce n'est pas nouveau, réplique-t-elle. Et le fait que tu te tapes une autre nana n'a rien arrangé. Mais, même sans elle, on en serait arrivé là. Peut-être pas aujourd'hui. Dans deux mois, dans six mois. Dans un an, peut-être. Dans tous les cas, la conclusion aurait été la même.

Elle le dévisage un instant. Ses lèvres serrées, sa mâchoire contractée et la lueur triste qui habite son regard lui font de la peine. Elle a presque envie de le prendre dans ses bras, de se blottir contre lui et de tout oublier. Mais à quoi bon ? Il n'y a plus d'espoir permis. Elle ne croit plus en lui, en leur couple.

— On n'a pas les mêmes priorités, continue-t-elle. On a beau essayer, ça ne marche pas. J'ai besoin de plus que ce que tu as à m'offrir. C'est comme ça. Ce n'est pas de ta faute, pas de la mienne non plus, je pense. Nous sommes simplement incompatibles.

Il grimace. Pendant quelques instants, il ne dit rien. Le silence s'installe entre eux, pesant. Jamais elle n'a autant détesté un silence qu'à cet instant précis.

— Tu n'es pas d'accord ? le questionne-t-elle pour briser la tension qui règne. Tu ne crois pas que quoiqu'on fasse, on n'y arrivera pas. Ce ne sera que des disputes, des désaccords… Pour tout, pour rien.

— Non… Je suis même persuadé qu'on aurait pu être heureux ensemble, affirme-t-il. C'est toi aussi. Tu en veux toujours de trop. Tu ne te rends pas compte à quel point tu es exigeante.

Lucie lève les yeux au ciel. De toute façon, Louis remet toujours tout sur son dos.

— Tu ne rends pas compte de tous les efforts que je fais, marmonne-t-il. J'ai changé pour toi. Depuis qu'on est ensemble, j'ai tenté d'être l'homme que tu voulais, mais au bout d'un moment, je ne suis pas un bouffon, moi.

Une de ses répliques préférées ça aussi. Pour lui, un mec qui passe du temps avec sa nana, qui lui donne une place prioritaire dans sa vie, c'est un canard. Il critique d'ailleurs tous ses anciens potes qui, peu à peu, se sont posés et investis dans leur relation plutôt que de continuer leurs conneries.

— Ce n'est pas être un bouffon ou un canard que de partir en week-end avec ta meuf ! s'écrie Lucie. Ni passer des soirées ensemble. Ton souci, c'est ça, Louis. Tu ne m'as jamais fait passer en priorité.

— Bien sûr que si ! Tout ce que je fais, c'est pour toi, pour notre avenir.

— Mais je m'en fous moi. Tout ce que je voulais, c'est qu'on recommence à zéro toi et moi, qu'on avance ensemble. Comme un vrai couple. J'ai envie de m'endormir dans tes bras, que tu me touches, que je sois la seule femme dans ta vie, que tu ne passes pas tes soirées à traîner avec tes potes... J'ai besoin d'un homme qui veuille vraiment construire quelque chose, pas d'un gosse.

Le ton est monté. Elle est plus sèche soudain. La colère ressort. Tapie dans un recoin de son cœur, elle est toujours là. Elle lui en veut encore de toutes les souffrances qu'il lui a fait subir.

— Je ne pourrai pas te pardonner de toute façon. Quoiqu'il arrive, je te déteste de m'avoir fait autant de mal. Je te déteste d'avoir tout fait pour me récupérer et de me tromper quelques semaines après seulement. Je te déteste pour toutes ces promesses que tu m'as faites sans jamais avoir l'intention de les tenir... Et la liste est longue, mais je vais m'arrêter là.

Louis semble sonné. Il n'a pas l'habitude qu'elle soit si dure envers lui. Lucie a toujours été d'une complaisance incroyable avec le jeune homme.

— Je… je suis désolé, je te l'ai dit. J'ai merdé, admet-il. Mais si tu me donnais encore une chance, je te montrerai que je ne suis pas l'homme horrible que tu crois… Je veux juste te rendre heureuse. Je m'y suis mal pris, mais je peux encore faire des efforts.

Lucie secoue la tête.

— C'est fini, se contente-t-elle de répéter fermement. Je ne veux plus de cette relation, Louis. J'arrête là, je baisse les bras. Tu sais quoi ?

— Non ?

— Je me sens bien depuis que je suis partie, lui avoue-t-elle. Je me sens mieux. Parce que je sais que c'était la bonne décision, m'éloigner de toi. Mettre un terme à cette histoire qui ne nous aurait menés nulle part.

— Mais je t'aime, moi, chuchote le jeune homme. Je t'aimerai toujours, Lucie. Comment vais-je pouvoir vivre sans toi ?

Elle hausse les épaules et se lève.

— Je suis persuadée que tu t'en tireras à merveille. Tu n'as pas besoin de moi, lui dit-elle. Tu as juste besoin de tes potes et de ta liberté. Tu pourras de nouveau faire ta petite vie sans avoir de comptes à rendre. Peut-être que tu n'es pas fait pour être en couple. À moins que je ne sois pas la bonne. Je ne sais pas…

Elle pose son regard sur lui et lui adresse un sourire contrit.

— En tout cas, j'ai fait tout ce qui était en mon pouvoir pour nous et ça n'a pas fonctionné. Alors maintenant, je pense à moi. Cette fois-ci, je ne reviendrai pas. C'est fini pour de bon.

Elle tourne les talons et attrape son sac avant de se rendre dans l'entrée pour enfiler ses vêtements. Louis la suit de près. Il tente de la retenir par la main, mais elle se dégage.

— Louis... S'il te plaît. N'insiste pas. Je ne veux plus être avec toi. Et crois-moi, c'est mieux pour nous. Ce sera dur au début parce qu'on a connu que notre histoire pendant des années, mais on ira mieux. À quoi bon continuer de souffrir ensemble, s'acharner à sauver quelque chose qui n'a plus lieu d'être ?

— Je t'aime... Je ne peux pas imaginer ma vie sans toi.

— Tu n'as pas le choix. Il fallait y penser avant... Prends soin de toi, Louis.

Et elle quitte l'appartement, son manteau à la main. Elle s'habillera dehors. Elle veut juste s'en aller d'ici au plus vite. Louis et elle, c'est fini. Pour de bon cette fois. Elle a encore un peu de mal à le réaliser. Ça lui semble presque surréaliste, pourtant, c'est le cas. Elle sait bien qu'elle ne reviendra pas en arrière. Jamais elle n'a été aussi sûre d'avoir pris la bonne décision. Leur histoire n'aurait jamais pu la rendre heureuse. Jamais. C'est mieux ainsi...

Chapitre 35

— Lucie ?

La jeune femme se retourne. Olivier se tient juste derrière elle, son mug à la main. Un sourire se dessine sur son visage et il franchit les quelques pas qui le séparent de la table haute où elle est installée. Il dépose un rapide baiser sur sa joue et l'odeur de son parfum boisé lui parvient. Lucie adore son parfum. En plus, maintenant qu'elle le connaît, elle trouve qu'il lui va très bien : brut, naturel et un peu sauvage. Cela lui ressemble assez.

— Comment tu vas ? lui demande-t-il avant de s'installer à côté d'elle.

Elle hausse les épaules. Elle est venue se réfugier là en arrivant ce matin de bonne heure. Un bon café avec un cookie histoire de commencer la journée tout en douceur.

— On fait aller, souffle-t-elle en triturant l'emballage du gâteau qu'elle n'a pas encore ouvert. Et toi ?

— Mieux que toi, j'ai l'impression.

Il se penche vers elle et pose sa main sur son avant-bras que sa manche trois quarts laisse nu.

— Qu'est-ce qui ne va pas ? Tu as une petite mine…

Elle soupire. Après avoir bu une gorgée de son café, elle se tourne vers Olivier. Elle hésite un instant. Peut-elle se confier à lui ? Après tout, ce n'est pas comme si elle avait l'habitude de lui raconter sa vie. Pourtant, ces derniers temps, elle a pris l'habitude de se livrer un peu plus au jeune homme. Parfois même le soir, ils échangent quelques messages pour se raconter leur journée lorsqu'ils n'ont pas eu le temps de se croiser.

— Louis et moi, c'est terminé, lâche-t-elle d'une voix lasse. J'ai rompu ce week-end.

— Oh…

Pendant quelques instants, le silence s'installe entre eux. Elle ne dit rien de plus et lui semble réfléchir à quoi répondre.

— Honnêtement, je ne pensais pas que tu le quitterais, finit-il par réagir. Je croyais que tu allais le reprendre et espérer qu'il change…

Surprise, Lucie le regarde. Les prunelles claires du jeune homme accrochent les siennes. Une lueur fait pétiller ses iris. Il a toujours ce petit éclat de malice dans le regard. Elle se rend compte qu'elle aime bien ses yeux. Ils sont beaux.

— Et tu crois qu'il aurait changé ? l'interroge-t-elle en ouvrant le cookie et en le sortant de l'emballage transparent. Tu en veux un peu ?

Il secoue la tête.

— Les gens ne changent pas, décrète-t-il. On a beau le vouloir, on a beau prier pour que ça arrive, ce n'est jamais le cas. Ou peut-être que ça arrive, mais c'est une personne sur mille. Tu as pris la bonne décision, j'en suis persuadé.

Lucie se mord doucement la lèvre inférieure. Gercée, elle lui fait un peu mal et elle a cette fâcheuse manie de toujours la mordiller comme si ça allait arranger quelque chose.

— Ouais… J'imagine que tu as raison… Mais c'est un peu dur ce matin.

Elle croque dans son cookie avant de le reposer. Une boule se terre au creux de sa poitrine, si bien qu'elle n'arrive pas à manger. Déjà en se levant, elle a été incapable d'avaler quelque chose. Pourtant, hier ça allait. Elle se sentait même légère, fière d'elle. Pourquoi alors ce matin elle semble porter le poids du monde sur ses épaules ? Pourquoi a-t-elle envie de pleurer ?

— C'est normal…

La main du jeune homme remonte jusqu'à son épaule et il la pétrit avec gentillesse.

— Tu sais, la première nana dont je suis tombé amoureux… C'était une bombe. Une fille incroyable, intelligente, jolie, bref… Elle avait tout. Moi, je me sentais si nul à côté d'elle, lui avoue-t-il.

— Arrête, s'exclame Lucie. Tu es un mec hyper cool. Et je suis sûre que tu étais du genre populaire lycée.

Olivier éclate de rire et secoue la tête.

— Pas du tout, réplique-t-il. Loin de là ! J'étais plutôt le geek de service, premier de la classe, un peu timide.

Surprise, elle le dévisage. Il n'a plus rien du geek aujourd'hui. Bien looké, sourire éclatant, les cheveux savamment décoiffés, il a une classe folle, un certain charme qui se dégage de lui. Elle qui l'avait pris pour un tombeur de bas étage au premier abord, elle s'est trompée sur toute la ligne. Olivier manque de confiance en lui sous son apparence d'homme sûr de lui.

— C'est fou, j'ai du mal à le croire, plaisante-t-elle.

Il hausse les épaules et lui sourit.

— Les apparences sont parfois trompeuses ! En tout cas, pour en revenir à cette nana… Elle m'a trompé après deux ans de relation. Nous venions d'entrer à la fac, tous les deux en droit, et le truc cliché : elle est tombée amoureuse d'un étudiant plus âgé, un chargé de TD.

Il lève les yeux au ciel avant de poursuivre :

— Je lui ai pardonné quand elle est venue s'excuser platement et m'a supplié de la reprendre. J'étais persuadé que c'était une erreur de parcours, un faux pas. Sauf qu'elle a recommencé. Plusieurs fois.

Lucie grimace. Le pauvre. Elle n'imaginait pas qu'il avait eu une telle peine de cœur. Une histoire un peu similaire à la sienne, même si c'était il y a longtemps.

— Pourtant, elle me jurait qu'elle m'aimait, que j'étais l'homme de sa vie, raconte-t-il en passant la main dans ses cheveux. Au final, un jour, je l'ai quittée pour de bon. J'en avais marre d'être pris pour le con de service. Et tu sais quoi ?

— Non…

— Aujourd'hui, elle est mariée avec ce mec ! Comme quoi, j'ai bien fait de la laisser partir, conclut-il. Donc, tu vois, s'il t'aimait vraiment, il ne t'aurait pas fait autant de mal. Une fois ou deux, peut-être, à la limite, et encore… Mais il n'aurait pas recommencé alors que tu lui accordais enfin une nouvelle chance. Il avait des choses à te prouver et le seul truc dont il a été capable, c'est de te faire du mal à nouveau.

— Ouais… T'as raison…

La jeune femme termine son café et hausse les épaules.

— De toute façon, je sais que j'ai pris la bonne décision en le quittant, décrète Lucie. Je ne pouvais pas lui pardonner ce qu'il m'a fait. Notre relation aurait été malsaine. Je lui en voulais, je ne pouvais même plus le regarder tellement il me décevait.

— Je comprends.

Il lui adresse un sourire compatissant avant de se lever et de jeter leurs gobelets dans la poubelle à côté.

En revenant à sa hauteur, il se penche vers elle pour lui souffler à l'oreille :

— Tu sais quoi ? Ce week-end, on sort ! Si Charlie est dispo, on va se faire un ciné, un bon restaurant et des verres à gogo ! Ça te fera du bien !

Lucie acquiesce et elle se lève à son tour de sa chaise.

— Je veux bien, oui. Je crois que j'ai besoin de m'amuser un peu histoire d'aller de l'avant ! M'enfermer chez moi ne m'apportera rien de bon !

— Exactement ! s'exclame Olivier. Je m'occupe de tout, OK ? Tu n'as qu'à être disponible samedi après-midi jusqu'au bout de la nuit, ou presque.

Il rit et continue :

— Et ne prévois rien le dimanche non plus. Si on picole de trop, tu seras contente de pouvoir rester dans ton canapé à comater sous un plaid.

Elle pouffe et hoche la tête.

— Je n'ai plus qu'à m'exécuter !

Ils se dirigent d'un même pas vers la sortie de la cafétéria. Tandis qu'ils grimpent dans l'ascenseur, Lucie se tourne vers le jeune homme et le contemple avec une œillade reconnaissante.

— Merci, Olivier, chuchote-t-elle. C'est gentil de faire tout ça pour moi.

— C'est normal. Je t'apprécie, Lucie. Je n'ai pas envie de te voir triste, lui dit-il. Tu ne mérites pas d'être malheureuse.

Il lui presse à nouveau l'épaule et lui sourit.

— Donc je vais tout faire pour te voir sourire de nouveau !

Touchée, la jeune femme hoche la tête. Elle ne s'attendait pas à ce qu'il soit aussi présent pour elle. C'est vrai qu'ils ont appris à se connaître depuis son arrivée. Ils sont même devenus amis. Mais elle n'imaginait pas qu'il deviendrait quelqu'un d'aussi important dans sa vie. Quelqu'un qui prendrait soin d'elle.

— J'ai le droit de choisir le film alors ? demande-t-elle malicieusement.

Il réfléchit un instant et finit par acquiescer.

— Bien sûr ! À condition que tu ne me choisisses pas un film trop triste, hein ? Quelque chose de plutôt léger. Histoire de te changer les idées.

— On va aussi éviter les comédies romantiques ! s'écrie-t-elle. Pas d'amour en ce moment.

— Pour l'instant, oui, confirme Olivier. Mais dans quelque temps, quand tu seras guérie de Louis, je suis sûr que tu auras envie de nouveau de mater des films à la guimauve.

— Bof, pas certaine !

— Bien sûr que si ! la contre-t-il. Lucie, que tu le veuilles ou non, tu es une petite guimauve. Tu as beau prétendre le contraire et jouer la forte, je le sens. Tout au fond de toi, tu es une jolie princesse qui rêve du prince charmant qui pourra enfin lui faire découvrir un royaume magique peuplé de licornes et de dragons.

Elle éclate de rire devant l'image qu'il peint d'elle. Mais au fond, peut-elle vraiment le contredire ? C'est vrai qu'elle a toujours été romantique. Avec Louis, elle avait arrêté de l'être et d'attendre qu'il le soit. Sauf que si elle creuse, elle est persuadée que la petite fille qui croit au grand amour est encore là, quelque part.

— Peut-être, finit-elle par admettre.

Il rit. L'ascenseur s'arrête à l'étage de la jeune femme.

— On en reparle dans quelques mois ! plaisante-t-il avant qu'elle descende. Bonne journée !

— Toi aussi, Olivier. Encore merci !

Elle rejoint son bureau, le cœur plus léger. Elle avait craint de devoir rester dans sa bulle de tristesse aujourd'hui sans parvenir à s'en échapper. Mais le juriste a réussi à lui redonner le sourire et à lui remonter le moral.

Chapitre 36

— Il est cool cet appart quand même !

Momo se laisse choir dans le canapé avec un soupir d'aise. Il observe rapidement le salon et les quelques tableaux que Lucie a accrochés aux murs.

— Je trouve que tu te l'es mieux approprié cette fois, commente-t-il.

— Comment ça ? demande la jeune femme en piochant des popcorns dans le bol qu'elle a mis sur la table basse.

Son collègue et ami passe la soirée chez elle. Pizzas et la dernière saison de leur série phare ! Que demander de plus ? Cela faisait un petit moment qu'ils n'avaient pas fait ça. Louis n'a jamais été très sociable. Mis à part ses quelques potes, il n'a jamais eu envie de nouer plus de relations que ça avec les amis de Lucie. Il a fait quelques exceptions, une soirée par-ci, une soirée par-là, mais c'était très rare. Peu de gens le connaissent d'ailleurs ! Alors qu'ils sont restés plusieurs années ensemble.

— Eh bien… Quand tu as emménagé ici suite à ta première rupture, l'appartement était presque vide. Une sorte de maison témoin, tu vois ? Mais là, je trouve qu'il y a plus de vie ! Plus de petites touches personnelles. On sent que chez ton petit chez-toi.

Lucie esquisse un petit sourire. Il a raison. C'est vrai que depuis sa rupture avec Louis il y a maintenant plusieurs semaines, elle s'est amusée à tout redécorer. Elle a acheté quelques nouveaux meubles, un peu de décoration et des plantes vertes. Même si elle n'est pas certaine qu'elles tiendront bien longtemps. À son grand regret, elle n'a jamais eu la main verte. Contrairement à sa mamie Augustine qui réussit à avoir de magnifiques fleurs et plantes chez elle, Lucie n'a jamais réussi à en faire de même ! Mais bon, peut-être que cette fois, ce sera différent.

— On sent que tu t'y plais, continue Momo. Que tu y vas rester pour un petit bout de temps et que tu as eu envie d'y être à ton aise.

— Oui, c'est vrai, approuve la jeune femme. Et je t'avoue que j'ai adoré pouvoir être libre de tout choisir sans devoir composer avec les goûts de Louis ! On n'était jamais d'accord sur rien à ce sujet-là non plus.

Elle lève les yeux au ciel en se rappelant les nombreux désaccords qu'ils ont eus pour des broutilles : la couleur des rideaux, le meuble télé, le dressing de la chambre... Bref, tout était sujet à discussion. Là, elle s'est écoutée. Elle s'est fait son cocon à elle et ça fait du bien.

— Je suis content de savoir que tu te plais ici en tout cas, lui dit son ami avec un petit sourire. J'avais peur que tu ne vives pas très bien ce nouvel échec avec Louis... Pour être honnête, j'ai cru qu'on allait devoir te ramasser à la petite cuillère avec les gars. Mais finalement, tu tiens le coup !

Lucie hoche la tête. C'est vrai que mis à part le petit coup de mou qu'elle a eu en présence d'Olivier le lendemain de sa rupture, elle ne s'est pas sentie si triste que ça. Plutôt résignée. Et d'une certaine façon, libérée. Elle se rend compte qu'elle va mieux sans lui. Elle n'a pas à accepter toutes ces choses qui la dérangeaient chez Louis. Elle n'a pas à se forcer. Non, elle se sent plutôt bien et en accord avec elle-même.

— Je crois que ma rupture avec lui était inévitable, souffle-t-elle. Je l'ai compris rapidement même si je n'ai pas acté tout de suite la fin de notre histoire. J'ai pris le temps de l'accepter et d'être sûre de moi avant de rompre, mais cela faisait plusieurs semaines que l'idée de mettre un terme définitif à notre couple tournait en boucle dans ma tête.

— Ouais, je me doute... Entre son attitude à la con avec ses potes qui passent avant tout et cette meuf, il n'y avait pas grand-chose d'autre à faire ! Tu es mieux sans lui, ma Lulu, n'en doute pas.

— Oui, je suis d'accord. Honnêtement, c'est un peu étrange de me dire que c'est fini pour de bon après tout ce qu'on a vécu, mais c'était le seul truc à faire. Je n'aurais jamais été heureuse avec lui. Et il a beau dire le contraire, lui non plus. Nous étions comme deux pièces d'un puzzle impossible à regrouper. Cela n'aurait pas fonctionné.

— Non... Il n'est pas fait pour être en couple, je pense. Pas encore. Peut-être qu'un jour il le sera, mais pour l'instant, il est trop égoïste et immature. Et toi, t'es une fille au top. Et je pense que tu mérites quelqu'un qui le saura et te le fera comprendre. Quelqu'un qui te rassurera et t'apportera toute la douceur dont tu as besoin.

— Merci, Momo.

Lucie lui sourit, attendrie. En attendant, elle est entourée. De l'amour, elle en a à gogo entre sa famille et ses amis. Elle sait qu'elle ne sera jamais seule grâce à eux.

— Bon au fait... Tinder ou Adopteunmec ? lui demande-t-il d'un ton grave.

Il arque les sourcils et pose son regard sur elle, attendant sa réponse. Elle pince les lèvres et secoue la tête.

— Non, non... Pas de ça, grogne la jeune femme. Surtout pas de ça !

— Lucie, on est en 2020 ! Qui plus est au printemps ! Il faut que tu t'inscrives sur un site de rencontre ! s'exclame Momo.

Elle soupire en levant les yeux au ciel. Bien entendu, ce dernier ne jure que par cette façon 2.0 de trouver l'amour. Parfois, ça marche. Il a rencontré sa nana sur Tinder. Et cela fait quelques mois qu'ils sont ensemble et qu'ils ont l'air de filer le parfait amour. Pour autant, Lucie n'est toujours pas convaincue par les sites de rencontre.

— Je m'en fous, souffle-t-elle. Même si nous étions en 2040, je ne m'inscrirais pas sur Tinder. Je l'ai fait la dernière fois et ça a été un échec total ! Je n'ai rencontré que des boulets.

— Tu n'as rencontré qu'un mec ou deux, proteste Momo. Tu n'as pas joué le jeu à fond.

Lucie éclate de rire. Il aurait fait un excellent avocat. Il ne lâche jamais rien !

— Momo, c'est trop tôt ! rétorque-t-elle. En fait, je suis bien toute seule pour l'instant.

Il ouvre de grands yeux et secoue la tête.

— Mais tu peux au moins t'amuser un peu et de trouver un plan cul ! Histoire d'occuper quelques-unes de tes soirées !

Elle secoue la tête à nouveau.

— Pas besoin de ça ! J'ai le mariage de Sam à organiser et plein d'amis à voir. J'ai un peu de famille dans le coin. Ce n'est pas demain la veille que je me sentirais seule. Donc il est hors de question que je me relance là-dedans.

Momo boit une gorgée de vin et avale quelques popcorns avant de soupirer.

— Qu'est-ce que tu peux être têtue ! J'allais te faire un super profil avec lequel tu aurais attiré tous les mecs les plus canons du coin.

Lucie pouffe et pose sa main sur l'avant-bras du jeune homme.

— Je suis très bien comme ça, je te le promets ! lui assure-t-elle. Et si jamais un jour, la solitude me tue à petit feu, je te balancerais un ticket Tinder pour que tu t'occupes de mon profil et de mon agenda rencontres. Mais pour l'instant, j'ai juste envie d'une chose : me reconstruire. Seule.

— Et Olivier ? la questionne-t-il avec un sourire entendu.

— Quoi Olivier ?

Son ami hausse les épaules, une lueur malicieuse pétillant dans ses prunelles sombres.

— Bah, vous êtes de plus en plus proches, non ? Peut-être que tu pourrais tenter ta chance.

Elle fronce les sourcils et secoue la tête. Les garçons s'amusent toujours à vouloir la caser avec le juriste.

— On s'entend bien, c'est tout.

— Vous faites de plus en plus de sorties ensemble ! insiste Momo.

— Il savait que j'avais besoin de me changer les idées après ma rupture, c'est tout.

Elle termine son verre et se ressert un peu de vin.

— J'ai envie de profiter d'être seule pour penser à moi, ajoute-t-elle. Faire des trucs que j'aime. Ne devoir rendre de comptes à personne. Aller au cinéma quand j'en ai envie. Rester en pyjama toute la journée. Partir sur un coup de tête chez ma cousine ou chez ma mère. Passer une semaine au soleil. Boire des verres avec mes amis jusqu'à pas d'heure. Pouvoir regarder la dernière saison de notre série préférée sans qu'un mec me prenne la tête parce que tu es chez moi. Tu vois, toutes ces choses qu'on fait beaucoup moins lorsqu'on est en couple !

Momo hoche la tête. Il serre un instant sa main dans la sienne avant de boire dans son verre.

— Je comprends, finit-il par répondre. Parfois, cela fait du bien d'être un peu seul. Et quand tu seras prête, tu pourras rencontrer quelqu'un et lui offrir ton cœur. Parce que tu auras pris ce temps pour toi, pour te reconstruire et que tu auras vraiment envie d'être avec un homme.

— Exactement ! Je n'ai pas envie de me mettre avec un mec juste pour ne pas être seule ! explique-t-elle. J'ai envie d'apprivoiser ma solitude et en faire quelque chose de bien.

— Je suis fier de toi, ma Lulu ! Et de toute façon, quand tu auras des petits coups de blues, je serais là pour toi. On le sera tous.

— Je n'ai aucun doute sur ça ! s'exclame Lucie d'une voix affectueuse. J'ai de la chance de vous avoir dans ma vie. J'ai une tonne d'amis géniaux et une famille adorable. Et crois-moi, ça, ça vaut de l'or. Peut-être qu'un jour, je pourrais ajouter à cette liste un mec au top, mais en attendant, je suis bien comme ça. Je n'ai besoin de rien d'autre.

Momo acquiesce. La jeune femme attrape la télécommande et lance leur série. Elle se tourne vers lui avec un petit sourire :

— Bon, en attendant les pizzas, si on commençait par se mater un épisode ? propose-t-elle.

Elle se sent bien. Sa vie n'est peut-être pas parfaite, mais elle se dit qu'elle n'est pas à plaindre. Elle a un boulot qu'elle adore, des collègues adorables qui sont devenus des amis et un cercle de proches dont elle ne pourrait pas se passer. L'avenir ne lui fait pas peur. Elle a appris à vivre de manière plus légère. Arrêter de s'inquiéter sans cesse de quoi demain sera fait. De toute façon, elle sait qu'elle n'a pas le contrôle. À quoi bon vouloir tout régenter quand on ne peut rien prévoir ? Aujourd'hui, elle est heureuse et elle a juste envie d'en profiter le temps que ça dure.

Quitter Louis a été difficile, mais c'était pour lui permettre de se sentir mieux justement. Pour aller mieux aussi. Son couple était malsain. Il ne lui apportait rien de bon. Louis ne l'aimait pas bien. Son amour, aussi sincère soit-il, était toxique. Elle a réussi à se libérer de lui. Elle ne l'aime plus. Et maintenant, elle est prête à être seule et à affronter lcs prochains chapitres de sa vie de manière plus sereine.

À suivre...

Vous avez aimé votre lecture ?
Découvrez les autres romans des éditions So Romance
disponibles en format papier et numérique.

Troubled Hearts
Tome 4 : Le temps d'aimer

Nina, dix-huit ans, l'ex-petite sauvageonne, est devenue une jeune femme séduisante. Nul ne peut le nier, ni les saisonniers du domaine et encore moins Enzo. Nina, elle, voue à ce dernier un amour sans bornes, mais Enzo lui oppose leur différence d'âge, frein à une relation autre que fraternelle. Jusqu'à l'échange d'un baiser après lequel Enzo réagit étrangement. Meurtrie, elle s'envole pour New-York et y rencontre son futur patron (plutôt très sexy...). Parfait pour oublier Enzo. Mais quand ce dernier refera surface et que leur destin sera à nouveau mêlé, parviendra-t-elle à l'aimer malgré les démons qui le hantent ?

Because of you
Tome 1 : Un destin chaviré

Audrey ne connait que ça : attaquer pour ne pas être déstabilisée. C'est d'ailleurs ce mécanisme de défense qui lui a permis de devenir une photographe renommée à Manhattan. Elle est fière d'avoir construit son parcours sans l'aide de ses parents riches, qu'elle n'a d'ailleurs plus vus depuis trois ans. Forcée de retourner dans le monde qu'elle a fui pour le mariage de son frère, elle demande à son meilleur ami de l'accompagner, pour ne pas les affronter seule. Audrey arrivera-t-elle à continuer de faire semblant ?

YOU. FOREVER.
Tome 2 : À la vie, à la mort

Quand Emma tombe par hasard sur un dossier confidentiel que Matt, son futur époux, pensait en sécurité, sa vie bascule. Elle lui laisse alors une chance de s'expliquer mais la discussion tourne au fiasco. Blessée, elle décide de prendre ses distances pour réfléchir, sans se douter que sa vie est en danger. Dans sa fuite, Emma se retrouve kidnappée avant même d'avoir obtenu des réponses. Pour retrouver Emma, Matt est obligé de faire ressurgir son passé et de faire face à ses anciens démons. Malgré ses erreurs, parviendra-t-il à la sauver avant qu'il ne soit trop tard ?

The Beast
Tome 2 : Une vérité cachée sous les étoiles

Dix ans après les événements survenus à Chicago, Nicolas vit à San Francisco, où il étudie la criminologie. Elève assidu, il est trop timide pour aborder Noémie, française expatriée aux Etats-Unis. Derek, son meilleur ami et colocataire est bien décidé à le faire sortir de sa coquille, mais à peine lui propose-t-il son aide qu'il disparaît mystérieusement dans la nature… Si dans un premier temps Nicolas refuse d'envisager le pire, il garde en mémoire les actes criminels perpétrés par la Bête dans son enfance …

Éditions So Romance
10/8, rue Jules Cockx
1160, Bruxelles
www.soromance.com

ISBN : 9782390452737
D/2021/14.771/28

Maquette de couverture : Philippe Dieu
Photo : ©LightField Studios / Shutterstock